LES SŒURS BEAUDRY
2. LES VIOLONS SE SONT TUS

MICHELINE DALPÉ

Roman

Graphisme :
Jessica Papineau-Lapierre

Couverture :
Sophie Binette

Révision, correction :
Fleur Neesham, Élaine Parisien

www.editionsgoelette.com
www.facebook.com/EditionsGoelette

Dépôt légal : 3e trimestre 2012
Bibliothèque et Archives nationales du Québec
Bibliothèque nationale du Canada

Les Éditions Goélette bénéficient du soutien financier de la SODEC
pour son programme d'aide à l'édition et à la promotion.

Nous remercions le gouvernement du Québec de l'aide financière
accordée par l'entremise du Programme de crédit d'impôt pour
l'édition de livres, administré par la SODEC.

 Patrimoine   Canadian
canadien   Heritage

Nous reconnaissons l'aide financière du gouvernement du Canada par l'entremise
du Fonds du livre du Canada pour nos activités d'édition.

 Membre de l'Association nationale des éditeurs de livres

Imprimé au Canada

ISBN : 978-2-89690-406-8

Micheline Dalpé

Les sœurs Beaudry

2. Les violons se sont tus

Les Éditions Goélette

DE LA MÊME AUTEURE

Les Batissette, roman, Éditions Au Pied de la Lettre, 1998.

Charles à Moïse à Batissette, roman, Éditions Au Pied de la Lettre, 1999.

La fille du sacristain, roman, Éditions Au Pied de la Lettre, 2002 (réédition Les Éditions Coup d'œil, 2012).

Joséphine Jobé, Mendiante T. 1, roman, Éditions Au Pied de la Lettre, 2003 (réédition Les Éditions Coup d'œil, 2012).

La chambre en mansarde, Mendiante T. 2, roman, Éditions Au Pied de la Lettre, 2005 (réédition Les Éditions Coup d'œil, 2012).

L'affaire Brien, 23 mars 1834, roman, Éditions Au Pied de la Lettre, 2007 (réédition Les Éditions Coup d'œil, 2012).

Marie Labasque, roman, Éditions Au Pied de la Lettre, 2008.

À mon petit-fils, Jean-Christophe

I

La nuit tombait sur la vieille demeure des Beaudry. Toute la maisonnée dormait, sauf Sarah que l'excitation tenait en éveil.

Elle descendit l'escalier en catimini et sortit par la porte arrière en employant mille précautions pour ne pas réveiller les siens, puis elle fila à l'extérieur. L'air d'automne était vif. Un frisson parcourut tout son corps. Juchée sur le bout des pieds, Sarah suspendit son chapelet à la corde à linge. Françoise Rochon lui avait conseillé ce truc qui, disait-elle, assurerait du beau temps pour son mariage. «C'est infaillible, vous verrez!» lui avait dit la femme.

À l'aube, Sarah, curieuse de voir si le ciel avait exaucé son vœu, se rendit en douceur jusqu'à la fenêtre et glissa sa tête sous la double épaisseur de rideaux. À l'horizon, une lueur brillante et rosée précédait le lever du soleil. Le ciel était clair, la journée s'annonçait belle. Sarah s'en réjouit. Encore quatre heures et elle allait dire oui devant le curé. Elle s'étira en bâillant et retourna à son lit en pensant qu'il lui restait un peu de temps pour rêvasser à ce que serait sa vie avec Colin, mais après quelques minutes, le sommeil l'emporta sur le rêve.

* * *

À son réveil, ses sœurs, qui partageaient la même chambre, étaient déjà disparues. D'en haut, Sarah les entendait pomper l'eau qui servirait aux bains.

Clarisse l'appela. L'heure pressait. Sarah sauta sur ses pieds, revêtit un peignoir en coton cardé corail et descendit. Comme elle arrivait au bas de l'escalier, Clarisse sortait de la chambre de son père où elle avait préparé un baquet d'eau chaude pour elle. Comme la plupart des maisons de campagne, celle des Beaudry n'avait pas de salle de toilette; c'était dans la chambre du bas que se prenaient les bains.

— Tout est prêt, Sarah. J'ai déposé les serviettes sur le pied du lit. Grouille, avant que l'eau refroidisse !

Sarah poussa la cuve contre la porte, barrant ainsi l'accès à la pièce afin de protéger son intimité. Avant de se baigner, elle mesura prudemment la température de l'eau en y trempant le bout de son pied et, satisfaite, elle s'immergea dans la cuve où elle se fit une toilette en règle, des cheveux jusqu'aux orteils. Sitôt son bain terminé, elle enroula ses cheveux dans une serviette, enfila sa robe de nuit et remonta à sa chambre. Comme elle revêtait sa robe de mariée, on frappa trois coups secs à sa porte.

— Ouvre, Sarah.

C'était Laurentienne.

— Justement, j'ai besoin d'aide, maman. Je n'arrive pas à attacher ma robe. Misère ! J'ai encore grossi.

Dès qu'elle eut ouvert la porte de la chambre, sa mère lui jeta dans les bras un vêtement de couleur chair qui lui avait servi une vingtaine d'années plus tôt.

— Tiens, mets ce corset. Je vais t'aider à le lacer.

Sarah, la bouche tordue en une grimace, tenait à bout de bras la longue gaine baleinée en tissu résistant qui devait l'envelopper des seins jusqu'aux cuisses. Elle dévisagea sa mère un moment et lança le vêtement sur le lit.

— Je ne veux pas porter ça.

Laurentienne se montrait intraitable.

— Pas de caprice, hein! dit Laurentienne. Tu ne voudrais pas que tout le monde connaisse ton état?

— Bien sûr que non! marmonna Sarah, d'un ton sec.

— Tourne-toi un peu face à la fenêtre.

Sarah ne bougea pas. Laurentienne fit glisser la robe de ses épaules, laissant apparaître un cotillon de dentelle.

— Tu m'entends, Sarah? Je t'ai dit: tourne.

— Je ne veux pas m'affubler de ce machin et être raide comme un manche à balai. Je me demande où vous avez pris cet attirail ridicule.

En réalité, Sarah refusait l'idée, le soir venu, de se montrer devant Colin vêtue d'une pareille armature, mais elle n'allait pas le dire à sa mère. Celle-ci se fichait trop de Colin pour s'arrêter à ce point de vue. Seuls les qu'en-dira-t-on la préoccupaient. Elle enroula la taille de Sarah du vêtement dédaigné.

Laurentienne n'avait pas tort: les boutons de la robe de mariée de Sarah étaient prêts à péter. Elle donna un peu de lousse aux cordons pour permettre à sa fille d'attacher une rangée d'agrafes. Elle lui tendit ensuite un lacet et se réserva l'autre extrémité.

Sarah ravala son orgueil. C'était le jour de son mariage et sa mère la menait encore par le bout du nez.

— J'haïs ça! s'écria Sarah, sur le point de pleurer.

— Baisse de ton, tes sœurs vont t'entendre et elles n'ont pas à connaître ton état.

— De toute façon, je ne pourrai pas le leur cacher bien longtemps.

— Il y a aussi les autres, les gens de la paroisse, qui ne seront pas tendres à ton endroit. Certains se complaisent à compter les mois entre le mariage et la première naissance, tu le sais bien.

Finalement, Sarah se résigna. Le jour de son mariage, elle devait faire bonne figure.

« Maman va encore m'avoir à l'usure », se dit-elle.

— C'est bien la dernière fois que je vous obéis.

— Maintenant, tire ce lacet. Tire encore plus fort, tire.

La mère et la fille tiraient chacune de leur côté jusqu'à ce que Sarah suffoque.

— Arrêtez de serrer, maman. Le bébé va étouffer.

— Chut! Oublie le bébé pour aujourd'hui et pense plutôt aux commérages. Tire encore un peu. Bon, il me semble que c'est mieux ainsi.

— Je me sens comme un saucisson.

— Ça, ma fille, il fallait y penser avant de faire une bêtise. Maintenant, chausse-toi et fais vite.

Le matin de son mariage, sa mère lui rappelait encore son erreur, et Sarah mourait d'envie de lui mettre la sienne sous le nez, de se vider le cœur, de lui dire qu'elle savait qu'elle avait péché, qu'Honoré n'était pas le fils de son père, mais elle choisit de se taire. Elle ne pouvait incriminer sa mère sans atteindre son père dans sa dignité et elle refusait de le blesser.

Laurentienne profita du fait qu'elle était seule avec Sarah pour lui conseiller de faire chambre à part dès le début de son mariage.

Sarah n'en revenait pas. Elle qui avait tellement hâte de partager le lit de Colin.

— Voyons donc!

— Il n'y a pas de «voyons donc». Profite du début de ta vie de ménage pour imposer ta volonté parce qu'ensuite ce sera trop tard. N'attends pas de te retrouver avec douze enfants sur les bras.

Sarah comprenait maintenant la raison pour laquelle ses parents ne partageaient pas la même chambre. Alors qu'elle regardait par la fenêtre de la chambre, elle entendit sa mère sortir de la pièce, refermer la porte et descendre l'escalier. Elle finit de s'habiller seule.

— Presse-toi un peu, Sarah, appela son père. C'est l'heure de partir.

* * *

Au moment où Sarah sortait de la maison paternelle, les belles cloches de son patelin sonnèrent dans toute leur chrétienté spécialement pour elle et Colin. Une forte émotion gagna la jeune femme, sa gorge se contracta et elle porta les mains à son cœur qui battait à grands coups, comme pour l'empêcher de sauter hors de sa poitrine. Elle marchait, légère, de la maison à la voiture, sur une bourre de feuilles tombées aux riches teintes de vert, de pourpre et d'or. C'était l'été indien et le Créateur avait coloré la nature de couleurs chaudes.

De chez elle, Sarah voyait des attelages en nombre impressionnant s'approcher de l'église. « Un petit mariage », avait dit sa mère, et pourtant, ce matin-là, c'était comme à la grand-messe ; une foule grouillante attendait devant les portes centrales. Le parvis était bondé de curieux qui, les yeux tournés de son côté, venaient sans doute vérifier eux-mêmes si les cancans à son sujet s'avéraient. Sarah pouvait deviner leurs pensées et elle sentit la honte lui rougir le front, mais ce matin, elle devait taire son orgueil et sourire. Une fois mariés, elle et Colin, cachés dans leur coin de campagne, allaient enfin vivre leur bonheur à l'abri des commérages.

Sarah monta dans le cabriolet orné de nœuds et de rubans blancs. Même Gaillarde, la belle pouliche du docteur, portait des fleurs aux œillères.

Au bout de dix pas, la voiture s'arrêta et Sarah en descendit. Elle avança au bras de son père en fendant la foule qui poussait des « oh » et des « ah » d'admiration.

La mariée était sublime dans sa robe en crêpe de Chine rose cendré, enrubannée au cou et aux poignets. Comme la température était incertaine en ce début d'automne, ses épaules étaient couvertes d'une cape à capuchon en velours gris souris, un vêtement qui dissimulait sa taille et qui lui serait utile jusqu'à la fin de sa grossesse.

Colin l'attendait devant l'autel, plus élégant que jamais. Il portait une redingote noire sur une chemise blanche à col très haut, amidonné et fermé par un nœud noir. Pour l'occasion, ses sœurs avaient réussi à lui faire délier les cordons de sa bourse. Elles avaient dû le menacer de ne pas assister à son mariage s'il ne s'achetait pas un complet neuf.

Du chantage inoffensif, bien sûr : comme Colin était le plus jeune de la famille, on s'inclinait toujours devant ses caprices. Mais ce jour-là, il mariait une fille de médecin, ce qui lui conférait un rang social plus élevé et il devait être à la hauteur.

Sarah lui adressa un sourire qui contenait toute la tendresse du monde et Colin répondit par un clin d'œil complice. Sarah le voyait, droit, fier, beau comme un dieu. Dans un instant, ils seraient mari et femme et plus rien jamais ne pourrait les séparer.

Dans la nef, le bruit des pas s'amplifiait. L'église se remplissait, comme si toute la paroisse s'était donné le mot pour quitter son nid d'un coup.

Le curé s'avança vers eux et, peu à peu, les murmures s'éteignirent.

Les mariés se levèrent et échangèrent les consentements.

L'instant était prenant. L'émotion gagna toute l'assistance.

Malheureusement, en même temps, Sarah endurait un supplice qui l'empêchait de se concentrer sur la grandeur des promesses échangées. Une baleine avait percé le tissu rigide de son corset et la tige de métal la dardait dans l'aine. Malgré une douleur lancinante, elle devait faire bonne figure et retenir les grimaces que provoquait son inconfort.

Elle échangea un regard tendre avec son mari.

Au *Credo*, Sarah, n'en pouvant plus de supporter son corset, ne pensait plus qu'à glisser un doigt sous la tige de métal pour soulager sa contusion, ne serait-ce qu'un moment, le temps de respirer un bon coup. Mais elle dut renoncer ; elle ne pouvait fouiller à son aise dans cette partie du corps sans qu'on y voie du vice. Tous les yeux étaient sur elle. Sarah se promit d'enlever cet instrument de torture dès son arrivée à la maison.

La messe de mariage lui parut durer une éternité.

* * *

Au sortir de l'église, Colin fit monter sa jeune femme sur le siège arrière de sa voiture, également ornée de fleurs et de nœuds blancs. Il s'assit près d'elle et l'embrassa sur la bouche, d'un baiser du bout des lèvres.

Pour l'occasion, son neveu René menait le cheval qui frétillait d'impatience.

Toute la noce quitta le village pour la campagne.

La voiture des Beaudry suivait celle des mariés, ensuite venait la famille de Colin, puis des dizaines d'autres.

Colin glissa un doigt autour de son col amidonné qui enserrait son cou et blessait sa chair.

— Sitôt à la maison, je vais ôter cette chemise qui m'irrite la peau, pis je parle pas de mes souliers. J'endure le martyre.

Mais Sarah s'y opposa.

— Ça ne se fait pas, Colin. Vous devrez garder votre chemise jusqu'au départ des invités.

— Ciboulot ! Pas toute la journée ?

— Pauvre Colin ! À moins que vous l'échangiez pour celle du dimanche.

— Asteure qu'on est mariés, Sarah, on peut se tutoyer.

Assis serré contre sa jeune épouse, Colin prit sa main et la tint sur son genou.

— C'est curieux, Sarah, de devoir tout notre bonheur à un petit bout de papier.

— Pour toi, Colin, le sacrement de mariage se résume à un petit bout de papier ? Pour moi, c'est beaucoup plus, c'est un contrat à vie devant Dieu et les hommes. Ce n'est pas rien. Est-ce que tu achèterais une ferme, toi, sans passer un contrat écrit ?

— Vu comme ça...

Sarah le regardait avec une adoration dans le regard.

— Je suis si heureuse !

— Et cette fois, c'est pour de bon, lui susurra Colin à l'oreille pour ne pas être entendu de René. On va passer des milliers de nuits comme celle des Perséides.

— J'ai peine à croire que je vais vivre dans cette maison cent fois rêvée, ma maison !

— Asteure qu'on est marié, y a pus rien ni personne qui pourra nous séparer. Non, rien !

Dans la rue, on criait « Vive les mariés ! » au passage du cortège.

— Vois comme la campagne est belle, Sarah.

La vue sur les champs nus était plutôt morne à ce temps-ci de l'année. Il ne restait des belles planches de tabac et de maïs que des chicots secs. Les champs de patates étaient pleins de chaumes où couraient des perdrix. Sarah se demandait bien ce que Colin trouvait de beau à cette campagne dénudée. Plus loin, quelques arpents étaient en guérets. Rien de fantastique. Dans un pacage d'automne, un troupeau robuste de douze têtes de bétail paissait sans se presser et une vache au poil lustré léchait un gros bloc rose, creusé au centre.

— Qu'est-ce que c'est, Colin ?

— Un bloc de sel. Le sel donne la soif et mène les bêtes à l'abreuvoir. Plus les vaches lèchent, plus elles boivent, et plus elles boivent, plus elles donnent de lait.

Sarah rit.

— C'est curieux ! Mon père a été élevé sur une ferme et il ne m'a jamais raconté ces choses.

Colin lui parlait de sa terre, passée de père en fils, avec les tâtonnements de l'inexpérience, de la perte des récoltes grêlées ou détruites par un gel précoce, des vaches tuées par le tonnerre… Il y avait de quoi décourager sa jeune femme.

— Peut-être ne pratiques-tu pas le bon métier ?

La terre avait chez Colin des racines qu'il ne pouvait pas renier. Il sentait battre dans sa chair les cœurs vigoureux de ses ancêtres.

— Quand on naît habitant, on le reste toute sa vie. C'est comme ça, c'est dans le sang. Et pis je saurais rien faire d'autre. Icitte, quoiqu'y puisse arriver une catastrophe, comme une crise, une sécheresse ou une guerre, la terre nous nourrira.

Sarah sentait l'attachement de Colin à ses biens. Là où était sa ferme, là aussi était son cœur. Elle se rendait compte que son mari n'avait d'autre intérêt que sa ferme. Il était un vrai terrien au corps et à l'âme rivés au sol. Et elle l'aimait tel qu'il était. Elle n'avait qu'à voir son regard heureux pour être heureuse elle aussi.

Du coude du chemin dans lequel il venait de s'engager, on pouvait apercevoir la maison de Colin.

— Regarde mon domaine, Sarah. Y est à toé autant qu'à moé. Ma ferme est devenue enviable avec mes bâtiments, mes champs carrés, clôturés, mes animaux engraissés et mon érablière. Non, j'pourrais jamais vendre le bien de mes pères. Je suis ben que trop attaché à ma terre.

Il parlait à Sarah de ses généreuses récoltes qui faisaient oublier les pertes passées. À l'entendre, la terre, c'était la paix, l'immensité charmante et mélancolique, mais Sarah pensait autrement.

— Il faut aimer le travail et l'effort.

— Oh, pour ça, oui ! Le travail me fait pas peur.

Sarah bougeait sans cesse, elle tentait de glisser discrètement un pli de sa mante sous la baleine torturante de son corset. Malgré sa douleur, le bonheur illuminait son visage. Sur tout le trajet, des jeunes sortaient des maisons pour regarder passer le cortège. Et Colin embrassait sa jeune femme au vu et au su de tout le monde.

— Si tu veux, je vais profiter du temps que mes sœurs préparent le dîner pour t'amener au bout de la terre voir l'étendue de mes champs : cent arpents de belle terre meuble pis trois arpents en bois deboutte.

— Si on remettait ça à demain ? Le jour de notre mariage, ce serait inconvenant de faire attendre les invités.

— Dix minutes seulement, insista Colin. Après tout, aujourd'hui, les mariés doivent être plus importants que la visite. Dix minutes, pas plus, ça donnera juste le temps aux invités de dételer et de lâcher leurs chevaux dans le pacage.

Sarah hésitait. Pour ajouter, son corset lui conseillait de refuser, mais elle se sentait mal à l'aise de priver Colin de ce plaisir. Comment pouvait-elle dire non à son premier souhait ? Pourtant, elle tint tête.

— Ça ne se fait pas, Colin, de laisser toute la noce en plan.

— Les gens ne s'apercevront même pas de notre absence.

— Remettons ça à demain.

Colin embrassa de nouveau Sarah, dans le cou cette fois.

Castor, qui sentait sa crèche, s'élança dans un bruit de sabots. Dans la basse-cour, les poules effarouchées levaient du sol avec des caquètements et de grands bruits d'ailes. René avait beau tirer les rênes pour laisser descendre les mariés au bas du perron, Castor fonça jusque devant la porte de l'écurie où il s'arrêta net.

Le regard de Colin se porta au loin.

— Ah ben ! Mes vaches ont traversé dans le champ des Rochon. Y va falloir que j'aille réparer ma clôture.

— Pas le jour de notre mariage ?

— Ça peut pas attendre, ma belle. Comme tu vois, sur une ferme, on chôme pas. Heureusement, de t'savoir là, à m'attendre à la maison, rendra mon travail plus léger.

— J'ai vu plein de fleurs sur le bord du chemin. Demain, j'irai en cueillir pour égayer notre maison.

Pour Colin, les fleurs n'avaient jamais eu d'intérêt.

— T'auras ben beau, des fleurs sauvages, ça coûte rien.

Colin donna un bécot à Sarah, sauta au sol et plaça ses mains en étrier.

— Pose un pied sur le marchepied pis l'autre dans mes mains.

Sarah obéit et Colin la reçut dans ses bras.

Dans la basse-cour, un tintement de clochettes annonçait que d'autres voitures s'amenaient. Déjà, le grand perron était comble d'enfants.

À la vue des nombreux invités, Sarah s'inquiéta de ce que dirait sa mère qui avait souhaité un petit mariage.

– C'est toute une noce, Colin! Je gage que tes sœurs ont voulu nous faire une surprise.

Colin ne releva pas sa remarque, son intérêt était ailleurs.

Parmi les attelages, des hommes étaient rassemblés en bloc autour d'une automobile, une Buick Road Master noire à pneus blancs, une auto lumineuse, étincelante, une acquisition de Charles-Édouard Beaudry.

Colin en fit le tour par deux fois.

– Y a pas à dire, c'est toute une machine que vous avez là, l'beau-père! Pis avec une roue de spare sur l'aile gauche, on rit pas. Ça doit coûter cher en verrat une affaire de même?

Colin mit aussitôt la main sur sa bouche et se corrigea:

– En ciboulot, je veux dire.

Charles-Édouard n'allait pas lui révéler le prix payé, le coût ne regardait personne d'autre que lui.

– Pas mal cher, dit-il.

Sarah, ravie, félicitait son père.

– Pourquoi ne m'avez-vous pas conduite à l'église en auto?

– Parce qu'on devait me la livrer dans deux semaines seulement et ce matin, le vendeur a téléphoné pour me dire qu'elle était disponible. Je l'ai envoyé chercher par monsieur le notaire. Je ne pouvais pas faire attendre toute la noce pour une auto. Elle vient tout juste d'arriver.

– Je veux l'essayer. Viens, Colin.

Colin tenta de s'esquiver. Ce fla-fla n'était pas son genre.

— Le jour de notre mariage, madame Coderre, ce serait inconvenant de faire attendre les invités.

Sarah sourit. Colin lui servait sa propre salade.

— Vas-y. Moé, je dois aller remplacer les perches brisées de ma clôture.

Sarah le retint.

— Non, attends! J'ai une idée.

Leurs voisins, les Rochon, comptaient parmi les invités. Sarah se souvenait avoir vu Hervé, un jour, aider sa mère à planter des piquets de clôture. Aujourd'hui, il n'aurait qu'à remplacer quelques perches. Elle s'approcha du garçon et posa une main sur son bras.

— Est-ce que je peux te demander un service? Nos vaches ont traversé dans votre champ. Colin dit qu'il faudrait les ramener dans leur clos et remplacer deux perches à la deuxième travée après la barrière de planches.

— Où je peux en trouver?

— Demande à Colin.

Colin s'approcha.

— Y en a un tas au bout de la grange pis le rouleau de broche est accroché au mur dans le hangar, juste à gauche de l'entrée. Surtout, prends garde de pas maganer ton habit du dimanche.

— Craignez pas.

Colin lui donna une tape amicale dans le chignon.

— Demandez donc à Marc de m'aider, ajouta Hervé. À vous, y refusera pas.

* * *

Lorsque midi sonna, toute la paysannerie était présente : vieux, jeunes et enfants s'entassaient dans la maison et autant de monde se tenait à l'extérieur. On avait installé une table dans le salon où les cadeaux assortis étaient disposés en ordre de grandeur. Laurentienne s'en approcha et replaça son cadeau bien en vue, un service de vaisselle en fine porcelaine. Puis elle entraîna Sarah vers la chambre du bas où se tenait un groupe de jeunes.

— Vous autres, allez, débarrassez le plancher ! Sarah a besoin de la pièce.

Une fois seule avec Sarah, sa mère lui dit :

— T'en as fait une belle ! Nous nous étions entendues pour un petit mariage, vu ton état.

— Les sœurs de Colin en ont décidé autrement et croyez-moi, c'est aussi une surprise pour lui et moi.

— J'espère que tu vas mettre les choses au point avec elles, sinon, à l'avenir, ces femmes vont tout régenter dans ta propre maison.

— Elles l'ont fait avec de bonnes intentions. Vous voyez tout le mal qu'elles se donnent ? Elles se font une bile noire pour ne rien oublier et que tout soit à point.

— Ma foi, tu prends leur défense contre moi, ta mère !

— Ne parlez pas trop fort, on pourrait nous entendre. Et puis le jour de mon mariage, ce n'est pas le temps de me faire des reproches. Excusez-moi, je dois enlever mon corset, une baleine s'en échappe et j'endure le martyre.

— Je te défends bien de l'enlever. Tu tiens tant à ce qu'on jase sur ton compte ? Tu as vu la Riopel et la Durocher, assises près de la porte ? Ces deux commères ne seront pas tendres à ton endroit.

— Qu'est-ce qu'elles font ici, celles-là ?

— Je te le demande bien.

— Je vais au moins retirer la baleine qui dépasse. Allez et tâchez de faire bonne figure devant nos invités.

— Faire bonne figure ! À mon âge, je sais me conduire, que diable !

Sa mère sortie, Sarah poussa péniblement une commode derrière la porte pour en bloquer l'accès. Une fois seule, elle détacha les lacets du corset qui glissèrent comme des couleuvres dans les œillets puis elle détacha les agrafes. Elle poussa une grande expiration. Malheureusement, une fois son ventre libéré, elle n'arriva plus à reboutonner sa robe. Elle s'énerva ; le temps filait et on allait la chercher dans toute la maison. Finalement, elle réussit de peine et de misère à revêtir à nouveau le corset de supplice.

Colin cherchait sa jeune femme.

— Viens, Sarah, que j'te présente ma marraine.

Lorsqu'elle sortit, il ajouta plus bas :

— Mais qu'est-ce qui s'passe pour que t'aies l'air si bouleversé le jour de ton mariage ? Encore ta mère, je gage ?

— Je te raconterai.

— Aujourd'hui, pense juste à nous deux, chuchota Colin à son oreille. Pense au plus beau jour de notre vie, et éloigne de nous tout ce qui pourrait nuire à notre bonheur.

Tout en parlant, il l'entraîna à l'extérieur. Déjà, sur le perron, on accordait les violons.

* * *

La noce aurait été une réussite si Sarah ne s'était pas mise à vomir sans relâche. Comme elle n'eut pas le temps de se rendre au cabinet extérieur et qu'elle ne trouva pas dans toute la maison une pièce déserte où se retirer à l'abri des regards, elle se plaça dans le petit espace entre le mur et le poêle à bois. Elle dut ensuite traverser toute la cuisine devant les invités avec le bol à mains rempli de vomissures pour aller le vider à l'extérieur, ce qui la mit au supplice. La Riopel et la Durocher chuchotaient, la main devant la bouche. Tout le monde allait bientôt connaître son état. Sarah s'efforça cependant de faire bonne figure devant les invités. Pour blanchir son honneur, elle disait à qui voulait l'entendre : « Voilà ce que c'est que de trop boire et de trop manger ! » elle qui n'avait pas pris d'alcool, pas même une goutte.

* * *

À trois heures du matin, après des heures de plaisir à écouter les violons jouer et à danser, les invités s'en retournèrent chez eux, les yeux lourds de sommeil. Les bruits de la noce firent place à un silence bienfaisant.

Colin tira la main de Sarah et l'entraîna à la chambre.

— J'ai jamais eu aussi hâte de voir partir ma visite.

— Qu'il est agréable de se retrouver seuls tous les deux.

— Oui, je vais enfin pouvoir me déchausser.

— C'est bon un peu de tranquillité. On ne s'entendait plus à travers le bruit et la musique.

Colin retira ses souliers et ses bas.

— Regarde, Sarah. J'ai des ampoules aux gros orteils.

— Ce n'est rien, ça. Regarde l'attirail que maman m'a obligée à porter pour cacher ma grossesse. Une baleine m'a percé la peau.

Sarah enleva le long corset et, comme un trophée, elle le brandit à la hauteur du visage de Colin avec un sourire moqueur qui faisait briller ses yeux.

— C'est joli, hein?

Ils éclatèrent de rire en même temps.

— Qu'est-ce que c'est que ce truc à ficelles et à crochets?

Sarah, épuisée, regarda Colin tâter le tissu rude.

— Ces ficelles et ces crochets, comme tu dis, sont des cordons et des agrafes.

La fatigue aidant, Sarah riait et toute la nervosité de la journée s'évapora dans son rire déchaîné.

Colin lui prit l'objet des mains et le déposa sur la commode.

— Je gage que c'est c't'affaire là qui t'a fait vomir. Comment voulais-tu que la nourriture descende quand t'étais attachée serré comme une poche de son? On va dormir un peu pis, après le train, j'irai chercher un remède chez ton père.

— Je n'ai pas besoin de remède. Je vais plutôt prendre des aliments solides, comme des rôties. Mais en ce moment, je n'ai pas très faim, j'ai encore l'estomac à l'envers. Avant le dîner, quand je vomissais, la Riopel et la Durocher ne me lâchaient pas des yeux. Je me demande pourquoi tes sœurs ont invité ces deux anciennes poulettes à notre mariage. Elles vont en profiter pour salir ma réputation.

Colin retenait un sourire.

— Ces deux poulettes, comme tu les appelles, sont mes tantes Flore et Antoinette. Dans la famille, on les appelle « les vertueuses ».

— Pourquoi, les vertueuses ?

— Pour s'moquer un brin, parce qu'elles n'ont pas eu d'enfants. On dit qu'elles ont pas perdu leur vertu. Mais sois assurée qu'elles parleront pas asteure que t'as marié leur neveu. Pour elles, la famille, c'est sacré.

Sarah resta désarmée devant sa réponse surprenante.

— Oh ! Excuse-moi, je ne pouvais pas deviner. Mais tu dois reconnaître qu'elles parlent beaucoup.

— Un village peut pas vivre sans nouvelles.

— C'est différent de la ville où les voisins s'en tiennent à leurs affaires. Ils ne s'adressent même pas un bonjour.

— Oublie pas que chacune nous a donné un beau deux piastres en cadeau de mariage. Deux piastres, c'est quelque chose, Sarah ! Pis arrête-toé pas aux bavardages, y en aura toujours.

— Viens, comme c'est notre premier jour ensemble, je tiens à ce que nous commencions notre vie de ménage par le chapelet.

Le jeune couple s'agenouilla côte à côte au pied du lit. Les *Ave* étaient entrecoupés de regards brillants, de sourires et de baisers. Colin n'attendait que la fin des prières pour posséder sa jeune épouse, elle aussi brûlante de désir. À la deuxième dizaine, il s'arrêta net. Sarah s'en étonna :

— Qu'est-ce qu'il y a ?

— Y a que chus fou de toé !

Il mit le chapelet sous l'oreiller, se leva promptement, prit Sarah par la main et, d'un pas de géant, il l'entraîna sur le lit. Debout, tenant sa jeune femme des deux mains, il se mit à sauter dans les airs. Il sautait et sautait, histoire de plaisanter. Les lames du sommier grinçaient, le lit craquait, la paillasse se déplaçait. À chaque bond, Sarah craignait de se retrouver sur le plancher avec Colin. Épuisée, elle s'assit, riant et reprenant son souffle.

— Arrête tes folies, Colin. Ça peut être mauvais dans mon état.

— Ben non! Juste quelques petits sauts, y a rien là.

Colin s'assit sur le côté du lit et attira Sarah sur ses genoux.

— Je ne te pensais pas si fou, dit-elle. Chez nous, on défendait aux enfants de sauter sur les lits.

Sarah sentait la main de Colin lui presser doucement le poignet et elle l'entendit chuchoter:

— Tu peux pas savoir comme je t'aime, maîtresse!

« Maîtresse »! Comme au temps où Colin ne savait pas exprimer ses sentiments amoureux. Un sourire se dessina sur les lèvres de Sarah.

— Aujourd'hui, une vie merveilleuse commence pour nous, dit-elle.

— Y a pus rien qui compte plus au monde, que toé pis moé, Sarah. Si tu savais comme j'ai attendu ce moment!

Alors que Sarah s'abandonnait langoureusement dans ses bras, Colin entendit un grincement à la fenêtre, comme si on tentait d'ouvrir les claires-voies du volet. Il écarta Sarah et s'assit carré dans le lit.

— Attends-moé icitte, je reviens dans une minute. Si les jeunes du rang se sont donné le mot pour un tapage nocturne, y vont voir de quel bois je me chauffe.

Colin ne prit pas le temps de se vêtir. Il ouvrit la porte de la cuisine en douceur et, une fois à l'extérieur, il saisit une gaule qui traînait sous le perron et se rendit sans bruit à la fenêtre de côté. Un garçon était juché sur une chaise dérobée sur le perron. Colin se mit à frapper de toutes ses forces sur les jambes du coupable.

Sarah, en robe de chambre, se rendit au bout du perron d'où elle pouvait distinguer des ombres et entendre des coups, comme des bris d'os.

— Arrête, Colin! Tu vas le tuer.

Le voyeur, les mains accrochées au bas du châssis, ne pouvait descendre de son perchoir sans recevoir des coups sur la tête. Il hurlait de douleur, et Colin cognait, cognait, jusqu'à ce que le garçon tombe inerte, face contre terre, sans doute pour ne pas être reconnu. Il n'était pas grand, ce devait être un adolescent, mais la nuit empêchait de le reconnaître. Il semblait en très mauvais état.

— Viens, Sarah, rentrons.

— Tu ne vas pas le laisser là? Il a l'air pas mal sonné.

— Ça lui apprendra à aller fureter chez le monde.

Revenue à sa chambre, Sarah, nerveuse, avait de la difficulté à retrouver son calme.

— Qui est-ce?

— Je le sais pas, mais ce serait Jos Lépine que ça me surprendrait pas.

— Pas lui? J'ai peine à croire qu'un homme marié s'amuserait à aller écornifler aux maisons.

Sarah étira le cou à la fenêtre. Dans la pénombre, une forme imprécise se déplaçait avec peine en rampant vers le chemin.

– Laisse, Sarah, viens te coucher.

Sarah entendait des gémissements.

– Tu devrais peut-être atteler Castor et aller le reconduire chez lui.

– Non ! Et surtout, pas un mot là-dessus, à personne, y pourrait revenir contre moé.

– Il faudrait installer un store à notre fenêtre.

– Pas de dépense inutile, ma belle. Les jalousies suffisent.

– Et s'il revient ?

– Y reviendra pas.

– Ça n'en restera pas là. On va sûrement en entendre parler.

– J'avoue que j'ai peut-être fessé un peu fort.

Colin serra Sarah dans ses bras, mais celle-ci ne pouvait chasser de son esprit l'image du garçon geignant par terre.

Le charme magique de leur nuit de noces venait de s'estomper.

* * *

Le ciel rosissait du côté de l'Orient. Comme musique du matin, le coq chantait, les vaches beuglaient, l'horloge sonnait.

Colin s'assit sur son côté du lit, prit la main de Sarah et la bécota.

– Tu crois que j'peux te laisser seule pendant le train ?

– As-tu seulement le choix ? Tu aurais dû engager un remplaçant pour notre premier jour ensemble.

– Ce serait de l'argent gaspillé. Ce sera pas long, juste une petite heure pis je reviens.

Sarah, mollasse, s'étirait comme un petit chat et, du pied, elle poussait gentiment son mari au bas du lit.

– Va, grouille si tu veux revenir! À ton retour de l'étable, le déjeuner sera sur la table.

Sur ce, Colin disparut.

Sarah sauta sur ses pieds et revêtit une longue chemise blanche quand elle entendit des voix sur le chemin. Elle s'approcha de la fenêtre et regarda aux claires-voies des volets. Des gens venaient, tels des fantômes dans la brume matinale.

À la campagne, c'était la coutume pour les invités de revenir le lendemain des noces déjeuner, dîner et souper avec les restes du festin. On ne devait rien perdre. Plus loin, des attelages approchaient. Dans la voiture de tête, un ménétrier accordait son violon.

Sarah ouvrit sa porte et les reçut aimablement, comme il se devait. Les femmes aidèrent à transporter les victuailles de la glacière à la table. On sortit les tartes et ce qui restait du gâteau des mariés, sans oublier le bon vin qui, comme la veille, coulait à flots. La danse reprit et de nouveaux couples se formèrent. Sarah prenait plaisir à discourir avec ses invités.

La Riopel pencha son long corps vers la Durocher.

– Tu vois la fille des Cadieux assise au bout de la table avec ses petits frères? Y a le joueur d'harmonica, le jeune Brabant du ruisseau Saint-Georges, qui y fait de la façon. Guette, guette! Je gage qu'y va la demander pour danser. Guette! Ça l'air à cliquer du premier coup. Ça me surprendrait pas qu'on aille aux noces l'an prochain.

Depuis un bon moment, Gisèle sentait que Gilles Brabant l'observait à la dérobée. Ce garçon allumait de tendres sentiments dans son cœur et c'était comme si quelque chose de beau, de grand, lui tombait du ciel. Elle lui sourit pour l'encourager. Il se dirigea droit vers elle, s'inclina et prit sa main. Aussitôt, les frères de Gisèle, deux gamins au flair aiguisé, se mirent à la taquiner :

— M'man défend à ma sœur de parler aux garçons, dit le premier.

— Elle dit qu'à douze ans, elle est trop jeune, ajouta l'autre.

Gisèle donna un coup de tête gracieux et ses cheveux ondoyèrent comme le blé poussé par le vent.

— C'est pas vrai, ça! dit-elle, tout en gaieté. Mes frères disent ça pour me faire enrager, mais j'ai trop bon caractère pour me fâcher. J'ai quinze ans ben sonnés.

— Croyez-la pas, monsieur. Ma sœur cache son âge.

— Ah! Vous allez pas vous mettre à deux sur mon dos asteure? Et pis un coup partis, allez-y donc à fond!

La jeune fille se laissa entraîner dans la danse. Le bonheur la soulevait.

— C'est tout le temps comme ça que ça se passe avec mes frères. Y peuvent pas s'empêcher de faire les fins finauds devant le monde. Vous avez des frères?

— Oui, trois!

— Comme ça, vous savez ce que c'est!

Gilles la regardait, les yeux humides.

— Venez vous asseoir, je vais vous dire un secret si vous me promettez de ne pas le répéter.

— Vous avez ma parole.

– Il y a un de mes frères qui a disparu hier, pis mes parents veulent pas en parler à cause des cancans, mais y sont inquiets sans bon sens.

– Pourquoi vous me dites ça à moé?

– Parce que j'ai de la misère à garder ça en dedans pis comme je vous fais confiance… Je me demande ben où se trouve Anselme pis où y a passé la nuit.

– Y a quel âge?

– Quinze ans.

– J'aimerais que vous m'en donniez des nouvelles.

Gilles serra sa main plus fort.

– Dimanche, on pourrait se voir à la grand-messe.

La journée avançait. Cinq heures sonnèrent à l'horloge. Les violons se turent. Un à un, les noceurs gavés se retirèrent pour le train du soir. Gilles Brabant reconduisit la petite Cadieux chez elle.

* * *

Le lendemain fut plus tranquille chez les Coderre.

Au lever, Colin enfila en vitesse sa salopette de travail.

– Après-midi, j'dois me rendre à la meunerie acheter de la moulée pour les cochons. Si ça te tente de profiter de l'occasion, en passant, j'peux te laisser chez tes parents.

Sarah hésitait.

– Je leur dormirais au nez. Pourtant, j'aimerais bien parler à Évelyne de la noce et de tout ça. Et puis non! Je crains trop que maman me fasse des reproches à cause de mes vomissements devant les invités.

— Si ta mère te passe des remarques déplaisantes, tu viendras me retrouver à la meunerie.

Sarah se laissa convaincre. Chemin faisant, elle tentait d'intéresser son mari aux choses de la maison.

— J'avais tellement hâte de profiter de mon chez-moi, d'y faire mon nid.

— T'auras ben le temps. T'as toute la vie devant toé.

— Je sais! Aujourd'hui, je me proposais d'aller cueillir des marguerites sur la levée de fossé. Je veux que nous vivions dans une jolie cuisine.

— Tu l'aimes pas comme elle est?

— Bien sûr, mais si je peux l'améliorer… Il manque une main de femme dans cette maison.

Mais Colin l'entendait-il? Son attention semblait ailleurs.

— Cette année, mes récoltes ont été généreuses, ça m'a permis de mettre un peu d'argent de côté en prévision des mauvais jours.

— On dit que les années de naissances apportent l'abondance matérielle. Peut-être pourrons-nous peindre la cuisine, changer le prélart et acheter des rideaux?

— J'ai de la chaux dans le hangar, dès que je trouverai le temps, je chaulerai toutes les pièces de la maison, de haut en bas. Je voulais le faire avant notre mariage, mais comme l'ouvrage me poussait dans le dos…

— T'es un amour, Colin. J'espère que tu resteras toujours aussi attentionné et travaillant.

— Tiens! Enfin quelqu'un me trouve des qualités!

— Si tu n'en avais pas, je ne t'aurais pas marié.

* * *

Chez les Beaudry, tout se passa bien. Charles-Édouard entourait Sarah comme on l'aurait fait pour une invitée de marque, tellement que celle-ci ne trouva pas un instant pour parler seule avec Évelyne. Au moment du départ, sur le perron, Sarah lui chuchota à l'oreille:

— Je voulais te parler en privé.

Mais déjà, Charles-Édouard appelait:

— Évelyne! Viens, conduis-moi chez la veuve Laurin.

Évelyne pinçait le bec de dépit.

— Encore une cliente qui ne peut pas se rendre au bureau! Franchement, les gens ambitionnent.

— Son petit achève, il ne passera pas la nuit, rétorqua son père.

— Quel âge il a, ce petit?

— Une dizaine d'années.

— Et il souffre de quoi?

— D'un virus. Une mastoïdite qui a tourné en méningite.

Évelyne s'était promis après la mort d'Éloïse Marion qu'elle n'assisterait plus jamais à de pareilles tragédies. À la suite de ce décès, pendant des jours, le soir, elle s'était endormie en pensant au drame horrible de l'adolescente.

Son père l'attendait dans la voiture. Comme Sarah, Évelyne pliait devant l'autorité paternelle. Le trajet fut silencieux.

La veuve vivait seule avec des enfants en bas âge dans une rue écartée du village.

Charles-Édouard précédait Évelyne sur le perron quand la porte s'ouvrit toute grande devant eux.

— Venez, docteur, le petit souffre beaucoup, dit la dame en le précédant à la chambre.

Après avoir passé des nuits au chevet de son fils malade, la femme était fort pâle et on pouvait lire sur ses traits une extrême fatigue.

Dans la chambre sévissait une chaleur étouffante. Le malade, un gamin vêtu d'une camisole trouée et d'une culotte aux genoux, était allongé sur un vieux matelas éventré qui laissait voir son crin et ses ressorts. Trois oreillers soutenaient son corps d'une maigreur squelettique. À dix ans, le garçon au teint gris paraissait en avoir six.

Le médecin voyait bien que l'enfant n'irait pas loin.

— Mettez-lui une chemise blanche et changez ses draps. Il faut respecter la dignité humaine en lui.

— Pensez-vous que c'est la fin ? le questionna la mère.

Le docteur haussa les épaules et le petit baissa les yeux. Les choses qu'on cache aux enfants sont celles qu'ils détectent le mieux.

Le soigneur prit la petite main glacée et la tapota avec attendrissement. L'enfant pouvait encore parler, mais très bas. Il était si faible.

— J'ai soif, dit-il.

On lui donna quelques cuillerées d'eau.

— J'ai froid.

La mère couvrit son fils et saisit ses mains pour les réchauffer, mais en vain. Le médecin savait, lui, que c'était le froid de la mort. Il traça un signe de croix sur son front et l'enfant s'endormit pour toujours.

La mère gardait les mains de son fils entre les siennes et pleurait en silence, comme si elle craignait de le réveiller.

Deux grosses larmes roulèrent dans les yeux du médecin, sans toutefois tomber et près de lui, Évelyne, figée de stupeur, échappa des petits sanglots étouffés. La voix de son père la ressaisit :

— Tu peux partir, je vais rester ici avec madame Laurin. Avise monsieur le curé.

Évelyne sortit, soulagée de quitter cet endroit lugubre. Elle n'en pouvait plus de refouler ses émotions. Elle reportait le drame sur son avenir, sur sa propre vie. Pourquoi mettre des enfants au monde si c'était pour les voir mourir ?

La cloche se mit à tinter lentement, un coup, puis une minute après, un autre. Elle continua ainsi jusqu'à neuf coups. Le glas sonnait le deuil du jeune Raynald Laurin.

II

Le lendemain, une pluie torrentielle accompagnée de gros vents s'abattait en tambourinant sur les toits de tôle.

Gaston Cadieux entra dans le cabinet du médecin trempé jusqu'aux os.

— Docteur, venez vite, le petit a du mal à respirer.

Il savait, le médecin, qu'il ne pouvait rien faire pour l'enfant, que le petit Maurice allait mourir, mais il ne refusait jamais son assistance. Il avisa les clients qu'il serait de retour dans environ une heure, puis il étira le cou à la cuisine et appela :

— Évelyne, viens !

— Encore ?

— Nous allons faire un crochet par le presbytère pour inviter monsieur le curé à nous accompagner, ne serait-ce que pour réconforter la pauvre mère.

Le curé accepta d'emblée.

— Je prends mon parapluie et les saintes huiles et je suis à vous dans la minute.

— Vous ferez comme bon vous semble, mais vous seriez mieux protégé avec un imperméable, aucun parapluie ne va résister à ce vent.

Évelyne céda sa place sur le siège avant au curé et s'assit sur la banquette arrière. Ce dernier ne la salua pas, ne démontrant d'intérêt que pour le médecin. Peut-être était-il au courant de ses sentiments pour le vicaire ? Il déposa son viatique sur ses genoux et ferma la portière à tour de bras.

Les gouttes de pluie bavaient sur les vitres et les essuie-glaces ne suffisaient pas à la tâche.

— Il m'est toujours agréable de vous accompagner, docteur, si ce n'était de ce temps de chien.

— Je préfère tout de même la pluie aux tempêtes de neige.

— Et moi, le beau temps à la pluie.

— Tant qu'à ça !

— Vous arrêterez chez les Leblanc prendre mon acolyte. Une fois sur les lieux, je vais administrer le sacrement des morts et le sacrement de confirmation à l'enfant. J'ai la permission de Monseigneur pour ces cas exceptionnels. Vous soignerez le corps, et moi, l'âme.

* * *

Dans la chambre du bas, un garçonnet de quatre ans, à moitié mort, faisait entendre un râle en respirant. Son bras squelettique passé à travers les barreaux tenait la main de sa mère assise à ses côtés.

— Depuis deux jours, y mange pus. Y repousse même les jus.

Le médecin tira son stéthoscope de sa trousse et ausculta l'enfant. Il ne pouvait rien faire pour le petit malade et il rageait de son impuissance.

— Continuez de lui donner des analgésiques aux quatre heures.

— C'est ce que je fais, mais la fièvre ne baisse pas.

Charles-Édouard doutait que l'enfant passe la nuit. Il se pencha vers lui, prit sa petite main et le regarda dans les yeux.

— Comme tu ne peux pas aller à l'école, monsieur le curé va t'administrer le sacrement de confirmation. C'est un grand jour pour toi.

Aucune expression ne passait sur le visage du petit malade ; son regard vide allait tranquillement de sa mère au docteur.

Le curé demanda qu'on invite la fratrie à assister au sacrement.

L'aînée fit entrer six frères et sœurs qui s'échelonnaient de quatorze ans à trois mois. Gisèle, une adolescente responsable, tenait le dernier-né dans ses bras. Elle fit placer ses frères et sœurs le long du mur de façon à ce que tous voient le curé tracer sur le corps du petit mourant les onctions rituelles.

La confirmation terminée, le père de l'enfant remercia les étrangers et les reconduisit au perron, laissant de nouveau la mère, pétrifiée, seule avec son enfant que les secousses de sa poitrine jetaient en avant. La mère prit son fils agonisant sur ses genoux et déposa un baiser sur le front brûlant. Ce fut le dernier.

Le médecin et le curé n'étaient pas sortis de la maison qu'on les rappelait. L'enfant avait rendu l'âme.

Le père et la mère tenaient chacun une petite main blanche et versaient des larmes silencieuses.

Le prêtre ne connaissait pas de remède capable de les consoler.

— Le bon Dieu a besoin d'anges dans son ciel. Que sa volonté soit faite.

Évelyne restait muette. Elle n'en pouvait plus de ces départs répétés. Décidément, les morts allaient finir par la tuer, elle aussi. Ce vide que laissait un enfant et la tristesse des parents la terrassaient et lui faisaient réaliser que le malheur de ces braves gens était bien pire que le sien.

Charles-Édouard se tourna vers le curé, lui aussi bouleversé par le spectacle désolant.

Au retour, il se plaignit au prêtre de son impuissance devant ces départs répétés.

— Les décès d'enfants sont les plus difficiles à supporter et, deux en l'espace de deux jours, c'est plus que je ne peux encaisser. Ces petits n'ont rien fait de mal pour mériter un pareil sort.

— Malheureusement, on ne connaît pas les desseins de Dieu.

— Je trouve que votre Dieu y va un peu fort. Quand je vois les parents traverser de pareilles épreuves, je ne peux pas m'empêcher de considérer leurs enfants comme les miens et, chaque fois, je suis tenté d'abandonner cette chiennerie de profession.

— Allons, allons!

— Dans mon métier, il n'y a pas de beaux cas!

— Holà! Mon cher docteur, vous oubliez les accouchements. Les naissances sont toujours de beaux événements.

— Pas si c'est pour voir ces petits mourir jeunes! Je voudrais bien vous voir à ma place.

— Il vous faudrait un peu de distractions. Après les funérailles, qu'est-ce que vous diriez de m'accompagner à une partie de pêche sur les berges de la rivière Matawin ? Un petit voyage de trois jours loin de vos soucis serait le meilleur remède pour vous remettre d'aplomb.

— Et qui s'occuperait de mes malades ? Ils doivent être encore six à m'attendre dans mon cabinet et je n'ai personne pour prendre la relève. Malheureusement, ma profession ne m'accorde pas de vicaire pour me remplacer.

— Quand vous serez mort, il sera trop tard pour vous reposer. Comme Saint-Jacques ne cesse de s'agrandir et que vous ne suffisez plus à la tâche, il faudrait un deuxième médecin dans la place, sinon vous allez bientôt craquer.

— Un autre médecin ? Non ! Je ne veux pas rivaliser avec un petit jeune qui arriverait avec ses idées nouvelles. Je risquerais de perdre mes clients et ce serait la déchéance.

— Et pourquoi, plutôt que de vous battre contre un ennemi, vous ne vous en feriez pas un associé ? Vous pourriez vous relayer.

Charles-Édouard se cantonnait dans son refus.

— Mon cher docteur, vous n'êtes pas assez épuisé. Quand vous serez mort, vous lui laisserez toute la place.

Sur cet argument, Charles-Édouard flancha.

— Je vous donne entièrement raison. À ma prochaine visite à l'hôpital, je tenterai de persuader un interne de venir s'installer ici, mais vous savez ce que c'est, les jeunes médecins préfèrent s'installer à la ville et profiter de toutes ses commodités.

— Pour la pêche, mon offre tient toujours.

— Non, on remet ça.

— En attendant, prenez soin de vous. Comme vous le disiez tantôt, les malades ne peuvent pas se passer de vos services.

Comme ils arrivaient à la ferme de Colin, Évelyne s'avança sur le bout de sa banquette et toucha l'épaule de son père.

— Papa, j'aimerais que vous me laissiez chez Sarah en passant. Comme c'est sur votre chemin…

— Si ça peut te faire oublier ces décès !

* * *

Évelyne profita du fait que Sarah était seule dans sa maison pour lui parler de la peine immense que lui avait causée le départ du jeune vicaire.

— Quand Emmanuel était là, je pouvais toujours lui parler au confessionnal, mais maintenant que je ne le vois plus, je me désespère. Plus je fais d'efforts pour l'oublier, plus il me revient en tête. Son départ n'a rien arrangé pour moi.

Sarah tentait de réconforter sa sœur, mais rien ne la consolait.

— Si tu savais comme je te comprends !

— Non, personne ne peut me comprendre.

— Je ne vois qu'une solution : un nouvel amour qui te ferait oublier l'autre.

— Je n'y crois pas. Quand on est en amour, on n'en voit pas d'autres.

Sarah pensa à sa grand-mère adorée qui avait su si bien la consoler.

– Si j'étais toi, j'irais en parler à grand-mère Beaudry. Tu verras comme elle est compréhensive.

– Tu n'y penses pas! Je la scandaliserais.

– Je te jure que non, rien ne la surprend. Elle est beaucoup plus ouverte que papa et maman. Tu peux lui parler à cœur ouvert. Essaie, tu verras.

– Elle ne fera pas de miracle, pas plus qu'elle ne me ramènera Emmanuel.

– Oui, elle fait des miracles. C'est grâce à elle si je suis mariée à Colin.

– Pour moi, c'est différent. Je rêve d'un amour impossible.

Pour changer de sujet, Sarah profita de la visite d'Évelyne pour lui révéler son secret.

– Je suis enceinte.

– Chanceuse! Je m'en doutais bien, tu sais.

– Je veux tricoter un morceau pour mon bébé. Grand-mère m'a appris le tricot, mais ces jours-là, j'étais si bouleversée et distraite que je me suis limitée aux points de base. Je vais demander l'aide des demoiselles Lanoue. Ces deux femmes tissent le lin et exécutent toutes sortes de travaux à l'aiguille et au crochet. Ce sera moins loin que de me rendre chez grand-mère Beaudry à Saint-Alexis.

– J'aimerais bien t'accompagner et apprendre à tricoter, moi aussi, mais je suis nulle pour les travaux manuels.

– Tu ne peux pas le savoir avant d'avoir essayé. Avant, j'irai acheter de la laine.

– Acheter de la laine quand tes tiroirs en sont pleins? Va voir dans la chambre au-dessus de la vôtre et ouvre le dernier tiroir du petit bureau placé en angle.

– Ma foi, ma petite sœur, tu connais ma maison mieux que moi!

– Le jour où tu t'es sauvée de la maison et que tu es venue te réfugier ici, quand je suis montée me coucher, j'ai fouiné un peu dans les tiroirs, voir si je ne trouverais pas un peu de lecture, et c'est là que j'ai fait la trouvaille d'un plein tiroir de laine en pelotes et en écheveaux de toutes les couleurs. J'ai aussi vu des aiguilles à tricoter de différentes grosseurs.

– Je ne savais pas que ma maison contenait des trésors.

L'annonce de cette maternité emballait Évelyne. Elle ne cessait de dire à sa sœur à quel point elle la trouvait chanceuse.

– Si je finis par apprendre le tricot et si j'ai bonne main, je confectionnerai un châle pour ton enfant.

– C'est gentil de ta part.

– J'ai une belle nouvelle, moi aussi. Notre sœur Clarisse est en amour.

– Clarisse? Voyons donc! Quelqu'un que nous connaissons?

– Oui, Simon Courchesne, le fils du marchand général. Ce n'est pas d'hier. Tout ça aurait commencé pendant notre séjour à Paris, mais tu connais Clarisse, ce n'est pas elle qui va le crier sur les toits.

– Le beau Simon avec notre sœur Clarisse! Je n'arrive pas à les imaginer ensemble. C'est du sérieux leur histoire?

– Sans doute, depuis le temps que ça dure. Je les ai surpris à s'embrasser derrière les étalages, au magasin général. Une fois prise sur le fait, Clarisse s'est vue obligée d'avouer.

— Pourquoi n'est-elle pas venue à mon mariage accompagnée?

— Sans doute pour ne pas s'afficher avec lui. Papa et maman n'en savent encore rien et ce n'est pas elle qui va les braver. Clarisse n'a aucune force de caractère.

— La cachottière! J'espère que ses amours seront moins houleuses que les nôtres!

— Pourquoi tu dis ça?

— Tu te souviens qu'à notre arrivée ici, maman nous a défendu de fréquenter les jeunes de la place. Ses recommandations valaient aussi pour Simon Courchesne.

Sarah étira le cou à la fenêtre.

— Tiens, le jeune Brabant qui passe sur le chemin. Il doit s'en aller voir la petite Cadieux. Je l'ai vu lui faire de la façon le lendemain de mes noces.

— Il y en a qui sont plus chanceuses que moi.

* * *

Au retour, Évelyne ressassait le conseil de Sarah. Après tout, qu'avait-elle à perdre? Si sa grand-mère ne pouvait rien arranger, elle saurait au moins l'écouter et peut-être la comprendre et la consoler. Par le passé, son aïeule avait toujours été sa complice.

Évelyne cherchait un moyen de se rendre chez elle, sans son père comme témoin.

— Papa, je veux que vous me conduisiez chez grand-mère Beaudry.

— Je ne peux pas me passer de ton aide. Patiente jusqu'à dimanche, si ta mère est bien, nous irons tous ensemble.

— Non, je veux y passer quelques jours et apprendre à tricoter. Quand vous êtes là, vous ne nous laissez pas le temps de placer un mot.

Charles-Édouard réfléchit. Évelyne avait raison. Après tout, ce ne serait pas mauvais qu'elle tisse des liens serrés avec sa grand-mère.

— Saint-Alexis, ce n'est pas le bout du monde, insista Évelyne. Vous n'auriez pas dû vous défaire de Gaillarde, je m'y serais rendue en voiture.

— C'est un bon débarras de ne plus avoir à nourrir une bête, l'entretenir, acheter du foin. J'ai autre chose à faire.

— Et moi, je suis à pied.

— J'irai te reconduire, mais après le souper seulement. Je vais encore devoir me passer de toi, mais bon!

III

Lorsqu'elle arriva à Saint-Alexis ce soir-là, Évelyne trouva sa grand-mère alitée. Elle voyait soudain à quel point son aïeule avait vieilli et comme la fatigue avait mordu profondément en elle. De douloureuses petites rides couraient sur sa figure et, pourtant, ses yeux pâles souriaient sans cesse. Sa vieille main blanche, toute froide caressait la sienne.

— Évelyne, ma petite Évelyne! C'est le ciel qui t'envoie.

— Vous n'êtes pas bien, grand-mère? J'arrive au mauvais moment?

— C'est rien. C'est la machine qui est un peu usée. Comment vont Sarah et son Colin?

Évelyne sourit.

— Pour ceux-là, c'est le bonheur total. On ne peut imaginer un couple plus tendrement uni.

— Et toi, dis-moé quel bon vent t'amène?

— Ce n'est pas un bon vent. J'appellerais plutôt ça une tempête.

— Ton père m'a raconté que t'allais pas bien ces derniers temps. Je veux t'entendre me dire toé-même ce qui va pas.

— Ça ne se dit pas!

— Comme ces petites Beaudry sont cachottières! Tu crois ta grand-mère trop vieille pour supporter sa petite-fille, hein? T'as ben raison pour le corps, le mien est usé.

J'ai l'air d'une vieille pomme ratatinée, mais l'âme, ma petite Évelyne, reste toujours jeune.

— Ne parlez pas comme ça, grand-mère. Moi, je vous trouve belle avec vos yeux qui brillent derrière vos lunettes à monture en or et votre bouche qu'on dirait faite pour le sourire. Vous êtes même la plus belle grand-mère que je connaisse.

— T'es fine. Raconte-moé, Évelyne. Je t'écoute.

— Si vous saviez!

— Encore une belle histoire d'amour, je suppose? À mon âge, plus rien me surprend, tu sais. Raconte-moé, ma petite Évelyne.

Évelyne lui confia son secret et, à mesure qu'elle s'abandonnait, sa peine s'allégeait.

La grand-mère écouta sa petite-fille sans l'interrompre. Puis, elle laissa passer un long silence; la vieille Céleste réfléchissait.

— Ce secret est trop lourd pour être gardé en dedans. Il faut en dégager ton cœur. T'as ben fait de m'en parler.

La main de la vieille fit un mouvement pour retenir Évelyne.

— Reste à côté de moé, dit-elle, j'ai peur.

«Peur?» pensa Évelyne. Pourtant le doux visage de sa grand-mère ne cessait de sourire.

— Je suis trop jeune pour mourir, n'est-ce pas?

Évelyne pressa sa main pour lui redonner confiance. Peut-être était-elle en train d'achever sa grand-mère avec le secret de son amour interdit?

— Je m'en veux de vous ennuyer avec mes problèmes alors que vous êtes souffrante.

— Mais non, ma petite Évelyne, dit la vieille plus bas. Ta souffrance me fait oublier la mienne.

— Papa possède les remèdes pour vous soulager.

— Ce serait pour rien. Je sens que je vais bientôt m'en aller.

— Mais non, voyons ! Vous allez vous remettre sur pied.

— On peut pas choisir son heure. Une fois en haut, je vais arranger les choses pour toé. Laisse-moé neuf jours, le temps de m'habituer à ma nouvelle demeure et, d'ici là, prie un peu pour moé que le bon Dieu m'accepte dans son paradis. Une fois là-haut, je lui soufflerai un mot pour toé. Neuf jours, c'est rien en regard de toute une vie. D'ici là, promets-moé, ma petite Évelyne, de vider ton cœur, d'y nettoyer cette pourriture qui est en train de détruire ta vie. Libère un peu d'espace pour laisser entrer de nouveaux sentiments.

— Ce ne sera pas facile, vous savez.

— Si tu y mets un peu de volonté, tu sauras t'en tirer, ajouta la vieille dans un dernier effort.

L'aïeule ne parla plus, ne respira plus, ses yeux vitreux ne riaient plus. Le cœur avait lâché.

Évelyne gardait la main de la défunte entre les siennes.

Sa grand-mère était partie et elle n'avait pas eu le temps de lui dire qu'elle l'aimait.

— Merci, grand-mère, merci !

Évelyne éclata en sanglots.

* * *

La dépouille de la grand-mère Beaudry fut exposée dans le salon de sa maison. Évelyne y demeura trois jours.

Ce séjour chez sa grand-mère fut l'occasion pour elle de renforcer ses liens avec sa parenté éloignée qu'elle ne rencontrait qu'une fois l'an. Les cousines de son âge avaient toutes un ami de cœur et des rêves, les chanceuses! Toute cette belle jeunesse passait son temps dans la cuisine de la grand-mère Beaudry, les filles à préparer les repas, les garçons, une fesse juchée sur le coin de la table ou du comptoir, à piger dans les plats. Ces derniers n'étaient qu'un encombrement, mais pas question de les chasser, bien au contraire ; on les poussait gentiment ou bien on les contournait. On bavardait, on étouffait des rires. Il fallait être discret, car, de l'autre côté du mur, le salon ressemblait à une chapelle remplie de prières : les *Credo*, *Pater* et *Ave Maria* ne tarissaient pas.

Céleste Beaudry, cette dame respectée de toute la communauté, avait autrefois dirigé le cercle des fermières, un regroupement social qui permettait aux femmes de se réunir, d'échanger entre elles, d'apprendre le tissage, la confection de courtepointes et toutes sortes de travaux à l'aiguille.

Évelyne ne voyait pas passer le temps. Malgré la mort de sa grand-mère, il y avait encore de la vie, du bonheur autour d'elle, ainsi que l'aurait souhaité son aïeule bien-aimée. Heureusement, sa mère n'était pas là pour l'isoler de la parenté. Laurentienne avait prétexté un malaise pour se soustraire aux cérémonies funèbres.

Le dernier jour, l'entrain, les drôleries et la joie cédèrent le pas à la tristesse. Après deux jours et deux nuits de veille, les larmes accompagnèrent le corbillard au cimetière. Puis vinrent les séparations avec embrassades et invitations.

Tous savaient que la mort de la vieille Céleste marquait la fin des grands rassemblements de famille.

Évelyne retournait à la maison, fatiguée, mais sereine. Sa grand-mère, qui riait toujours de bon cœur, n'aurait pas aimé la voir s'attrister. Le sourire de la vieille ne s'était éteint qu'avec son dernier souffle.

En entrant chez elle, le premier geste d'Évelyne fut de brûler le mouchoir du vicaire qui contenait toutes ses larmes.

Après tant d'émotions et le va-et-vient incessant des derniers jours, quelle douceur ce fut pour Évelyne de retrouver son lit de plumes. Elle étouffa un bâillement, enfila une nuisette et se glissa entre ses draps. Elle repensait à son aïeule adorée que les cousins lui avaient presque fait oublier. Elle lui avait bien dit neuf jours. Évelyne les compterait, impatiente de connaître ce qui se passerait alors.

* * *

Charles-Édouard entra en portant péniblement un adolescent dans les bras.

– Évelyne, va me chercher les sels. Ce jeune homme s'est évanoui.

– Qui est-ce, papa ?

– Je vais bientôt le savoir. Beauchamp l'a trouvé dans un fossé, près de la ferme des Rochon. Il doit y être resté assez longtemps, ses plaies sont fermées.

Le garçon entrouvrit les yeux et les referma aussitôt.

– Il est déshydraté. Il a l'air mal en point. Je vais le conduire à l'hôpital.

* * *

— Garde, déshabillez-le et passez-lui une jaquette. Je passe consulter un confrère et je reviens l'examiner.

En apercevant les jambes blessées du garçon, Charles-Édouard sursauta.

— Faites-lui passer une radio, ensuite installez-lui un soluté.

La radiographie démontrait clairement que les deux jambes du garçon étaient fracturées à maints endroits. Il était trop tard pour les immobiliser.

— Ce jeune a reçu une raclée et une bonne.

— Quel est ton nom, mon garçon ?

Pas de réponse.

— Qui est ton père ?

Pas de réponse.

— Raconte-moi ce qui t'est arrivé.

Toujours rien.

— Garde, conduisez-le à sa chambre. Ce garçon a un choc qui l'a rendu muet. Il faudra demander aux autorités de trouver qui sont ses parents.

* * *

Évelyne se rendit au jardin. Sans personne à qui rêver, elle passait ses journées à s'ennuyer, à attendre un événement qui viendrait changer sa vie.

Après sept jours d'une attente fébrile, toujours rien. Là-haut, les jours avaient-ils la même longueur de temps qu'ici-bas ?

Les sentiments d'Évelyne pour le vicaire s'émoussaient. Ces derniers jours, ils ne revenaient qu'à l'occasion et sans déchirement. Était-ce que déjà son rêve impossible prenait fin? L'abbé Fortier parti, il tombait dans l'oubli. Évelyne ne s'abandonnait plus à la rêverie, à cet amour à l'état flottant. Elle se résignait devant ce que plus tôt elle aurait cru impossible. L'acceptation, lui avait dit sa grand-mère, était le plus grand pas à franchir pour faire le vide. Lui restait-il une attache au fond de son cœur? Évelyne ne se posait plus la question. La promesse de sa grand-mère occupait toutes ses pensées. Était-ce là le miracle qui se produisait?

Neuf jours passèrent, puis dix, toujours rien, si ce n'était qu'une grande paix s'installait dans le cœur d'Évelyne.

IV

Onze jours après le décès de Céleste Beaudry, on frappa à la porte de côté de la maison du docteur, celle interdite aux visiteurs. La famille était attablée devant un pouding aux pommes. Clarisse se leva de table, écarta le rideau et entrouvrit la porte.

— Le bureau est en avant, dit-elle.

— Je ne suis pas un client; je voudrais parler à mademoiselle Évelyne Beaudry. Je suis bien chez elle?

— Attendez un moment.

Clarisse laissa le visiteur à l'extérieur et referma.

— Évelyne, quelqu'un pour toi. Un jeune homme te demande.

Le regard de Laurentienne se durcit.

— Qui est ce garçon, Évelyne?

— Je ne sais pas.

— Toi, Clarisse, va lui dire qu'Évelyne est absente.

Clarisse se pencha vers sa sœur et ajouta plus bas, la main devant la bouche:

— Avec un bouquet à la main.

Évelyne, intriguée, se leva promptement de table. Elle pensa aussitôt à sa grand-mère. Mais quel genre de garçon pouvait-elle lui livrer en plein midi, comme on livre un colis? Ce serait bien Céleste, ça, jouer le rôle de postillon. Évelyne ouvrit et resta bouche bée. Elle sortit de la maison, vêtue seulement d'une légère laine et prit la précaution de refermer la porte sur elle.

— Bonjour, Évelyne.

— Fabrice!

— En personne!

— Vous, ici! Incroyable!

Le jeune homme, beau comme un dieu, était vêtu d'un trois-pièces en tweed gris et d'un feutre noir, un accoutrement digne des gravures de mode. Comment avait-elle pu oublier qu'il était aussi séduisant, aussi attachant? Il lui tendait un bouquet de roses rouges, mais Évelyne ne voyait que celui qui les offrait.

— C'est toute une surprise que vous me faites là, Fabrice. Si je m'attendais!

— Comme vous négligiez de répondre à mes lettres, j'ai supposé qu'elles ne se rendaient pas à destination. Alors je me suis dit, va donc voir ce qui en retourne.

Évelyne se sentait coincée. Comment se justifier, sans lui dire qu'elle avait cessé sa correspondance parce qu'elle croyait l'avoir oublié et qu'elle s'était amourachée d'un prêtre?

— C'est que, pendant ces années, je tentais de vous oublier, dit-elle, hésitante. Malheureusement, un océan nous séparait.

— Je suis heureux de vous trouver chez vos parents, je craignais de retrouver une Évelyne mariée et mère de famille.

Évelyne, tout en gaieté, éclata de rire, mais, intérieurement, la vue de Fabrice la troublait, son cœur battait au même rythme qu'à son départ de Paris, si ce n'était que deux ans plus tard, elle se retrouvait devant un grand jeune homme, presque un étranger, et elle en ressentait une certaine gêne. Ils restaient là, l'un en face de l'autre, immobiles, à se regarder, à se reconnaître.

Fabrice ne se lassait pas d'admirer Évelyne. Elle avait grandi, son corps s'était sculpté, mais elle avait conservé ses yeux de velours et sa bouche moqueuse. Lui aussi avait grandi, et tous les deux avaient gagné une certaine maturité.

– Je suis là qui vous laisse grelotter. Venez, entrez, que je vous présente les miens.

Comme un enfant docile, Fabrice prit la main d'Évelyne et la suivit à l'intérieur.

Évelyne commença les présentations par sa mère.

– Fabrice Thuret! Fabrice est professeur de musique à Paris.

Laurentienne, impitoyable un moment plus tôt, était tout sourire.

Le garçon enleva un gant de chevreau gris pour serrer la main que Laurentienne lui tendait. Celle-ci remarqua qu'il n'était pas bronzé comme les gars de la place. Ce grand monsieur à la figure noble, frais rasé, était un charmant Français aux manières d'artiste et, par surcroît, un maestro. Elle ne pourrait espérer mieux pour sa fille et surtout, elle en mettrait plein la vue aux gens de la place.

– Quel métier exerce votre père?

– Il est marchand de vin.

– Vous savez que le père d'Évelyne est médecin?

– Oui, bien sûr, à Paris nous parlions de nos familles.

Évelyne poussa Fabrice vers son père puis Clarisse.

Les présentations terminées, Évelyne revêtit un manteau et invita Fabrice à aller marcher. On était en novembre et l'air était froid. Fabrice, non habitué au climat rigoureux, claquait des dents.

— Si nous trouvions un endroit pour causer à la chaleur ?

— Vous êtes trop légèrement vêtu. Ici, le climat est différent du vôtre. Il y a un petit restaurant par là, allons-y.

Fabrice serrait la main d'Évelyne et, par ce simple contact, une chaleur lui montait au cœur.

— C'est là, au prochain coin de rue.

Fabrice se mit à courir sur le trottoir de bois, entraînant Évelyne dans sa course.

— Vite, entrons.

Le restaurant comptait une dizaine de tables entourées de chaises en métal chromé et au-dessus de chaque table pendait un lustre orné de pendeloques de cristal. À une heure de l'après-midi, le restaurant était vacant, sauf pour le comptoir. Assis sur des tabourets, deux clients traînassaient et, tout en sirotant un soda, ils conversaient avec une serveuse qui faisait briller des verres.

Fabrice choisit une table au fond de la pièce où ils pourraient causer en toute tranquillité. Il tira galamment une chaise à l'intention d'Évelyne et en approcha la sienne. Il prit le manteau de la jeune fille et le déposa sur son dossier de chaise.

— Moi, je garde mon veston, dit-il. Je suis transi jusqu'aux os.

— Quand êtes-vous arrivé ?

— Hier, dit-il. En débarquant dans votre beau pays, j'ai immédiatement loué une chambre à l'hôtel Windsor et, le temps de m'installer, j'ai dû remettre à aujourd'hui le plaisir de vous voir.

Fabrice fit un collier de ses bras qu'il noua autour du cou d'Évelyne et approcha son visage du sien jusqu'à toucher sa joue.

— Si vous saviez comme j'ai pensé à nous ces dernières années! lui chuchota-t-il à l'oreille.

Évelyne était telle que dans ses rêves, avec ses yeux superbes et sa fossette rieuse qui l'envoûtaient. Fabrice posa doucement sa bouche sur les lèvres pulpeuses, mais Évelyne le repoussa délicatement.

— Les gens pourraient jaser, ici tout le monde se connaît!

— Excusez mon audace. Pour moi, c'est tout naturel. Ces dernières années, je vous ai embrassée des centaines de fois en rêve et pas une fois vous ne m'avez repoussé.

Évelyne s'en voulait. Fabrice rêvait à elle pendant qu'elle rêvait à un autre. Elle se sentait honteuse. Fabrice l'aimait. Comment avait-elle pu s'enticher d'un vicaire?

— Vous êtes au pays pour combien de temps?

Fabrice sourit.

— Ça dépendra de vous. Êtes-vous libre de toute attache, Évelyne?

— Libre comme l'air, répondit Évelyne toute joyeuse.

— Et puis-je me permettre tous les espoirs?

— Vous le savez bien!

Une serveuse s'approcha.

— Qu'est-ce que je peux vous servir?

— Ce sera un soda pour ma fiancée et un thé pour moi.

Évelyne resta figée et fit de grands yeux étonnés.

– Ma fiancée! lui dit-elle quand elle put articuler un mot. Vous vous moquez de moi… Je vous pensais un garçon sérieux.

– Mais je suis tout ce qu'il y a de plus sérieux, Évelyne.

À peine commandés, le soda et la tasse de thé se retrouvèrent devant eux. Évelyne entoura son verre de ses mains.

Fabrice se pencha de côté de manière à couvrir Évelyne de son corps pour ainsi la soustraire aux regards indiscrets. Il l'embrassa à l'étouffer et cette fois, Évelyne ne le repoussa pas. Après ce baiser qui dura une éternité, Fabrice ajouta:

– Qu'il est doux de se retrouver comme autrefois! Il ne manque plus rien à mon bonheur. Je vous retrouve aussi séduisante qu'à votre départ de Paris.

– Ne suis-je pas un peu vieillie? Ces dernières années ont été un peu difficiles pour moi. J'ai même cru que j'allais mourir.

– Racontez-moi, Évelyne.

Elle refusait de lui parler de son attachement au vicaire. Cet épisode de sa vie faisait déjà partie du passé.

– Ma grand-mère est décédée dernièrement. Quant au reste, je ne sais plus trop: la solitude, l'ennui. Vous voyez, votre arrivée comme ça, à l'improviste, me fait déjà oublier les petites misères de la vie.

– Dire que pendant tout le voyage, je me posais des questions et je me torturais. M'aimes-tu, Évelyne?

– Je t'aime depuis ce fameux jour où je t'ai vu au Piace Caffe. Après mon retour de Paris, j'ai tout tenté afin de t'oublier et j'ai bien cru y arriver. Mais dès ton apparition sur le pas de la porte, j'ai senti une étincelle surgir.

Sans s'en rendre compte, les amoureux se tutoyaient. Fabrice l'embrassa de nouveau, passionnément. Quand il put parler, il lui raconta :

— Depuis ton départ de Paris, j'accumulais toutes mes économies pour venir au Canada. Lorsque je suis arrivé à mes fins, mes parents se sont opposés à mon départ. Ils craignaient de ne plus jamais me revoir. Ça n'a pas été facile. Maman me disait que c'était un coup de tête. Moi, je disais que c'était une douce folie. En réalité, j'avais besoin de connaître tes sentiments à mon égard, de savoir si tu m'attendais.

— Tu n'as qu'à être là et je suis heureuse. Maintenant, que comptes-tu faire de ta vie ?

— À mon arrivée à Montréal, j'ai vu une annonce dans une vitrine. On demandait un libraire. Je me suis dit, vas-y donc, tu ne perds rien à essayer, et je suis entré m'informer. La librairie était remplie de livres, de papeterie et d'articles religieux. On m'a expliqué la fonction et, en moins d'une heure, j'ai obtenu le poste. Rien de bien payant, mais ce travail me permettra d'échanger un peu avec les gens d'ici. J'ai l'intention, une fois installé, de donner des cours de musique. Il me reste une semaine de liberté pour me familiariser avec ce coin de pays. Je voudrais bien passer tout ce temps avec toi, mais avec le coût exorbitant de l'hôtel, je dois me dénicher un petit appartement.

— Je pourrais t'accompagner, si mes parents me le permettent. Je connais bien la ville. Nous y avons déjà habité. Et puis ce serait un juste retour des choses. À Paris, c'étaient Romain et toi qui nous accompagniez, Sarah et moi. Au fait, que devient ce cher Romain ?

— Il a connu des moments de déprime après le départ de Sarah et encore plus lorsqu'elle lui a appris son mariage. Tout était fichu pour lui. Sur le coup de la nouvelle, il a immédiatement renoncé à son projet de venir au Canada. Romain était amoureux fou de Sarah et il amassait son argent pour m'accompagner. Le rejet de Sarah l'a laissé au bord du désespoir.

— Sarah a pourtant été claire à ce propos, et ce, dès le départ. Aujourd'hui, elle file le parfait bonheur avec son Colin. Tiens, si on allait lui rendre visite ? Elle demeure à quinze minutes d'ici.

— À pied ?

— Non, ici, ce n'est pas Paris.

* * *

Après le repas du midi, Sarah dormait un court somme quand elle entendit le ronron d'une auto dans la cour. Elle se leva et étira le cou à la fenêtre. Ses parents descendaient de l'auto, les bras chargés de boîtes.

Elle traversa dans le bas-côté où Colin nettoyait un pinceau qui avait servi à chauler la cuisine.

— De la grande visite, Colin, viens voir. L'auto de papa est pleine de monde. Je me demande bien qui est avec lui. Ils apportent des boîtes. On dirait des cadeaux.

Sarah aperçut Fabrice Thuret et Évelyne, main dans la main. Elle espérait ardemment que Romain ne soit pas avec eux.

— Colin, viens voir! Si je n'ai pas une vision, c'est Fabrice Thuret, un Parisien que nous avons connu au Conservatoire.

Quel bonheur Sarah ressentait de recevoir Fabrice dans sa propre maison! Elle ouvrit la porte toute grande et accueillit sa visite avec le sourire.

— Fabrice Thuret! Quelle surprise! Ma foi, tu as encore grandi.

Fabrice embrassa Sarah sur les deux joues.

— Quel plaisir de te revoir!

— Entrez tous! Mettez vos choses sur la table et prenez une chaise.

Laurentienne chercha tout de suite à attirer l'attention sur elle.

— C'est pour toi, Sarah, ouvre!

Tout en parlant, Sarah dénouait les rubans de satin. Elle retira de la boîte une belle figurine de bronze achetée dans une bijouterie de la ville.

— Que c'est beau!

— Elle sera jolie sur ta table de salon.

— C'est une folie, maman.

— Si ça peut t'encourager à arranger ta maison.

Sarah ne releva pas la remarque désagréable.

— Vous allez souper avec nous? Fabrice doit en avoir long à nous raconter.

Laurentienne déclina l'invitation.

— Nous passions seulement faire un tour.

— Vous allez au moins prendre un café?

— Volontiers, s'empressa d'ajouter Charles-Édouard.

Celui-ci se plaisait bien chez Sarah. Il en oubliait même, pendant quelques heures, ses malades et leurs maux.

— Où as-tu installé le guéridon que madame notaire t'a donné ? demanda Laurentienne plutôt que de s'informer de l'état de santé de sa fille.

— Dans le passage.

— Place-le plutôt devant la fenêtre du salon. Honoré t'a donné un beau vase. Ce n'est pas pour le laisser vide. Charge-le de fleurs et place-le sur le guéridon.

Sarah ne trouverait pas de fleurs des champs en décembre, à moins d'en acheter à Joliette chez un horticulteur, ce qui serait une dépense ruineuse pour des fleurs éphémères. C'était impensable. Elle ignora la suggestion de sa mère et s'occupa de servir ses invités.

— Évelyne, un peu de sucre dans ton café ?

— S'il te plaît, merci !

— Et avec ça, un biscuit au gingembre ?

Sarah distribuait des biscuits pendant que Colin savonnait ses mains jusqu'aux coudes. Charles-Édouard, nerveux, tournait en rond, comme une âme en peine. Qu'est-ce qui le préoccupait tant pour qu'il refuse de s'asseoir ? Sarah le dévisagea un moment.

— Prenez le temps de vous asseoir, papa. Vous n'allez pas boire votre café debout ?

— Il faut que je te dise, Sarah, j'ai fait don de ton piano au Collège de l'Assomption. Ils vont venir le chercher cette semaine.

Charles-Édouard vit le visage de Sarah s'allonger.

— Vous avez donné mon piano ?

– Il en reste un autre, celui d'Évelyne.

– C'est au mien que je tenais. Avant de vous en défaire, vous auriez dû m'en parler.

– Comme tu en avais un ici…

Sarah était déçue. Le piano droit qui avait été sien, ouvragé de haut en bas, avait autrefois appartenu à Sarah Bernhardt, une grande actrice qui avait marqué l'interprétation du répertoire classique. C'était une relique.

– Ça ne se compare pas. Le mien était plus fignolé, il avait un timbre plus sonnant. Et puis, celui de Colin aurait grand besoin d'être accordé.

– Demande à Honoré, il va s'en faire un plaisir.

L'aveugle tâtonnait un petit sucrier en argent, un cadeau de mariage.

– Je n'ai pas ma clé sur moi.

Tout en devisant, Sarah pensait à son piano aux notes d'ivoire, au do un peu jauni par le temps. Elle qui rêvait d'enseigner la musique à ses enfants sur un clavier qui portait l'empreinte de ses propres doigts! Mais c'était trop tard pour revenir en arrière.

– Je tiens à garder mon banc de piano.

– Ton banc? Bien sûr!

Tout le temps de la collation, Sarah voyait sa mère examiner la cuisine sous tous ses angles. La pièce, fraîchement peinte au lait de chaux, était d'un blanc immaculé, mais les fenêtres étaient nues. Comme les rideaux en place avaient perdu leur éclat, Sarah les avait jetés au feu. La veille, elle avait parlé à Colin d'en acheter, mais il s'était opposé gentiment à cette dépense inutile. Aujourd'hui, sa mère ne manquerait sûrement pas de lui passer une remarque déplaisante à ce sujet.

— Sarah, tes fenêtres seraient plus jolies avec des rideaux en batiste de coton. J'ai vu chez Dupuis Frères un tissu en vichy vert et blanc. Tu pourrais peindre tes chaises du même vert. Ce serait joli.

— Ce n'est pas pressé, il me semble. Je ne peux pas tout faire d'un coup. On va remettre ça pour la décoration, ça peut attendre un peu.

— Attendre? Quand la peinture de tes chaises est tout écaillée?

— Nous y verrons plus tard, quand la coopérative de tabac nous enverra le chèque. Pour le moment, elles peuvent servir comme telles. L'important, c'est qu'elles soient solides et propres.

— Tu ne vas pas te priver du nécessaire et te mettre à tirer le diable par la queue?

Laurentienne y mettait de la provocation, et ce, en présence de Fabrice Thuret. Sarah rougit.

— Rien ne presse, chuchota son père à son oreille. Les émanations de peinture sont néfastes pour une femme dans ton état.

— Toi et tes secrets, Charles-Édouard Beaudry. Je suppose que tu prends encore parti contre ta femme?

Sarah, mal à l'aise, cherchait à mettre fin aux propos acerbes de sa mère qui empoisonnaient l'atmosphère.

— Ici, je veux vivre modestement, comme à la campagne.

Colin vint à sa rescousse.

— Madame Beaudry, votre fille peut faire tout ce qu'elle voudra dans sa maison, mais je tiens à ce qu'elle y mette son goût à elle, pas le vôtre, comme j'irais pas vous dire quoi faire chez vous. J'aimerais ben que les choses soient claires entre nous, que vous vous occupiez de votre maison et nous de la nôtre. C'est clair ?

Laurentienne, non habituée de se faire contrarier, se leva, insultée.

— Écoute ça, Charles-Édouard ! Je viens tout juste de leur apporter un cadeau et, comme reconnaissance, je reçois des bêtises. Venez, sortons tous de cette maison où je ne suis pas la bienvenue.

Charles-Édouard vida sa tasse d'un trait et invita les siens à le suivre. Clarisse et Honoré se levèrent à leur tour, mais Évelyne ne bougeait pas.

— Fabrice et moi aimerions rester un peu. Nous voulons parler de Paris et de tous ceux que nous avons connus là-bas.

Charles-Édouard leur offrit de revenir les chercher plus tard, mais Colin insista pour les reconduire après le souper.

Sitôt la porte refermée, Sarah, que sa maternité rendait hypersensible, éclata en pleurs.

— Tu n'aurais pas dû braver maman, Colin. Mes parents ne reviendront plus et nous allons finir par rester seuls dans notre coin.

Colin tapotait sa main.

— Rester seuls à deux, c'est ben ce qu'on rêvait, Sarah ! Nous serons même trois betôt. Mais prenez-le pas pour vous autres. Sarah pis moé, on est ben contents que vous soyez là.

— Colin a raison, reprit Évelyne. Maman n'a pas à se mettre le nez dans vos affaires. Si elle revient, elle saura à quoi s'en tenir. Colin lui a dit d'une façon claire et nette ce qu'il pensait et il a bien fait. Après l'argent et l'arrangement de ta maison, elle se mêlera de l'éducation de vos enfants, et allez savoir quoi encore.

— Oublions tout ça, coupa net Colin. Nos petits désaccords intéressent pas monsieur Fabrice, et pis moé, j'ai l'estomac dans les talons.

Le repas fut animé. Fabrice était loquace et plein d'entrain. Il rapportait des nouvelles de Paris.

— Mon frère Justin a une amie de cœur, Mireille, une petite voisine. Lucas en a une lui aussi, mais, comme il est plus cachottier, il ne l'invite pas à la maison. J'ai rendu visite à Pillet juste avant de m'embarquer. Il vous salue toutes les deux et dit garder un bon souvenir de vos années passées chez lui.

Évelyne et Sarah se dévisagèrent, étonnées, puis elles éclatèrent de rire en même temps.

— C'est incroyable, après tout ce que nous lui avons fait endurer. Tu te souviens, Sarah, cette fameuse fois où le lit avait frappé le mur? Bang! Et le temps de monter, Pillet frappait à notre chambre. Pauvre Pillet! Nous lui avons donné pas mal de fil à retordre.

— Que nous en avons eu du plaisir là-bas! Surtout aux vacances d'été, d'un bout à l'autre de la journée, nous crevions de rire tous les quatre.

— Les quatre? Racontez-moé ça, reprit Colin, que je rie avec vous autres. Ça serait-y que là-bas, vous auriez un peu bamboché?

– Non, rétorqua Sarah, nous veillions tard, mais seulement pour visiter Paris et nous rencontrer pour des soirées de chant et de musique. Mais tout comme nos sorties, nos veillées n'avaient plus de fin. Au début, Pillet nous interdisait de sortir après le souper. Nous nous échappions, bien sûr. Par la suite, il nous a prêté son garage pour nos pratiques de violon.

– Pis toé, Sarah, tu vas me faire accroire qu'à Paris les garçons levaient pas les yeux sur une belle fille comme toé? Y s'agit de te voir une fois pour tomber en amour.

– Non, je le jure! J'étais toujours accompagnée de Romain Dauvergne, un garçon moche, mais sympathique. Lui m'aimait sans que je le sache. Il me l'a avoué seulement le jour de notre départ de la France. Moi, je ne ressentais aucune attirance pour lui. Il n'avait pas ton charme, tu sais ce petit quelque chose de magique qui m'a ensorcelée. Je le considérais comme un frère. En quelque sorte, il a été, sans le savoir, mon ange gardien.

– J'ai ben de la misère à croire que des gars aient pu te regarder sans tomber amoureux de toé!

– Voyons donc, Colin! Tu parles comme si j'avais eu tous les hommes à mes pieds.

– C'est pour ça, ma femme, que tu m'as jamais parlé de Paris? C'est une partie de ta vie que j'aimerais mieux connaître.

– Nous n'avons jamais été déplacées, je peux le jurer. Tu n'as qu'à demander à Fabrice.

– Non, non. Ça va! Je te cré, Sarah.

À se rappeler ces souvenirs, Sarah en oublia le départ brusque de ses parents.

* * *

Pendant ce temps, dans l'auto qui ramenait les siens au village, Laurentienne déblatérait sur son gendre.

— Ce pauvre colon se permet de braver la mère de sa femme. Et pour comble, il m'a fait honte devant monsieur Thuret ! Quel propre-à-rien !

— Comment ça, propre-à-rien ? demanda Clarisse.

— Il n'a pas de débrouillardise. Ce n'est qu'un bon à rien, un sans-le-sou.

— Mais vous le rabaissez, maman. Vous le détestez donc tant ?

— Non. Je plains seulement ma fille de l'avoir épousé. Il ne m'inspire que de la pitié.

— Vous vous trompez, maman. Si Colin ne roule pas carrosse, il n'en est pas moins un fervent catholique. Et puis, il est bon que les gens sachent se contenter de peu.

— À la maison, Sarah ne manquait de rien. Elle avait tout ce dont elle avait besoin.

— Tout, sauf l'amour.

— Tiens, te voilà comme tes sœurs maintenant, et comme ton père, et comme ceux qui ne disent rien, mais ne le pensent pas moins ! C'est ça, allez-y, liguez-vous tous contre moi !

V

Dans leur grande maison de rang bien ordonnée, Sarah et Colin vivaient des mois de bonheur intense.

La fête de l'Immaculée Conception apportait chaque année un redoux qui assouplissait les feuilles de tabac. Les producteurs profitaient de cette baisse de température pour dépendre les plants séchés en vue de l'écotonnage.

Colin se rendit au séchoir où étaient suspendues des lattes de bois, chacune chargée de cinq pieds de tabac à pipe que quatre mois de dormance avaient colorés d'un brun roux. Il les chargea dans une charrette, les transporta à l'étable et les suspendit sur un échafaudage temporaire. Sarah lui apportait son aide. Elle enlevait les deux premières feuilles appelées «les déchets», Colin enlevait les autres, les plus belles, «les milieux», et Sarah passait derrière lui pour enlever les deux dernières, deux chétives, «les têtes». Ils devaient les classer séparément dans de grandes boîtes avant de les expédier à la coopérative de tabac. Ce travail durait plus de trois semaines.

Sur la ferme, les corvées se succédaient presque sans trêve. Le tabac livré, Colin allait bûcher son bois de chauffage avec Alphonse Leblanc. Les deux hommes échangeaient régulièrement du temps.

— Sarah, je monte au bois avec Leblanc, je descendrai vers midi.

— Et moi qui pensais que nous passerions la journée ensemble. Avec ton bûchage, ton train et le vêlage, je suis toujours seule à me morfondre à t'attendre.

— Être cultivateur, c'est aussi prenant que docteur. Flâner, c'est pas mon genre, ma Sarah. Pis c'est rien ça, ensuite il faut que je fende le bois.

— Quand tu trouveras le temps, il faudra aussi penser à refaire une beauté extérieure à notre maison, le volet de notre fenêtre de chambre ne tient que par un gond et il faudrait repeindre le toit de tôle, sinon, toute la couverture sera à refaire.

— Je vais fixer les jalousies, mais pour le reste, ça ira à l'été prochain.

Leblanc approchait. Colin sortit l'attendre sur le perron.

En attendant son homme, Sarah confectionnait des tourtières, pâtés, ragoûts, beignes, etc. pour le temps des fêtes.

* * *

L'Angélus sonnait midi au clocher du village et le vent emportait sa musique jusqu'au fond des campagnes. Les deux bûcherons déposèrent le godendard et descendirent du bois. Colin, heureux de trouver une maison chaude et des plats appétissants, accrocha son froc au clou, savonna ses mains et embrassa Sarah du bout des lèvres.

Sarah sortit de l'écoinçon une nappe brodée d'un blanc immaculé.

— Pourquoi faire tant de fla-fla, Sarah ? On peut manger directement sur la table dans la vieille vaisselle pis garder la vaisselle neuve pis l'argenterie pour la visite rare.

Sarah avait conservé ce souci de la bienséance léguée par sa mère. Chez elle, la table était toujours dressée avec soin.

– Mon homme ne mérite-t-il pas autant d'égards que nos invités? Après la venue des enfants, j'utiliserai les assiettes écaillées.

Au fond, Sarah pensait autrement: «Avec le temps, Colin s'habituera et il oubliera. »

La jeune femme déposa une assiettée de soupe à l'orge devant Colin. Avant de s'asseoir à son tour, elle caressa gentiment sa nuque.

– Si nous achetions une radio, nous aurions les nouvelles directement dans notre cuisine. Aujourd'hui, presque chaque maison possède la sienne.

Colin gardait les yeux baissés sur son assiette.

– Sa mère est morte alors qu'il était bébé. Je me suis toujours passé de ces boîtes à musique.

Sarah n'en parla plus, mais elle ne renonça pas. Elle passerait en premier certaines dépenses pressantes, comme les chaises à repeindre et les rideaux de cuisine, ensuite, elle verrait bien.

Elle avait reçu trois belles nappes tissées en cadeau de mariage. Comme le lin ne s'use pas, elle n'en verrait pas la fin, alors elle pensa à la longue nappe blanche brodée au Richelieu qui dormait dans la petite armoire en coin; si elle la coupait en deux, elle pourrait s'en servir pour habiller les fenêtres de la cuisine. Le soir, elle s'endormit sur son beau projet de couture qui, pour elle, s'annonçait comme un passe-temps agréable.

* * *

Le lendemain, Sarah, tiraillée entre l'économie et le souci d'enjoliver sa maison, tailla le tissu de coton. Elle tira ensuite la machine à coudre au milieu de la place, en sortit la tête noire et s'assit devant. Elle se mit à fouiller dans les tiroirs à la recherche de fil blanc et y trouva des navettes et des bobines de toutes les couleurs. Mais comment installer une navette?

Sarah ne connaissait rien à la couture. « Si toutes les autres femmes y arrivent, se dit-elle, j'y arriverai aussi. » Mais malgré tous ses efforts, elle ne réussit pas à enfiler sa machine correctement.

– Voyons donc!

Après plusieurs essais ratés, elle était exaspérée.

« Je n'ai pas le talent », se dit-elle, déçue de son incompétence. Sur le point de renoncer, elle pensa à Françoise Rochon qui possédait une machine de même marque, mais elle se sentait mal à l'aise de la déranger. Elle ne voyait pourtant personne d'autre à qui recourir. Ses récoltes engrangées, Françoise devait être à la maison. Elle pourrait lui enseigner la manière. Sarah s'y rendit d'un pas vif.

Françoise Rochon n'hésita pas un instant à lui rendre ce service.

– Depuis le temps qu'il sert pus, votre vieux moulin à coudre a peut-être besoin d'ajustement. Chus mieux d'y aller pis de vous montrer ça directement sur place. Ça doit ben faire un quart de siècle que cette machine a pas servi.

La femme appela son aînée :

— Pauline, surveille les enfants, je m'en vais chez monsieur Colin. J'en aurai pour deux minutes là-bas.

Mine de rien, la Rochon prit sa burette d'huile, la mit dans la poche de son tablier, revêtit son manteau rouge et suivit Sarah chez elle.

— Bon ! On va commencer par pousser votre moulin à coudre devant la fenêtre, ça travaillera mieux à la clarté du jour.

La femme s'assit devant le meuble et activa le pédalier.

— Écoutez-moé ce bruit, on dirait les gros chars.

Elle tira sa burette de sa cachette.

— J'vais commencer par vous montrer comment huiler votre machine pour éviter le grippage. Il vous faut graisser toutes les pièces qui se touchent.

Tout en parlant, elle se leva et céda sa place.

— Faites-le vous-même, ça rentrera mieux dans votre caboche. Y faut mettre une goutte d'huile dans chacun des petits trous que vous voyez. Y sont là spécialement pour les endroits inaccessibles. Ensuite, basculez la tête de votre machine et huilez toutes les pièces qui se touchent. Maintenant, essuyez votre surface de travail ben comme y faut.

Sarah faisait tout ce que sa voisine lui disait. Elle était une bonne élève.

— Maintenant, pédalez et écoutez comme le roulement est doux. À l'avenir, vous devrez huiler le mécanisme chaque fois que vous utiliserez votre machine.

Sarah apprit aussi à remplir une navette et à enfiler sa machine.

La Rochon toisait la belle nappe de l'œil, puis elle se servit du ruban à mesurer pour s'assurer de la grandeur de la fenêtre.

— Je veux pas vous décevoir, mais une fois votre tissu plissé, vous en aurez jamais assez pour garnir deux fenêtres.

— Vous croyez ? J'aurais gaspillé une belle nappe pour rien ?

— Avez-vous pensé à des cantonnières ? Comme ça, y vous resterait du tissu pour votre haut de porte, et ça permettrait au soleil d'entrer librement dans votre cuisine.

Sarah hésita un peu pour enfin accepter l'idée.

La Rochon prit son manteau.

— Si vous avez encore besoin de moé, hésitez pas à me faire signe.

— Merci, vous êtes comme une mère pour moi.

La Rochon partie, Sarah se rassit à sa machine. Lentement, les cantonnières prirent forme.

Tout le temps de la confection, Sarah se demandait comment réagirait Colin devant les besoins indispensables des siens. Il était là qui regardait froidement la nappe se transformer en rideaux. Tant qu'on ne lui demandait pas une sortie d'argent, Colin était satisfait. Malheureusement, la venue prochaine de l'enfant exigerait quelques déboursés.

Sarah posa les cantonnières aux fenêtres et s'assit pour contempler son travail. Elle avait réussi. Tout était joli. Elle pouvait se considérer comme une bonne couturière. À sa prochaine visite, sa mère la complimenterait assurément. Il ne manquait plus qu'une peinture fraîche sur les chaises pour que sa cuisine soit adorable, mais elle devait remettre cette corvée à plus tard puisque, comme son père le lui avait dit, l'odeur de la peinture à l'huile était déconseillée aux femmes enceintes.

* * *

— Colin, il me faudrait aller au village acheter une pièce de flanelle blanche pour confectionner les couches et j'aurais aussi besoin de quelques petits vêtements de bébé.

— T'en emprunteras à Céline ou à Laurette. Comme mes sœurs ont fini d'élever leur famille, leur linge pourra servir à notre enfant.

— Ah ça, non, par exemple! Surtout pas des couches grises!

— Au diable la couleur, c'est pour user sur le plancher de cuisine.

Sarah resta sans voix.

— La layette de baptême de maman a servi à tous les bébés Coderre, elle peut aussi servir aux nôtres.

— Pour la layette de baptême, je suis d'accord, mais pour le reste, non. Plutôt que de quémander tout ce dont j'ai besoin à tes sœurs, je préfère demander de l'argent à maman. Ça me gênera moins.

— Ça, jamais! Tu m'entends? Surtout pas après m'être fait traiter de sans-le-sou.

Sarah, comme sourde à sa réplique, continua:

— Et si maman refuse, notre enfant ira les fesses à l'air.

Plus bas, elle ajouta:

— Si tu ne veux pas sortir un sou pour ton enfant, ce sera le premier et le dernier.

— Tu peux pas empêcher la famille, Sarah. Le curé l'interdit.

— Nous ferons chambre à part, dit-elle, les lèvres tremblantes. Ça, nous en avons le droit.

— Qu'est-ce qui t'arrive, Sarah? Je t'ai connue plus douce et les deux pieds sur terre. Économiser, c'est dans notre intérêt à tous les deux.

— Économiser, oui! Nous priver du nécessaire, non!

— Si je t'écoute, on va se retrouver le derrière sur la paille.

Sarah craignait de briser l'harmonie qui régnait dans leur relation, mais si elle ne réglait pas ce problème pour de bon, à chaque nouvelle nécessité, ce serait toujours un tiraillement à n'en plus finir.

— Je n'aurais jamais cru devoir me battre avec toi chaque fois que j'aurais besoin de quelques sous, marmonna-t-elle, le menton tremblant. Tout ça pour te voir sortir ton argent au compte-gouttes. Tu me traites comme une gaspilleuse. Quand je t'ai annoncé que j'étais enceinte, tu m'as assurée que tu pouvais t'occuper de moi et de l'enfant. Tu ne m'as pas dit que tu nous priverais du nécessaire.

— J'ai jamais ménagé sur la nourriture, tu le sais ben.

— Il existe autre chose que la nourriture. Il y a aussi la lingerie, les vêtements, la vaisselle brisée à remplacer, la peinture, les vitres fêlées, en somme, tout ce qui ne pousse pas dans les champs.

Tout le temps qu'elle lui parlait, Colin évitait son regard. Il avait marié une femme exigeante, dépensière, non habituée à ménager.

— Colin Coderre, quand je t'ai connu dans le jubé, si on m'avait dit que tu boudais, je ne l'aurais jamais cru.

— Je boude pas.

— Tu appelles ça comment?

— Je réfléchis.

— Avant, tu ne réfléchissais pas?

Colin garda le silence. Sarah se tut elle aussi. Ça ne servait à rien d'argumenter, de se lamenter. Elle parlait seule.

Colin feignait de regarder par la fenêtre, tout en louchant de son côté. Sarah avait l'air absente, sa lèvre tremblait comme celle d'un enfant sur le point de pleurer. Et pourtant, il tenait tête.

— J'ai pas un revenu de docteur, moé!

— Comme s'il n'y avait que les médecins qui achètent des couches!

Colin, indigné, revêtit sa longue veste doublée en peau de mouton et sortit en claquant la porte. Pour la première fois, il sortait de la maison sans l'embrasser.

Sarah se leva en douceur et suivit tristement son mari des yeux. Il cherchait sans doute à éviter une discussion à n'en plus finir. Colin était un bon garçon, mais son sang de paysan le poussait exagérément au gain. Sortir un sou le mettait au supplice.

Le pas lent, la tête basse, Colin se rendit aux bâtiments. Sarah remarqua qu'il avait maigri. Ses vêtements faisaient des plis. Elle en mit la cause sur ses préoccupations. Ces derniers mois, sa vie tranquille avait changé avec son mariage et tout le tralala, mais tout ça n'était pas une raison pour renoncer aux nécessités de la vie. Elle tiendrait son bout. Pour la radio, cela passait encore, mais pour l'indispensable, non! Par la suite, comment réagirait Colin quand elle aurait besoin d'une robe, d'un manteau ou de vêtements pour les enfants?

«Si Colin veut une famille, il devra assumer les dépenses que cela comporte», pensa-t-elle. Mais pourquoi fallait-il qu'il y ait de ces petits malentendus qui venaient jeter une ombre sur leur bonheur?

Sarah se rappelait la première fois qu'elle avait mis un pied dans sa maison: Colin ménageait le bois de chauffage pour vendre ses beaux quartiers d'érable aux gens du village. Et, depuis leur mariage, chaque fois que s'ajoutait le moindre montant à son livre noir, un sourire de satisfaction illuminait son visage.

Au début, Sarah supposait que les gens de la campagne devaient tenir les cordons de leur bourse très serrés pour arriver à joindre les deux bouts. Pourtant, presque toutes les maisons du rang possédaient une radio et les sœurs de Colin se permettaient à l'occasion une petite gâterie, comme un chapeau neuf, un foulard. Sarah ravalait sa frustration. Son mari se fichait d'elle. Son avarice étouffait ses sentiments.

* * *

À la grange, Colin tentait, d'occuper son esprit et son corps à autre chose qu'à ruminer. Il monta dans la tasserie, accrocha sa veste à un clou planté dans une poutre et, à l'aide d'une fourche, il descendit un peu de fourrage pour ses vaches, ce qui lui donnerait un peu d'avance sur son train du soir. Quand la quantité lui sembla suffisante, il décrocha sa veste en peau de mouton et sauta sur le tas de foin, un moyen de descendre plus rapide que l'échelle. Il resta étendu sur sa meule fanée à assimiler son premier malentendu avec sa femme. Il voulait rentrer à la maison, mais il hésitait. Il refusait de plier. S'il fermait les yeux sur les dépenses, Sarah allait vider ses fonds de poches. Une vieille chaudière rouillée traînait dans un coin du fenil. Il la renversa et s'assit dessus, pensif, les coudes sur les genoux, la tête dans les mains. Il ne cessait de repousser du pied le chien qui tentait de lécher ses mains comme s'il sentait sa peine. Les dépenses l'obsédaient. Il repensait à tous ses dépôts qui, petit à petit, avaient grossi son avoir. Puis Sarah était venue, la belle, la gentille Sarah qui occupait toutes ses pensées. Elle n'avait qu'un défaut, elle était dépensière. Pourquoi était-il si tiraillé entre l'amour et l'argent? Il aimait tant Sarah, il ne pourrait vivre sans elle. Toutefois, il tiendrait tête. Sarah allait se rebeller un peu, mais à la longue, elle apprendrait à ménager et, comme toutes les femmes, à obéir à son mari.

Colin resta buté, enfoncé dans ses opinions. Il hésita à retourner à la maison. Il craignait que reprenne la discussion. Où cette mésentente allait-elle les conduire? Il se remémora un repas de famille où ses sœurs l'avaient traité de rapace parce qu'il ménageait. Dans le temps, il avait pris cette critique pour une taquinerie à laquelle il avait répondu:

— Vous deux, vous allez rester pauvres toute votre vie.

Et Céline avait rétorqué:

— Pauvres, mais heureuses.

« Heureuse! Sarah était-elle heureuse? » Sans doute, sauf qu'elle était fâchée contre lui et, au sortir de la maison, il l'avait vue toute triste.

* * *

On frappait à la porte de la cuisine.

C'étaient Hervé, Marc et Julien, les aînés de Françoise Rochon. Les garçons parlaient tous en même temps.

— Madame Sarah, dit Hervé, maman fait dire de venir faire un tour à la maison quand vous trouverez le temps.

Et Julien, le plus naïf des trois, ajouta:

— Papa a trouvé un nouveau travail, plus payant que chauffeur de taxi. Il va venir en visite la semaine prochaine.

Et le jeune Marc cria de sa petite voix claire:

— Nous avons une nouvelle portée de petits cochons roses.

Sarah embrassa leurs joues fermes puis tira des chaises.

— Approchez de la table! J'ai des petits gâteaux à la pâte d'amande et des macarons que vous ne pourrez pas refuser.

Elle pouvait voir la joie illuminer les petites figures. Elle déposa une assiette de macarons devant les gamins, leur versa un verre de lait et prit place devant eux.

— Maintenant, vous allez me parler du travail de votre père.

— Il conduit des tramways, répondit Hervé, et il a promis de nous amener faire un tour à Montréal un de ces jours, si nous sommes sages.

Comme les enfants disent tout, Marc ajouta:

– Maman dit que ça fait du bien que l'argent rentre, qu'elle va enfin pouvoir payer ses dettes.

Hervé lui plaqua une main sur la bouche pour le faire taire. Sarah souriait de les entendre.

– Êtes-vous déjà allés à Montréal?

– Non, jamais!

– Alors, au retour, vous viendrez me raconter votre voyage. Je suis contente pour vous tous. Dites à votre maman que j'accepte avec plaisir son invitation.

* * *

En rentrant, Colin s'attendait à voir Sarah bouder. Mais non, elle avait retrouvé son humeur des bons jours. Il savait bien qu'elle comprendrait le bon sens. Un bon point pour lui.

Sarah essuyait la table.

– Les petits Rochon viennent de partir. Je te dis qu'ils en avaient long à raconter.

Colin n'écoutait pas ses bavardages. Il lui enleva son torchon, le lança dans l'évier, prit sa main et l'entraîna vers la berçante où il la fit asseoir sur ses genoux. Il enfonça ses doigts dans les mèches blondes, les éparpilla et y cacha son visage. Il avait eu une peur bleue que son bonheur s'arrête là.

– Pour les couches, dit-il, si ça te convient, on attendra le chèque du tabac.

– Ce sera pour quand?

– Dans le courant de mars.

Un sourire radieux illumina le visage de Sarah.

VI

Les pluies d'avril avaient dévoré les restes de neige sale et toute la terre célébrait sa joie ; que ce soit un bourdonnement d'abeille, un pommier en bourgeons, une caresse du vent, une verdure nouvelle, tout riait, tout chantait dans la nature.

Assise sur la plus haute marche du perron, Sarah épluchait des pommes de terre, les épaules couvertes d'un vieux gilet déboutonné appartenant à Colin, un laisser-aller qu'elle n'aurait pas osé se permettre au village. Elle respirait une odeur de terreau que lui ramenait l'air des champs.

Colin vint s'asseoir à ses côtés.

— Ça va, toé ?

— Pas si pire ! Quelques petites crampes dans les jambes, mais rien de plus.

— Tu devrais t'habiller plus chaudement. Tu te vois pas nu-tête et la fale à l'air ? Le temps est trop frais pour sortir en petite veste. Ensuite, tu te demanderas pourquoi t'as des crampes dans les jambes. Ma sœur Malvina disait : « En avril, ne te découvre pas d'un fil. »

— La température n'a rien à voir avec les crampes. C'est ma grossesse qui en est la cause.

— Tu devrais en parler à ton père, un père docteur, ça peut aussi servir à ses enfants.

— Écoute, Colin, je ne veux pas que papa assiste à mon accouchement. Quand le travail débutera, tu me conduiras chez ta sœur Céline, à Joliette.

— Pourquoi ça ?

— Parce que mon père est mon père et que par pudeur je ne veux pas me montrer devant lui.

— Ton père est docteur, y en a vu d'autres. Et pis, tu serais prête à payer un étranger quand ton propre père…

— Oui.

— Et tu passerais tes dix jours de relevailles chez Céline, en me laissant tout seul icitte ?

— Il faudra bien.

Colin lui fit part de son désaccord en ajoutant d'un ton sec :

— J'aimerais que tous nos enfants naissent dans notre maison, mais si c'est ton désir, je reviendrai pas là-dessus.

* * *

Sarah, appesantie par le poids de sa maternité, se leva en poussant de ses mains sur ses reins. C'était le 12 mai 1938 et une perte rose annonçait qu'elle accoucherait dans les vingt-quatre prochaines heures. Après avoir assisté son père dans des dizaines de naissances, Sarah en savait long sur les trois phases de l'accouchement : la dilatation, l'expulsion et la délivrance. Elle en avait vu de toutes les sortes et, son tour venu, elle était dans un état de grande nervosité. Elle aurait préféré ne rien connaître et aller confiante vers l'inconnu.

Elle se rendit à l'étable prévenir Colin. En passant dans la basse-cour, elle effaroucha deux poules qui marchaient sur les vitres des couches à tabac en battant des mains.

Colin, juché sur un banc à traire, enfonçait un clou dans un madrier pour y suspendre son gilet. Au craquement de la porte, il laissa tomber son marteau à bout de bras. Sarah, qui refusait de mettre un pied à l'étable, se tenait là, devant lui, les mains sur le ventre. Colin, ravi, sauta sur ses pieds.

– Toé, icitte? Si j'avais pas peur de t'salir, j't'embrasserais.

– J'ai un début de contraction. Notre enfant va naître aujourd'hui.

– Aujourd'hui? Viens.

Colin, aussi heureux qu'un gamin, soutenait délicatement sa femme, comme s'il maniait de la fine porcelaine et celle-ci se laissait conduire.

– Fais attention, marche pas trop vite.

– Je vais passer par le hangar prendre la cuve pour ma toilette.

– Laisse faire, je vais te l'apporter et la remplir d'eau. Pendant ton bain, je vais atteler Castor. Qu'est-ce que tu dirais que j'aille à Joliette chercher le docteur Chagnon? Sa petite machine y permet de se déplacer vite. J'aimerais mieux que t'accouches icitte. Comme ça, le p'tit serait baptisé dans notre paroisse.

– Ce serait moins loin pour toi d'aller téléphoner au village, mais je ne veux pas que papa sache que je suis rendue à terme. Il va insister pour m'accoucher. Va plutôt chercher le docteur Chagnon, et prends tout le temps qu'il te faut. Pour une première naissance, le travail est toujours plus long.

— Je peux aller téléphoner au village, soit au magasin général ou encore chez le notaire.

— Non, il y a toujours des commères qui écoutent sur la ligne. Tu sais ce que c'est, la nouvelle ferait le tour du village et certains compteraient mon temps et sauraient que je me suis mariée enceinte. Va. Au retour, tu iras demander à Évelyne de venir m'aider.

Colin se pressa d'atteler Castor qu'il lança au grand trot.

De la maison, Sarah le regarda aller jusqu'au coude du chemin où l'attelage disparut de sa vue. Elle prit ensuite le temps de se faire une toilette, de changer sa literie et de mettre de l'eau à bouillir. Entre deux contractions, elle ouvrit toute grande sa valise et en vida le contenu : robes de nuit, pantoufles et produits de toilette. Elle déposa la robe de baptême et le châle de laine blanc sur la table de cuisine. Lorsque tout fut prêt, elle s'allongea sur son lit. Les douleurs étaient encore faibles. « Moi, je ne crierai pas, se promit-elle, j'en ai déjà trop entendu. » Elle surveillait l'heure. Colin devait être rendu à Joliette. Elle se leva et, les mains sur les reins, elle se mit à marcher de long en large dans la grande cuisine. Les minutes passaient, les douleurs augmentaient en temps et en force jusqu'à devenir insupportables. Malgré elle, Sarah échappa une plainte. Elle reconnut dans son cri les gémissements des mères en gésine.

Pour ne pas s'affoler, elle se répéta que le docteur Chagnon n'allait pas tarder. Sarah compta deux minutes entre chaque contraction. Elle mordit ses lèvres pour empêcher une plainte de s'échapper. Les douleurs se faisaient de plus en plus fortes, ses reins se brisaient et elle craignit que son bassin se fracture, comme celui de madame Rochon.

Le docteur et Colin n'arrivaient pas et le bébé se présentait. Sarah sentait la délivrance toute proche.

Prise de panique de devoir accoucher seule, elle se mit à trembler de tous ses membres. Elle décida de se lever, d'aller chercher sa voisine, madame Rochon, ou encore de faire signe à quiconque passerait sur le chemin. Mais il s'agissait d'être dans le besoin pour que personne ne passe sur cette route de campagne. Elle retourna à sa chambre. Le fait de s'allonger retarderait peut-être la naissance, mais elle poussait en dépit de ses efforts pour se retenir. Elle eut tout juste le temps de se rendre à son lit. À la poussée suivante, elle sentit glisser quelque chose de chaud entre ses jambes et cette chose échappa un cri faible, semblable au vagissement d'un nouveau-né. En même temps, Sarah entendit le ronflement d'une auto dans la cour.

Quand le médecin entra, l'enfant était né et la mère pleurait un mélange de nervosité, de soulagement et de bonheur.

– Vous avez fait ça comme une grande, dit le docteur Chagnon. Vous n'aviez pas besoin d'un médecin.

– Tout s'est passé si vite! En dernier, j'étais tellement affolée que j'en tremble encore.

– Vous allez devoir supporter une dernière contraction pour expulser le placenta. Votre fille est vigoureuse et elle a tous ses morceaux.

– Une fille! s'exclama Sarah radieuse.

* * *

Le passage d'une auto sur le petit chemin de campagne n'était pas sans susciter l'intérêt des paysans, même si ces machines coûteuses faisaient lentement leur apparition dans les rangs. En entendant un moteur gronder, les curieux accouraient aux fenêtres.

Madame Rochon confia la maisonnée à Hervé, son aîné, et se rendit chez les Coderre, qui demeuraient à deux arpents de chez elle. Deux ans plus tôt, à la naissance de sa petite Marjorie, Sarah n'avait pas hésité un instant à prendre la relève dans sa maison. Depuis, la dame se sentait en dette envers elle.

La Rochon entra sans frapper et cria de la cuisine :

— C'est moé, votre voisine. Je me suis dit que le docteur aurait besoin de moé pour l'assister.

— L'enfant est déjà née. Vous pouvez entrer.

La Rochon portait une robe noire horrible et un petit chapeau vert aussi laid, et pourtant, Sarah ne pouvait s'empêcher de l'aimer.

— Monsieur Colin est pas là ?

— Il est en route. Il doit ramener son attelage. C'est moins vite qu'une auto.

— Pis vous, on dirait pas que vous venez tout juste de débouler !

— Tout s'est passé tellement rapidement que je n'ai pas eu le temps de m'épuiser.

Le médecin était en train de replacer dans sa trousse les ciseaux qui avaient servi à couper le cordon ombilical. Il sortit un pèse-bébé, déposa le nourrisson sur une espèce de balluchon noué aux quatre coins et le suspendit à la balance.

— Six livres et huit onces.

Il déposa ensuite l'enfant sur le sein chaud de sa mère.

Sarah haussait son bras pour mieux admirer sa fille qui ne cessait de tourner sa petite tête, cherchant à téter, et un infini bonheur l'envahit.

— Mon bébé, mon trésor !

Elle se retenait de l'embrasser, car un liquide blanchâtre et de fins filets de sang couvraient sa peau et ses cheveux. Sa fille était née et Colin n'était pas là pour l'admirer.

— Comment se fait-il que Colin n'arrive pas ?

— Patientez encore un moment et monsieur votre mari pourra tenir sa fille dans ses bras.

— J'ai froid, se plaignit Sarah.

— C'est normal d'être frileuse après un accouchement. Où sont vos couvertures de laine ?

— Là, dans le placard, sur la tablette du haut.

La Rochon installa deux oreillers au dos de Sarah et recouvrit son corps de chaudes couvertures. Elle quitta la pièce avec l'enfant dans les bras.

— Je vais donner le bain au bébé.

— Je crains qu'elle prenne froid.

— Faites-vous-en pas avec ça. Je vais l'installer sur la porte du four.

Sarah, épuisée, s'endormit comme une bienheureuse.

La Rochon laissa la porte ouverte derrière elle pour permettre à la bonne chaleur du poêle à bois de pénétrer dans la chambre attenante à la cuisine.

Comme madame Rochon terminait la toilette de l'enfant, Colin entra en trombe avec une bouffée d'air frais.

— La porte ! s'écria la Rochon. La petite va prendre froid.

Colin jeta son froc sur une chaise et s'approcha du poêle.

— Une fille ! Montrez-moé cette merveille.

Le gros doigt tremblant du papa caressa le duvet blond, puis la joue et glissa sur le menton troué d'une jolie fossette, un trait commun chez les Beaudry.

— Bon, ça suffit. Laissez-moé finir sa toilette, ensuite, vous aurez tout votre temps pour la bercer.

La Rochon poussa Colin.

— Allez retrouver madame Sarah, elle vous demandait tantôt.

Colin, béat, ne bougeait pas.

— Qu'elle est belle ! Personne pourra dire que je sais pas faire les choses, hein ?

— Le bébé est arrivé avant le docteur. Vous savez que cela a une signification pour toute sa vie future ?

— Non ! Dites toujours !

— Votre fille acceptera jamais d'être deuxième.

Colin traita en lui-même sa voisine de sorcière.

— Si ça peut être un plus pour son école, ajouta-t-il d'un ton moqueur.

Colin fila à la chambre embrasser la nouvelle maman, mais celle-ci dormait. Il siffla doucement un long trait et Sarah ouvrit les yeux. Elle était pâle, mais rayonnante de bonheur. Colin pencha son long corps au-dessus du sien pour l'embrasser. De douces larmes mouillaient leurs yeux parce que l'instant était grand, l'instant était prenant.

— Tu n'es pas trop déçu d'avoir une fille à la tête de notre famille ?

– Quelle importance, garçon ou fille, pourvu que le bébé soit en santé! Un enfant à moé, c'est ben différent de ce que j'aurais pu imaginer.

– Différent, ça veut dire quoi?

– Je pensais qu'un enfant était une chose comme une autre, comme un petit animal. Mais c'est pas ça pantoute! La petite, c'est moé pis toé, Sarah.

Colin ressentait une émotion vive qu'il n'arrivait pas à exprimer clairement.

– Notre fille est belle avec son visage fin et ses yeux bleus, pis ses ongles sont si petits. Et chanceuse avec ça, elle a une mère. Moé, j'ai juste connu la mienne par les photos accrochées au mur du salon. Je me souviens même pas d'un sourire.

– En plus, elle est une petite vite. Quand j'accompagnais papa à ses visites, j'ai vu des accouchements s'étirer parfois jusqu'à dix-huit heures. Le mien a à peine duré deux heures.

Le bain terminé, madame Rochon enroula l'enfant dans une couverture qu'elle avait pris soin de réchauffer au préalable et la déposa dans les bras de sa mère.

– Elle est adorable, mais déjà elle tient tête. J'avais de la misère à déplier ses bras et à ouvrir ses doigts tant elle contractait ses petits muscles.

Sarah ne cessait de bécoter ses joues roses, son front, les replis de son cou où la chair des bébés sent si bon, une odeur d'ange commune aux nourrissons. La petite bougeait ses pieds et repoussait sa couverture. Sarah sentit une petite main chaude glisser sur son cou. Elle la bécota.

Colin regardait Sarah. Elle avait tout d'une mère : l'amour, la patience, la tendresse.

— Bon ! Moé, je dois passer au presbytère demander le baptême.

— Tu devras aussi annoncer la naissance aux deux familles et prier mes parents d'être compères. Comme c'est une fille, c'est à eux que reviennent les honneurs.

— Le curé va me demander les noms. On s'en tient toujours à Amanda ?

— Oui, et les parrains vont sûrement en ajouter un de leur choix. Par la même occasion, tu passeras chez l'apothicaire m'acheter des vitamines.

— Des vitamines ? C'est-y ben nécessaire, Sarah ? On va encore devoir sortir de l'argent ! Tu sais qu'on vient de payer le docteur et qu'on aura betôt besoin d'acheter des semences.

Comme toujours, Colin conservait des principes rigoureux sur la multiplication de l'argent. Il ne pigeait dans sa monnaie de poche qu'avec une certaine parcimonie et il éprouvait une vraie douleur à voir les pièces blanches sortir de chez lui.

Sarah lui répéta comme à chaque dépense :

— Colin, tu devrais avoir le geste plus large puisque nous ne touchons jamais à notre vieux gagné.

Assis sur le côté du lit, Colin balançait une jambe.

— On sait jamais c'qui peut nous arriver. Y vaut mieux posséder plus que moins.

C'était plus fort que lui. Chaque fois qu'il devait délier les cordons de sa bourse, Colin dormait mal les nuits suivantes.

* * *

À l'annonce de la naissance, la famille Beaudry au complet s'amena chez Colin.

Laurentienne croisa la Rochon sans lui accorder un regard. « Encore cette souillonne, se dit-elle. Je me demande ce qu'elle fait chez ma fille. »

Chacun apportait un cadeau pour l'enfant. Évelyne tendit à Sarah une boîte à chaussures recouverte d'un papier étoilé. La nouvelle maman l'ouvrit et reconnut sa vieille poupée défraîchie, toute vêtue de neuf: une robe rose ainsi qu'un gilet et un bonnet en laine et soie torse blancs achetés au magasin général.

— Mais, c'est ma vieille poupée qui a rajeuni! Je pensais que maman s'en était débarrassée. Où l'as-tu trouvée?

— Dans le grenier, parmi la poussière et les fils d'araignée, mais ne t'inquiètes pas, je lui ai fait toute une toilette.

— Quelle bonne idée! Elle est comme une neuve! Je la reconnais à peine avec tous ces falbalas. Et si j'avais eu un garçon?

— Je l'aurais retournée au grenier jusqu'à la venue d'une fille.

Charles-Édouard déposa près de la porte une grosse boîte enrubannée.

En entrant dans la maison, sa première question fut pour Colin:

— Quel médecin l'a accouchée?

— Elle a accouché sans médecin. Le docteur Chagnon est arrivé trop tard, tout s'est passé si vite.

Charles-Édouard était déçu.

— Ça vous apprendra aussi à demander un étranger. Et moi qui pensais mettre tous mes petits-enfants au monde! Mais bon! Je vais examiner Sarah.

Tout en parlant, Charles-Édouard traversait à la chambre.

— Félicitations, ma fille. On dit que tu as fait ça comme une grande. Je vais voir si l'utérus se repositionne bien.

— Non, papa! Tout va bien, je vous l'assure.

— Un examen ne peut pas te faire de tort.

Sarah serrait les cuisses et pressait les couvertures sur son ventre.

— Non, papa, non! Colin, viens ici!

— Ça va, ça va, lui dit son père en levant une main apaisante. Si c'est ce que tu veux… Mais je tiens à examiner la petite, son nombril et ses pieds surtout, parce que plusieurs enfants du printemps naissent avec les pieds bots.

Tout en parlant, Charles-Édouard poussait la lourde boîte contre le lit.

— Qu'est-ce que c'est?

— Ouvre, tu verras.

Sarah échappa un cri.

— Une radio! Mais c'est une folie, papa!

— Non, c'est juste un petit merci pour m'avoir accompagné pendant des années à mes visites à domicile.

— Faites-la jouer, s'il vous plaît!

Pendant ce temps, dans la cuisine, Laurentienne tenait sa petite-fille dans ses bras. Elle ne voulait la laisser à personne.

— La petite ressemble à Sarah. Je reconnais la même bouche, le même nez et, sur le menton, la fossette des Beaudry.

Laurentienne ne parla pas des yeux de l'enfant qui étaient ceux de Colin. Elle cherchait par tous les moyens à exclure son gendre de sa famille.

— On la nommera Laurence, un raccourci de mon nom. Dans le temps, j'ai connu une certaine Laurence, une jolie fille, un peu bête, mais quand même jolie. Elle a marié un Parisien, Michel Pillet. Tu te souviens, Évelyne? C'est chez lui que vous avez pensionné pendant votre séjour à Paris.

Colin bouillonnait. Laurentienne voulait donner un diminutif de son nom à la petite et il n'en était nullement question. S'il fallait qu'elle hérite de son caractère… Laurentienne tenterait-elle vraiment d'étendre son pouvoir sur ses petits-enfants?

— Notre fille se nommera Amanda.

— Laurence sonne mieux, ou encore Laure.

— Ce sera Amanda, un point c'est tout!

— On verra bien ce qu'en pense Sarah.

— C'est elle qui a décidé, et ce sera Amanda. Pis quant à vous, y faudra vous en accommoder.

— Vous, allez donc chercher mon cadeau dans l'auto. Ça prend un homme pour l'apporter. Et toi, Évelyne, va l'aider.

Laurentienne ferma la porte derrière eux. Elle cherchait à se retrouver seule quelques minutes avec Sarah pour la convaincre de changer le nom de l'enfant.

Quelques minutes plus tard, Évelyne entrait dans la chambre en poussant un élégant landau en osier blanc, monté sur de hautes roues. L'intérieur était agrémenté d'un oreiller et d'une couverture en satin rose.

Sarah n'en croyait pas ses yeux.

— Un landau et une radio, incroyable! J'en ai le frisson. Vous en faites beaucoup trop pour moi, vous allez vous ruiner.

— La radio est le cadeau de ton père et le landau est le mien. À la campagne, il ne te sera pas utile. Si tu préfères, tu peux le laisser chez moi. Tu pourrais venir promener ta fille au village. Sur le trottoir de bois, il roulera plus doux.

— Non, maman, maintenant que je l'ai, je le garde. J'ai déjà hâte de promener mon bébé dans ce superbe landau et puis il permettra à la petite de dormir sur le perron.

* * *

Au retour du baptême, le curé, les grands-parents, la Rochon et les deux familles allaient s'attabler lorsqu'ils entendirent un cri désespéré venu de la chambre. C'était Sarah qui appelait à l'aide.

— Papa, venez vite, la petite étouffe!

Charles-Édouard se leva d'un bond.

Tous les invités suivirent le médecin à la chambre, sauf Colin qui, resté seul, s'était tourné vers la fenêtre et pleurait comme un enfant.

Charles-Édouard prit la nouveau-née des bras de Sarah et, d'un geste ferme, la positionna la tête en bas.

— Ce sont des sécrétions qui encombrent ses voies respiratoires. C'est assez fréquent chez les nourrissons. Il suffit de les coucher la tête plus basse que le corps. Pour quelques jours, il faudra lever le pied de sa couchette.

VII

Les mois passaient. Depuis la naissance d'Amanda, dès que Colin mettait un pied dans la maison, il filait directement au berceau.

Ce jour-là, en entendant la porte s'ouvrir, Amanda se mit à gazouiller et à agiter les bras, comme si elle reconnaissait le pas de son père et qu'elle savait qu'il se pencherait sur son berceau. Colin la souleva, la gava de becs et la déposa ensuite dans son petit lit. La petite se laissait cajoler, confiante, comme si l'affection lui était due. Il lui parlait, elle lui offrait ses plus adorables risettes et, de ses deux jolies menottes, elle cherchait à attraper la grosse main de son papa.

Colin enfonça ensuite sa casquette sur ses yeux, prêt à reprendre sa besogne, le cœur content.

Une touffeur d'orage pesait sur la campagne en cette fin d'été.

– Sarah, y me reste trois rangs de tabac à édrageonner. Je vais tâcher de m'en débarrasser avant qu'y se mette à mouiller. Avec le train, ça s'pourrait que j'rentre plus tard pour souper.

Colin, pressé, disparut. À chaque bout de rang, il surveillait la course des nuages, mesurait de l'œil la vitesse du vent. À peine sa tâche terminée, il fit demi-tour et revint à la maison en courant.

Sarah, accoudée à la fenêtre, voyait monter la grosse nuée noire au-dessus du bois. Avec ce temps humide, il fallait s'attendre à un orage violent. Colin risquait de se faire tuer par la foudre, tout ça pour trois pauvres rangs de tabac qui auraient pu être remis au lendemain. Elle laissa les patates dans l'eau froide, trancha deux grosses tomates qu'elle déposa dans un plat de service puis, inquiète de son mari, elle retourna à la fenêtre.

Colin descendait du champ à la course. Le danger était proche. Comme il approchait de la maison, la nuée noire creva et une grêle de sauterelles tomba, drue et écœurante. Colin arrêta s'abriter sous l'appentis. Il secouait ses cheveux et ses vêtements et, après s'être assuré de ne pas traîner ces insectes indésirables dans la maison, il se rendit au perron en les chassant des mains.

— Sarah! appela-t-il. Viens voir le désastre, une nuée de sauterelles. Les champs en sont noirs.

Sarah restait plantée devant la porte à moustiquaire, l'enfant dans ses bras.

— Incroyable! Je croyais que c'était un orage qui s'annonçait.

— Moé itou! Ça faisait un bon boutte de temps que la terre mourait de soif, qu'elle se fendillait de crevasses monstrueuses.

Les insectes verts aux longues antennes se rassemblaient par milliards pour voyager en nuées. Ils partaient emportés par le vent et leurs doubles ailes. À perte de vue, les champs de velours vert devenaient noirs de ces sauteuses, énormes, grosses comme le doigt. Sitôt au sol, les ravageuses se détachaient distinctes, verdâtres, et commençaient aussitôt leur destruction.

Colin voyait déjà son travail saboté et son cœur se serrait à l'idée que sa moisson allait être détruite. Il se rendit à l'évier nettoyer ses mains encroûtées d'une épaisse couche de résine brune, exsudée du tabac. Il regardait Sarah, l'air découragé.

— Tout est fichu! Ce sera la famine. Une année de perdue, sans un sou à mettre de côté. Notre vie à deux commence plutôt mal. Cet hiver, on se contentera de grignoter.

— Pourtant, on dit qu'une naissance apporte l'abondance.

Sarah se serra contre Colin.

— Tu as de l'argent de côté, il pourra nous être utile.

— Y faudrait pas trop compter là-dessus.

— Il servira à quoi, cet argent?

— Y est placé en sécurité, en cas de besoin.

— C'est ce que je dis. Il servira à nous empêcher de crever de faim. Nous serons deux, Colin, pour supporter ce fléau, et nous ne serons pas les seuls parce que toute la région doit être touchée. Mais dis donc, personne ne connaît rien qui permettrait de détruire ces insectes?

— J'ai entendu dire que si la nourriture leur plaît pas, les sauterelles déménagent pour un champ meilleur au goût. Elles aiment le maïs et le mil, mais dédaignent les patates, les haricots et les produits qui servent d'engrais vert.

— Et le tabac?

— Elles aiment pas le tabac.

– Donc tout n'est pas fichu.

– On peut quand même pas arrêter de semer l'avoine, le blé pis l'orge!

– Il n'existe aucun poison pour les exterminer?

– On dit que les poules aiment manger les sauterelles.

– Alors, faisons l'élevage des volailles, proposa Sarah, je veux dire en quantité industrielle. Tu pourrais les nourrir à même le carré à grain et vendre nos œufs au marchand Courchesne. Comme Clarisse est dans ses bonnes grâces, il ne pourra pas nous refuser ce marché.

– Pour ça, y faudrait agrandir le poulailler. Pour cette année, c'est trop tard.

– Tu peux toujours y réfléchir. Ce serait une mesure préventive pour les années à venir. En attendant, tu peux remplir celui-ci. Au pis aller, les poules vont nous nourrir.

Colin ressassait tout haut l'idée de Sarah :

– Agrandir le poulailler, ça veut dire abattre un plus grand nombre d'arbres et faire préparer le bois au moulin à scie. Encore une dépense dans un temps de disette. Madame a compté le coût d'un tel projet?

Sa question, ainsi posée, amusait Sarah qui lui appliqua une tape légère sur la main.

– Madame voit plus loin que le bout de son nez. Elle fera d'une pierre deux coups. Les poules mangeront les sauterelles et la vente des œufs rapportera des sous que monsieur additionnera dans le cahier noir.

– Ça vaut ben un beau bec derrière l'oreille.

Sarah le repoussa, riant et tentant de tempérer ses ardeurs.

– Arrête, Colin Coderre, tu me chatouilles.

Colin promit d'acheter quarante nouvelles pondeuses. C'était tout ce que le poulailler actuel pouvait contenir.

* * *

Le massacre commença. Plus on tuait de sauterelles, plus il y en avait. Sur leur passage, plus une fleur, plus une herbe ; tout était noir, rongé, calciné.

Le cœur de Sarah se serrait de voir tant de champs dévastés.

— Pauvre Colin ! J'ai l'impression de t'apporter le malheur.

— Dis pas ça, Sarah. C'est pas une récolte perdue qui va nous faire mourir de faim. Dire que cette année le grain avait une belle pousse ! Mais t'en fais pas, j'en ai vu d'autres. On va s'en sortir.

— Si tu veux, après le souper, nous irons faire un tour chez madame Rochon. La pauvre femme doit être découragée. Elle aussi a trimé dur et tout ça pour rien. Et puis, comme son mari n'est pas là pour la consoler, nous pourrons au moins sympathiser avec elle.

Sarah attendit l'heure où les enfants Rochon dormaient pour rendre visite à sa voisine. Ainsi, ils jaseraient plus tranquilles. Elle couvrit le landau d'un voile pour protéger Amanda des sauterelles.

La petite famille arrivée sur place, Colin souleva le landau à bout de bras et le déposa sur le perron. La maison était silencieuse. Au fond de la cuisine, leur voisine, concentrée sur la malédiction qui s'abattait sur sa ferme, berçait sa déception.

Sarah frappa à la porte.

Françoise Rochon sursauta. À travers la moustiquaire, elle aperçut la petite famille Coderre. Elle s'empressa d'ouvrir.

— Ah, vous deux! Comme c'est aimable de venir me voir! Entrez votre carrosse dans la maison, comme ça, votre enfant pourra dormir plus à l'aise. Vous arrivez au bon moment. Avec ces sauterelles qui nous tombent dessus, ça va m'faire du bien d'en parler avec quelqu'un. Il existe certains malheurs qu'on partage pas avec ses enfants, histoire de leur laisser leur jeunesse. Mes petits sont encore à l'âge de l'insouciance, quoique mon Hervé comprenne pas mal de choses.

— Dans le malheur, ajouta Colin, y faut ben se serrer les coudes.

— Restez pas deboutte! Prenez une chaise.

Colin suspendit sa casquette au clou derrière la porte et choisit la berçante. Sarah sortit des tasses de l'armoire. Depuis son séjour de trois mois chez les Rochon, elle se sentait comme chez elle dans cette maison.

— Restez assise, madame Rochon, je vais préparer un café que nous boirons tranquillement tous les trois.

— Je m'demande ben, coupa Colin, comment on va arriver à nourrir nos bêtes, sans foin et sans avoine, et pas question d'en acheter, la famine va se faire sentir partout.

— Dans le passé, mon père a connu des défaites semblables pis y s'en est sorti. Y disait: «La Providence est là pour veiller sur nous.»

— Tant qu'à ça, vous avez ben raison, madame Rochon, mais y faut faire notre part, ce qui veut dire commencer tout de suite à couper sur les portions des animaux pour tenir jusqu'à la prochaine récolte.

– Et si on organisait une neuvaine à la croix du chemin? Je vois pas d'autre moyen que la prière pour apaiser la colère du ciel.

* * *

Les semaines passèrent. Les insectes, leur ravage terminé, continuèrent leur voyage, tout en dévastant sur leur passage de nouveaux champs de céréales. Toute la région était touchée. Colin se donna donc entièrement à sa récolte de tabac. Sarah le voyait maigrir à vue d'œil, mais elle ne s'inquiétait pas outre mesure; Colin devait s'exténuer à trop travailler. Tous les jours, du matin au soir, il n'arrêtait pas. L'été, l'ouvrage commandait.

Sarah se préparait dans l'intention de se rendre au trécarré porter une collation à Colin. Elle déposa un oreiller dans le landau et en tabassa le centre pour en faire un nid moelleux, puis y déposa tendrement son enfant. Elle leva le soufflet mobile et étendit dessus un grand filet protecteur, puis elle glissa un sac de victuailles dans le petit panier à bagages fixé entre les roues. Elle chaussa des souliers confortables et emprunta la petite route des vaches.

« Si maman me voyait monter aux champs avec mon landau blanc, se dit-elle, elle regretterait son beau geste. »

Le chien suivit Sarah un moment puis, à mi-chemin, il retourna lentement sur ses pas comme s'il se sentait obligé de surveiller la maison.

Sur la petite route labourée par les sabots des bêtes, la voiturette s'en allait cahin-caha et son roulement endormit Amanda. Sarah savourait sa chance de vivre sur une ferme. «Comme la vie est belle quand on a tout, se dit-elle. Une bonne maison, un amour de petite fille et un mari adorable.»

En voyant sa femme approcher, Colin laissa tomber son sécateur et s'assit au bout d'un rang de tabac. À l'arrivée de Sarah, il se leva.

— Viens m'embrasser pis prends garde à toé, j'ai les mains toutes gommées. Asteure, lève le net du carrosse, que je voie mieux ma fille.

— Elle s'est endormie en partant de la maison. Ça se comprend, à se faire brasser sur le chemin de terre.

Colin jeta un regard tendre à Amanda qui dormait profondément.

— Si tu savais combien de fois j'ai rêvé de te voir venir me retrouver aux champs, dit-il à Sarah d'une voix caressante. Ensuite, j'me disais que c'était idiot, que jamais ça arriverait et pourtant, aujourd'hui, t'es là, comme une apparition. Viens t'asseoir près du ruisseau, ce sera plus frais, pis moé je vais essayer de me dégommer les mains dans l'eau.

Sarah lui offrit une tartine et une limonade à l'orange et au citron qu'il accepta d'emblée. Elle vit alors la main tendue de Colin trembler d'une façon à peine perceptible. Elle se mit à l'observer.

Tout en causant, Colin mâchouillait plus qu'il ne mangeait.

— T'es un ange, Sarah, de me gâter comme ça.

– Je n'ai pas de mérite. Je m'ennuyais de toi à la maison et je me suis dit qu'une petite marche me dégourdirait les jambes avant de préparer le souper.

– Y me reste encore la moitié de la pièce de tabac à couper. Si je m'écoutais, je lâcherais pour aujourd'hui, mais ce serait par pure paresse. Le travail se fera pas tout seul.

Sarah remarqua comme Colin suait alors que la journée était tiède.

– Tu ne trouves pas que tu en as assez fait pour aujourd'hui? Comme il reste un bon deux heures avant ton train, ça te donnerait juste le temps de dormir un somme.

Colin sauta sur ses pieds.

– Si je dors, mon travail va traîner.

– Il y a encore des jours.

Colin se remit à l'ouvrage et Sarah revint à la maison en poussant son landau. Elle regarda sa maison au loin. «Encore quelques années, se dit-elle, et elle sera pleine d'enfants. Ce sera la maison du bonheur.»

VIII

VIII

Un an s'écoula en des mois tranquilles et harmonieux. Entre Colin et Amanda, Sarah vivait les plus beaux moments de sa vie.

Le 10 septembre 1939, les familles Beaudry et Coderre étaient rassemblées chez Colin pour fêter son vingt-deuxième anniversaire.

Le repas du midi à peine commencé, Sarah se leva promptement de table et alla coller l'oreille à la radio. Avait-elle bien compris? Elle avait du mal à entendre ce qu'on disait sur les ondes. Le poste émetteur grinçait, la visite causait et Colin toussait sans arrêt.

Elle fit signe aux autres d'approcher, mais elle n'arrivait pas à les faire taire.

– Chut! Pousse-toi un peu, Honoré.

La radio répétait sans cesse la mauvaise nouvelle. Hitler avait envahi la Pologne au début du mois. La France et l'Angleterre avaient déclaré la guerre à l'Allemagne. Le Canada devenait leur allié tandis que les États-Unis restaient neutres.

On disait que l'enrôlement serait bientôt obligatoire pour les jeunes de ces pays âgés de dix-huit à vingt-six ans. Seuls les responsables de familles, les malades et les infirmes seraient exemptés.

Tout le monde se regardait, déconcerté. Puis Sarah poussa un soupir de soulagement. Son Colin serait exempté parce qu'il était chef de famille.

Fabrice blêmit.

— Excusez-moi, dit-il en se levant promptement de table.

Évelyne saisit sa main pour le retenir, mais il s'en dégagea brusquement et sortit. Évelyne, le regard tourné vers la fenêtre, l'observait discrètement, ne sachant pas si elle devait aller le retrouver ou le laisser à lui-même. Elle craignait d'être encore une fois repoussée. Finalement, elle se leva avec l'intention d'aller le rejoindre.

— Laisse-le, Évelyne, lui conseilla son père. Ce jeune homme a besoin d'être seul.

— Il est déjà assez seul, loin des siens et de son pays. J'imagine qu'il doit se tourmenter pour sa famille.

Il y eut un silence embarrassé ; parfois, le malheur rend muet. Puis Charles-Édouard reprit la parole :

— Il va y avoir une course aux mariages, c'est certain. Comme à la guerre de 14-18. Vu que c'est un moyen reconnu par l'État pour éviter le service obligatoire, quelques jeunes vont en profiter pour convoler.

Évelyne réfléchit. Son père parlait-il pour Fabrice et elle ?

Après un bon moment, Colin sortit retrouver Fabrice au bout du perron. Évelyne entendait des murmures à travers la moustiquaire. Les bras croisés sur sa poitrine, elle gardait les deux hommes en vue. Ceux-ci, une fesse juchée sur la balustrade, semblaient échanger des propos sérieux.

Colin tentait de faire comprendre à Fabrice que le plus pressant pour lui et Évelyne était de se marier pour éviter l'enrôlement obligatoire et d'obtenir ainsi le droit de rester au pays. Fabrice protestait. Il disait ne pas être prêt à faire vivre une famille. Il occupait un travail au salaire ridicule et il n'avait pas de toit à offrir à Évelyne.

– Je dois retourner dans mon pays. J'ai besoin d'être près des miens. Là-bas, avec mes frères qui ont l'âge de la conscription, mes parents doivent être fous d'inquiétude.

– Y viennent de dire à la radio que les mers sont déjà infestées de navires de guerre et de sous-marins. Et pis, tu serais pas plus près des tiens. Là-bas, tu irais au front et ta vie serait en danger. Pis chus ben certain que tes parents pensent comme moé. C'est une chance que tu sois icitte. Ma maison est grande, vous pourriez rester avec nous autres pour les débuts. Y a des chambres libres en haut, vous aurez le choix entre les quatre. En retour, tu pourrais m'aider aux travaux de la ferme et, si t'aimes mieux travailler à Montréal, tu viendras retrouver Évelyne icitte les jours de congé, comme tu faisais avant que c'te verrat de guerre se déclare, à la différence que vous seriez mari et femme. Cela dit, j'veux pas m'immiscer dans vos sentiments. Ça regarde rien que vous deux, ces affaires-là.

De la porte, Évelyne surveillait toujours les deux hommes. Ils avaient l'air de bien s'entendre si elle se fiait à la poignée de main qu'ils échangèrent.

Fabrice rentra seul. Colin resta au bout du perron et se mit à tousser et à cracher du sang, ce qui était assez fréquent ces derniers temps.

Fabrice et Évelyne s'isolèrent dans le salon.

Sarah gardait l'oreille collée à la radio. Le maire de Montréal s'adressait à la population.

— Écoutez. Camilien Houde exhorte les jeunes à refuser de s'enrôler. C'est possible ça, papa?

Charles-Édouard caressait sa barbe.

— Ça part d'un bon sentiment. Toutefois, cette affaire n'en restera pas là, parce qu'il y a lèse-majesté. J'ai beau vénérer monsieur Camilien Houde, il commet un crime contre l'intérêt de l'État. Je vais suivre cette affaire de près.

Sans attendre, Fabrice fit sa demande en mariage. L'instant était mi-triste, mi-réjouissant; tout se confondait dans le cœur des promis: la guerre qui sévissait dans les vieux pays, la précipitation de leur mariage et le manque de communication avec les Thuret.

Tout allait trop vite pour Évelyne qui avait rêvé d'une belle noce et non pas d'un petit mariage en série qui ressemblerait à une première communion. Mais bon, il fallait coûte que coûte exempter Fabrice de la conscription. Elle accepta les inconvénients. Comment pourrait-elle vivre sans Fabrice?

— Allons jaser sur le perron.

Fabrice l'entraîna à l'extérieur.

— Allons d'abord rencontrer monsieur le curé, proposa Évelyne. Nous jaserons en chemin.

— Allez-y, leur dit Colin, ensuite vous reviendrez souper, si ma sœur Céline accepte d'aider Sarah au repas, naturellement.

Céline pinça la taille de Colin.

— On parle de moé, icitte? Oui, je vais aider ma belle-sœur à préparer ce souper de mariage, compte sur moé. Qu'est-ce que j'ferais pas pour mon petit frère? Je me verrais mal te refuser ce souhait, surtout le jour de ta fête.

Sarah glissa un papier dans la main de Clarisse.

— Au retour, rapporte-moi des escalopes de veau de l'épicerie, disons, dix livres. Par la même occasion, invite Simon à se joindre à nous.

Clarisse sourit tristement.

— C'est encore trop tôt. Maman n'est pas au courant de nos fréquentations.

— Voyons donc, tu devras en venir là un jour. Aussi bien l'affronter en présence de la famille. Au besoin, tes sœurs pourront venir à ton secours.

Charles-Édouard s'avança, le portefeuille à la main.

— C'est à moi de payer, comme c'est pour le mariage de ma fille…

* * *

Le jour même, Fabrice, Évelyne et sa famille se rendirent donc à l'église où la course aux mariages était déjà commencée. En plein cœur de l'après-midi, le curé célébrait des unions. Les cérémonies étaient courtes. On ne chanta pas de messe l'après-midi parce que le prêtre et les fidèles devaient être à jeun pour communier. Les nouveaux couples de mariés entraient et sortaient aussitôt de l'église. Fabrice et Évelyne furent de ceux-là, comptant parmi les deux cent quatre-vingt-deux mariages célébrés en 1939, et ce n'était qu'un début.

À son retour chez Colin, Fabrice écrivit aux siens son regret d'être loin d'eux au moment où le malheur s'abattait sur son pays et il annonça son mariage avec Évelyne. À son retour à Montréal, il posterait sa lettre, en espérant qu'elle se rende jusqu'à eux.

* * *

Simon Courchesne entraîna Clarisse dans l'arrière-magasin où se trouvaient les tonneaux de mélasse, l'huile à lampe, les tissus et les linoléums. Et là, à l'abri des regards, il prit ses mains, les réunit dans les siennes, les baisa, puis il releva son menton en la regardant au fond des yeux.

— Ce qui se passe actuellement est très grave, Clarisse, notre avenir en dépend. Je m'attends à être appelé pour le service militaire et vous seule pouvez m'en dispenser. Vous connaissez mes sentiments à votre égard?

Clarisse se sentit soulevée par l'émotion.

— Oui, et je vous aime aussi Simon.

— Assez pour m'épouser? Depuis cette fois où je vous ai fait visiter les dépendances du magasin, je rêve de faire ma vie avec vous.

Clarisse tardait à répondre. Elle prenait le temps de réfléchir à ce que comportait cet engagement.

— Pas tout de suite, répondit-elle après un moment. Seulement à la fin des hostilités, si vos sentiments à mon égard sont toujours les mêmes. Je ne veux pas devenir une veuve de guerre.

— Vous serez pas veuve, les hommes mariés seront exemptés.

– Au début, ils s'en tiendront aux jeunes, mais plus tard, quand ceux-ci seront morts au combat, ils enrôleront les autres, les époux et les pères. Je ne veux pas élever des petits orphelins ou encore des enfants qui ne connaîtraient leur père que des années plus tard ou peut-être jamais s'il ne revenait pas.

Simon laissa tomber la main de Clarisse. Ce refus lui déchirait le cœur. Le pire, c'était cette idée qui le poursuivait que Clarisse se foutait complètement qu'il parte au combat, qu'il aille se faire tuer.

– Ma vie est entre vos mains, Clarisse. Vous dites que vous m'aimez? Permettez-moé d'en douter.

– N'en doutez pas, Simon. Je préférerais mourir plutôt que de vous perdre.

– Alors, épousez-moé.

– Si vous saviez comme ce choix est difficile!

– Refusez-moé pas cette joie, Clarisse.

Cinq heures sonnaient à l'horloge ancienne dressée dans le magasin général. Clarisse se faisait un sang de punaise, son avenir se jouait et Sarah attendait ses tranches de veau pour le souper.

– Les miens vont s'inquiéter. Je dois partir.

– Ce soir, venez à la maison, nous en reparlerons avec mes parents.

– Remettons ça à demain, parce que ce soir nous soupons chez Sarah. Justement, elle attend ses tranches de veau. À demain, Simon.

En route vers chez elle où son père l'attendait pour la ramener aux Continuations, Clarisse courait plus qu'elle ne marchait. L'émotion l'étouffait. Un grand combat se livrait dans son cœur. Elle pensa à sa sœur Évelyne et aux autres filles qui commençaient leur vie de ménage sans se soucier des conséquences que cette guerre leur ménageait. Pendant toutes les années d'hostilités, Clarisse serait témoin de leur bonheur alors qu'elle serait seule à attendre Simon, sans savoir si celui-ci reviendrait en vie.

* * *

Le lendemain, à l'épicerie, le même scénario se rejoua entre Simon et Clarisse.

Plus tard, chez les Beaudry, Charles-Édouard écoutait les nouvelles en attendant le souper. À la radio, on annonçait l'arrestation de Camilien Houde, pour avoir encouragé les jeunes gens à refuser de s'enrôler. On le conduisit en prison.

Charles-Édouard était désolé. Il avait eu raison de s'attendre à des représailles à l'endroit du maire de Montréal. C'était incroyable, un homme de cette trempe, derrière les barreaux !

Clarisse entra, pressée de rattraper son retard.

Dans la cuisine, son père marchait de long en large.

– Clarisse, passe à mon bureau.

Quand Charles-Édouard ordonnait de passer au bureau, c'était que l'heure était grave. Clarisse s'attendait à une réprimande en raison de son retard.

– Je m'excuse, papa. J'ai dépassé l'heure de préparer le souper.

– Le souper attendra.

Ce que son père avait à lui dire devait être très important pour qu'il en oublie de manger et qu'il verrouille la porte derrière lui. Clarisse prit le siège réservé aux clients et, encore sous le choc de la demande en mariage de Simon, elle éclata en pleurs.

Charles-Édouard attendit patiemment qu'elle se reprenne, comme avec ses malades.

— Maintenant, ma fille, dis-moi ce qui te fait tant de peine.

Clarisse se ressaisit.

— Simon Courchesne vient de me demander en mariage et j'ai refusé.

— Si je ne me trompe, ce garçon te tourne autour depuis pas mal de temps.

— Vous le saviez? Qui vous l'a dit?

— Dans les paroisses, les gens jasent.

— Si vous l'aviez vu insister, papa! Il s'accroche et ça m'arrache le cœur.

— Si tu as refusé, c'est que tu ne l'aimes pas assez pour l'exempter d'aller se faire tuer au front?

— Ce n'est pas ce que vous pensez. Je ne veux pas élever des enfants sans père. C'est pour cette raison que je veux remettre notre mariage à plus tard, après la guerre.

— Et si la guerre dure cent ans?

Clarisse, hypersensible, retenait des petits sanglots.

— Ta décision est sage, Clarisse, mais tellement surprenante pour une fille en amour. Au fond, je me demande si tu tiens vraiment à ce garçon.

— Si vous saviez à quel point, papa!

— Si tu crois être plus heureuse de le savoir au combat et toi ici à te morfondre, à te demander s'il est encore en vie et à attendre ses lettres qui n'arriveront peut-être jamais, ce choix t'appartient.

Clarisse tenait sa tête à deux mains.

— Je ne sais pas, papa, je ne sais plus. Mon cœur dit oui, ma tête dit non.

— Tu as droit à tes idées. Moi, je te dis ce que je pense, rien de plus.

Charles-Édouard serra sa fille dans ses bras et quitta son bureau.

Clarisse restait là, abasourdie. Pour la première fois, son père lui démontrait une importance autre que l'intérêt qu'on accorde à une servante. Elle traversa à la cuisine sans connaître la véritable raison pour laquelle son père l'avait conviée au bureau. L'avait-elle déboussolé avec son problème?

* * *

À sept heures pile, Simon Courchesne frappa chez les Beaudry. Clarisse couvrit ses épaules d'un gilet et sortit.

— Allons marcher. Nous serons plus à l'aise à l'extérieur pour parler.

Ils prirent le rang du bas de l'église. Ils marchaient en silence, les yeux à terre, le cœur en détresse. Ce fut Simon qui, le premier, brisa le silence.

— J'ai si peur de vous perdre, Clarisse. On dit: «Loin des yeux, loin du cœur.»

— Je vous serai fidèle. Je vous attendrai toute ma vie s'il le faut.

— Clarisse, je n'ai pas cessé de penser à ce que vous m'avez dit et j'ai trouvé trois solutions: d'abord, me cacher.

— Vous cacher? Où ça?

— Dans les bois.

— Pas dans les bois, c'est l'endroit où les rapporteurs vont fouiller en premier. Papa nous racontait qu'à la guerre de 14-18, ceux qui se dérobaient étaient sévèrement punis. Certains se cachaient dans les bois, dans les murs des maisons, d'autres changeaient de nom. Des gens de la place étaient désignés comme délateurs. Heureusement, leurs compatriotes savaient reconnaître ces Judas.

— Des paroissiens dénonçaient leurs semblables? Mais c'est ignoble! Ça prenait des mouchards, des traîtres...

— Ils étaient payés pour trahir.

— Il y a une deuxième solution, Clarisse.

— Dites toujours.

— Me couper l'index de la main droite. Comme chus boucher, on se surprendrait pas.

— Non! Pas ça, de grâce!

— Et la dernière solution serait de nous marier et d'attendre la fin de la guerre pour élever notre famille. Je vous respecterai, je le jure. Si vous y tenez, on pourra même continuer d'habiter chacun chez nos parents. Une fois mariés, le petit bout de papier en ferait foi devant la loi.

— Ce serait possible?

— Je vois pas ce qui nous en empêcherait.

* * *

Les jours précédant le mariage de Clarisse, ce fut la course folle dans les magasins. On ne trouvait plus ni joncs, ni couronnes, ni robes.

Clarisse, toujours aussi résignée, était prête à renoncer à sa toilette de mariée.

— Laisse tomber, Évelyne. Nous perdons notre temps à chercher. Les magasins sont vides et ce qui reste n'est pas convenable. Je porterai ma robe du dimanche. Je ne serai pas la seule : presque toutes les filles le font.

— On va bien voir ! Il y a assez de moi qui n'ai pas eu droit à une robe de mariée.

Évelyne s'arrêta devant une pièce de shantung, un tissu de soie mélangé de tussah, une belle étoffe scintillante entre le beige pâle et le rose.

— C'est joli, mais avec tous ces mariages quelle couturière trouvera du temps pour la confection ? dit Clarisse.

— Et si nous essayions ? proposa Évelyne.

— Ce n'est pas si simple.

— Nous ne devons pas être plus sans dessein que les couturières.

— La vieille machine à coudre de maman doit être toute rouillée depuis le temps qu'elle ne sert plus.

— Nous demanderons à Sarah de nous prêter la sienne, conclut Évelyne. Allons d'abord trouver un patron pour la grandeur, ensuite, nous reviendrons acheter le tissu.

* * *

À leur retour, Laurentienne proposa madame Mercure pour la confection de la toilette de mariée. Cette femme était sans contredit la meilleure couturière de la place.

— Elle va être trop occupée avec toutes ces robes de mariées et de mères de mariés, dit Clarisse. Je m'attends à ce qu'elle refuse.

— Offrez-lui de payer son travail en double. Vous verrez bien ce qu'elle en dira.

Madame Mercure accepta de bonne grâce.

— Comme vous avez pas trouvé de couronne, je propose d'en tresser une avec les restes de tissu ou encore, mamzelle pourrait s'acheter un chapeau de feutre, ce qui serait de saison à la mi-décembre.

— Même les chapeaux sont introuvables. J'opterais pour une couronne tressée.

Évelyne enviait Clarisse.

— Chanceuse! Moi, je n'ai pas eu le temps de m'acheter du neuf.

— Après mon mariage, je te prêterai ma robe. Ce sera la nôtre à toutes les deux. Tu te feras photographier avec, en souvenir pour ta progéniture.

— Tu es bien gentille, mais je n'entrerai pas dedans. Tu n'as pas remarqué que ma taille a épaissi?

Clarisse était stupéfaite.

— Ah oui?

Évelyne sourit.

— Surtout, pas un mot aux parents. Je leur annoncerai la nouvelle moi-même.

— Eh bien, félicitations! Ça mérite un beau bec.

— Bientôt, ce sera ton tour. Tu mérites toi aussi ce grand bonheur. Tu n'as jamais eu le temps de jouer à la poupée ni de penser à toi.

— Tu sais, je n'ai jamais été malheureuse à aider maman. Je trouvais mon bonheur dans le travail.

* * *

Le bedeau plié en deux tirait son câble bien bas. Des gamins le secondaient, accrochés au bout de leur corde. Ils s'amusaient à monter et à culbuter dans le vide des clochers, faisant carillonner gaiement les belles cloches du patelin qui sonnaient sans arrêt. Lorsque les jeunes étaient fatigués, d'autres prenaient aussitôt la relève sans se faire prier.

Sur le parvis de l'église, on se poussait, on se pressait, on s'embrassait. C'était du jamais vu. La nef et les jubés étaient combles de monde. Les parents, les enfants et les curieux parlaient, riaient ou pleuraient d'émotion. Dans l'église, c'était la débandade. Le curé rappelait les fidèles à l'ordre, mais sitôt le calme revenu, le désordre gagnait de nouveau l'assistance. On allait jusqu'à profaner le lieu sacré ; quelques joyeux fêtards sortaient un flacon de gin de l'intérieur de leur veston et buvaient discrètement un petit coup à même le goulot.

Clarisse montait la grande allée au bras de son père. Derrière eux suivaient des couples de tout âge. Chaque célébration ne durait pas plus de cinq minutes. D'autres promis attendaient leur tour.

Les reporters photographes de *L'Étoile du Nord* et de *L'Action populaire* prenaient des photos de groupe, tandis que d'autres, non professionnels, photographiaient chaque couple en particulier pour leur revendre leur portrait une fois la pellicule développée.

Sur le parvis de l'église, Sarah tenait Amanda dans ses bras. Toute son attention se portait sur son mari, sur son cou maigre, son teint terreux, ses gestes lents.

— Colin, tantôt dans l'église, je t'entendais tousser sans arrêt ; tu m'inquiètes.

— C'est juste un petit chatouillement dans la gorge. T'en fais pas. Ça va passer.

— Un petit chatouillement dans la gorge ! Il me semble que ça part de plus creux. Ça te prendrait un remède, va donc voir papa avant que ta toux s'aggrave. Il va te prescrire un bon sirop et on n'en reparlera plus.

* * *

Un mois passa, pendant lequel Clarisse et Simon dormaient chacun chez leurs parents respectifs et passaient leurs journées au magasin général.

Charles-Édouard observait sa grande fille du coin de l'œil. « Un drôle de mariage que celui de Clarisse, pensait-il, un mariage basé sur la continence. À leur âge, je me demande pendant combien de temps ils tiendront le coup. »

Charles-Édouard était vidé, comme l'était sa maison. En l'espace d'un an, ses trois filles étaient parties, enfin presque. Clarisse n'entrait que pour la nuit. Ces trois départs rapprochés pesaient beaucoup sur son vieux cœur de père. Il ne s'habituait pas à ce manque. Les mésententes, les escapades, les taquineries et les colères des filles étaient préférables à ce calme plat. Et tout ça à cause de cette maudite guerre. Il se retrouvait maintenant seul avec une femme déséquilibrée et un garçon aveugle.

On le réclama au bureau. Charles-Édouard entra, la mine basse. En apercevant Évelyne, son visage s'illumina.

— C'est toi, Évelyne, ma petite fille, mon bébé!

— Papa, arrêtez de m'appeler votre bébé. Je ne me suis jamais sentie aussi femme.

— Pour nous, les parents, les enfants restent toujours nos petits.

— Si c'est comme ça, s'exclama Évelyne, votre petite dernière vient vous annoncer qu'elle attend un enfant!

— Toi, Évelyne, ma petite, tu attends un enfant? Incroyable! Tu fais de moi un grand-père heureux. Viens que je t'embrasse.

Évelyne sentit que la joue de son père était mouillée. Elle lui adressa un sourire.

— Vous deviez bien vous douter qu'une fois mariée je risquais de devenir enceinte.

— Certes, certes! Je m'en veux un peu de ne pas l'avoir constaté moi-même.

Charles-Édouard essuya ses yeux.

— C'est la surprise, dit-il.

— Papa, connaissez-vous un remède contre les nausées? C'est toujours pire le matin.

— Mange quelque chose de solide dès le réveil. Si ça ne passe pas, dis-toi que ce malaise ne durera pas plus de trois mois.

— Trois mois, c'est long pour quelqu'un qui est malade.

– La grossesse n'est pas une maladie, c'est un état normal. Rôde à ton rythme régulier et, surtout, évite tout mouvement brusque.

– Je ne fais jamais de mouvements brusques.

– Oh si! Je te vois, à l'occasion, grimper sur une chaise pour saisir un plat sur la plus haute tablette du garde-manger et, ensuite, sauter par terre plutôt que de descendre doucement. Tu as aussi la vilaine habitude de galoper dans les escaliers. Surveille-toi bien, surtout durant les quatre premiers mois, il ne s'agit que d'un coup léger pour décoller le fœtus.

– J'en prends note, monsieur le docteur, dit-elle, l'accent moqueur. Je ne voudrais pas perdre mon bébé.

– Autre chose aussi. Tu vas penser que je me mêle de vos affaires, mais si tu veux un bon conseil, vous devriez, Fabrice et toi, partir de chez Sarah. Les amoureux ont besoin de vivre cachés, porte close. Même si vous vous entendez bien, ta sœur et toi, vous avez besoin de tranquillité et d'intimité pour commencer votre vie à deux.

– Si vous saviez, papa, comme nous avons hâte d'avoir un logement à nous, mais ça prend des sous et Fabrice commence à peine à travailler!

– Je sais. Mais pense tout de même à ce que je viens de te dire.

Charles-Édouard ouvrit la porte attenante à la cuisine et appela:

– Laurentienne, Honoré, écoutez ça! Évelyne a une belle nouvelle à vous annoncer.

Laurentienne approcha.

– Laisse-moi deviner. Je suppose que tu déménages à Montréal.

– Non, je suis enceinte.

– Enceinte? Tu viens à peine de te marier! Tu n'as pas pensé aux cancans? Tu sais, ton père peut le faire passer.

Évelyne se redressa, indignée.

– Qu'est-ce que vous dites? Faire passer mon enfant? Vous me décevez, maman. Vous ne voulez pas d'un petit-fils?

Évelyne tourna vers son père un regard scandalisé.

– Vous faites ça, vous?

– Non, mais d'autres le font.

Charles-Édouard dévisageait sa femme d'un œil sévère.

– Cette méthode est irréligieuse et tu sais très bien que je suis contre. Mon devoir est de sauver des vies, pas d'expédier des âmes dans l'éternité.

Charles-Édouard tapota la main de sa fille.

– J'ai bien hâte de voir cet enfant.

– Évelyne, viens par ici un peu, dit Laurentienne en l'entraînant à l'écart. Au coucher, place toujours un oreiller entre ton mari et toi, comme ça, il va apprendre à respecter ton côté de lit et ce sera un moyen pour espacer les naissances.

– Un oreiller?

Évelyne éclata de rire et Laurentienne, insultée, retourna à la cuisine.

* * *

Évelyne, installée chez Sarah, s'occupait à préparer la venue de son enfant. Assise à la table, elle tricotait en suivant scrupuleusement un patron sur une feuille tout écornée quand deux coups à la porte la firent sursauter.

C'était sa mère. Elle semblait pressée.

— Vite, Évelyne! Ton père nous attend dans l'auto. Comme il avait une visite dans le coin, je me suis dit que tu pourrais venir passer la journée à la maison. Maintenant que Clarisse n'est plus là, tu pourrais nous préparer un pouding au suif. Tu sais comme ton père en raffole. Le pauvre s'ennuie sans bon sens depuis ton départ.

Laurentienne tombait mal; Évelyne avait déjà attrapé le genre « maison ».

— Je ne veux pas sortir. Je suis en train de tricoter une petite robe en laine blanche pour le baptême de mon bébé. Regardez mon patron comme il est joli!

— Qu'est-ce qui presse tant? Tu viens à peine de connaître ton état. Tu ne vas pas rester à t'ennuyer au fond d'un rang?

— Je ne m'ennuie pas, maman, au contraire, je suis bien à la maison.

— Ça fait des lunes que je ne te vois plus.

— Vous exagérez, maman. J'étais chez vous dimanche dernier.

— C'est ça, occupe-toi de ton enfant, puisqu'il est ton seul centre d'intérêt!

Sa mère, mécontente, sortit en se plaignant qu'elle n'était pas comprise et que pour une rare fois qu'elle sortait, sa fille la rabrouait.

IX

Les grands vents d'automne s'amusaient à étourdir les girouettes, à déshabiller les arbres et à retrousser effrontément les jupes. La maison des Coderre était prête à braver les intempéries. Sarah en avait soigneusement calfeutré toutes les fenêtres et Colin avait colmaté les brèches des fondations. Après une saison épuisante, le jeune couple aspirait à un repos bien mérité.

Sarah s'éreintait à cuisiner des bons plats pour faire plaisir à son mari, mais celui-ci repoussait son assiette. Il toussait sans arrêt et Sarah le voyait dépérir de jour en jour.

— Tu ne manges pas?

— J'ai pas faim.

— Depuis quelque temps, tu as mauvaise mine. Il faut que tu manges. Force-toi un peu. Papa nous disait que l'appétit vient en mangeant.

— Ça va aller, tu vois, je mange.

— Profite donc de la saison morte pour consulter le médecin. En plus, t'arrêtes pas de tousser.

— Je dors les pieds sortis des couvertures. C'est ça qui me fait tousser.

— Voir un docteur ne rend pas malade, tu sais. Vas-y donc, ensuite, tu en auras le cœur net.

* * *

Colin se présenta donc au cabinet du médecin. Charles-Édouard lui serra la main. Il remarqua que Colin avait encore maigri, ses traits étaient tirés et il toussait fréquemment.

— Sarah m'a parlé de vos malaises. Passez par ici, nous allons voir s'il y a matière à s'inquiéter.

Colin suivit son beau-père dans la pièce voisine.

— C'est cette température humide. Y arrête pas de mouiller.

Charles-Édouard ignora sa remarque.

— Relevez votre chemise.

Tout en parlant, le médecin auscultait les bronches et le cœur.

— Aspirez! Expirez! Aspirez! Expirez!

Colin voyait le médecin grimacer.

— Je gage que vous avez mis le doigt sur l'bobo.

Le médecin ne répondit pas. Il se demandait s'il n'existait pas derrière les malaises de Colin une tuberculose cachée. Il déposa ses lorgnons dans la poche de sa blouse blanche et fixa son gendre.

— Perdez-vous un peu de vos capacités: fatigue, sueurs, crachats?

— Oui, je crache un peu de sang et je perds aussi l'appétit. À vrai dire, j'ai de la misère à me traîner, mais j'veux pas inquiéter Sarah avec mes malaises. C'est grave?

— Je ne peux pas établir de diagnostic précis avant de vous faire passer des tests qui nous donneront une idée nette de votre état de santé.

Charles-Édouard pratiquait la médecine à l'ancienne mode, sans prises de sang, sans radiographies, mais cette fois-ci, c'était différent. Le cas de Colin lui causait une grande inquiétude.

— Vous allez devoir vous rendre à l'hôpital aujourd'hui même pour des analyses.

— Y a rien de pressant, reprit Colin. C'est sans doute un mauvais rhume ou encore un faux croup. J'irai demain.

Quand l'état de santé de ses clients était en cause, Charles-Édouard ne supportait ni discussion ni objection. Il trancha net :

— J'ai dit aujourd'hui !

Colin abdiqua.

Son beau-père griffonna sur un papier une ordonnance illisible.

— Je crois que c'est plus grave que vous ne le pensez, mais ne vous alarmez pas tant que je n'aurai pas les rapports de l'hôpital. Là-bas, on va vous faire une pneumographie.

Colin commençait à paniquer.

— C'est ça, vous allez peut-être mourir, mais alarmez-vous pas ! marmonna-t-il. Qu'est-ce que c'est que cette affaire dont vous me parlez ?

— C'est un rayon X, une petite photo de vos poumons. Rien de douloureux. Et puis, tiens, je vous accompagne à l'hôpital.

Charles-Édouard craignait que Colin refuse de passer les tests et que, s'il était tuberculeux, il contamine Sarah, Amanda et combien d'autres, si ce n'était déjà fait.

— C'est si urgent ?

— Disons que c'est une précaution à prendre, autant s'en occuper tout de suite. Après, vous aurez la paix.

* * *

À l'hôpital, on diagnostiqua une tuberculose pulmonaire, qu'on appelait communément la peste blanche.

Colin apprit la mauvaise nouvelle de la bouche de son beau-père.

— Les radiographies démontrent, d'une manière évidente, que vous êtes tuberculeux.

Le diagnostic tomba comme une sentence.

La tête de Colin fit un mouvement en arrière, comme s'il avait reçu un coup de fouet en plein visage. Il s'en allait vers une mort certaine. Il resta figé un bon moment avant de pouvoir prononcer un mot. Son cœur battait fort, comme un clou qu'on enfonce à coups de marteau. Il avait vingt-deux ans, une femme, une petite fille, le bonheur total, et on lui annonçait qu'il était atteint de la peste blanche, une maladie qui tuait.

— Je pourrai pas m'en tirer?

— Tant qu'il y a de la vie, il y a de l'espoir. Mais la guérison sera longue. Je vous conduis directement au sanatorium Cooke, à Trois-Rivières.

— Au sanatorium? Non! Oubliez ça. Je veux mourir chez moé. Je retourne à la maison pis y a personne qui m'en empêchera.

— Vous n'avez pas le choix. Vous êtes contagieux. Si vous refusez, les autorités vous y mèneront de force. Les tuberculeux n'ont pas le droit de vivre en société avec cette maladie. Vous risquez de contaminer les gens autour de vous. Peut-être même Sarah ou Amanda. Est-ce vraiment ce que vous voulez?

Colin prit sa tête à deux mains.

– Mon Dieu! En plus de cette chienne de maladie, je dois quitter ma femme et ma fille.

– Pourvu qu'elles ne soient pas atteintes elles aussi!

– Ça, ce serait ben le boutte de toute.

Charles-Édouard lui appliqua une tape amicale sur l'épaule.

– Venez! Là-bas, ils vont prendre soin de vous.

Colin s'essuyait le front et respirait fort. Il se résignait parce qu'il n'avait pas le choix. Il se leva et avança péniblement, les jambes sciées par le diagnostic. Il paraissait avoir cent ans.

– J'y resterai combien de temps?

– Ça dépendra de vous, mais comptez sur le temps et le repos pour vous guérir.

– Je dois passer par la maison, j'ai certaines choses à régler avec Sarah au sujet de l'argent, de l'ouvrage de la ferme pis des animaux. J'ai aussi besoin de vêtements de rechange.

– Sarah passera vous voir au sana et elle apportera tout ce qu'il vous faut.

– J'peux même pas dire bonjour à ma femme pour y expliquer c'qui m'arrive?

– Je m'en chargerai pour vous.

Colin se sentait comme un criminel pris sur le fait qu'on conduit directement en prison avant qu'il ne commette un autre délit.

* * *

La grande bâtisse à quatre étages où on enfermait les tuberculeux inspirait l'effroi. Colin la considéra comme un mouroir.

Charles-Édouard le conduisit à l'accueil où une jeune infirmière le prit en charge.

— Suivez-moi, dit-elle.

Charles-Édouard se rendit à la salle de repos réservée au personnel médical avec l'intention de s'entretenir avec le pneumologue, le docteur Gougeon, voir s'il n'y avait pas quelque chose à tenter, comme une opération. Il poussa la porte. Assis à une petite table, le docteur Gougeon avalait un sandwich rassis et une tasse de café. Les deux hommes discutèrent pendant une bonne demi-heure du cas de Colin.

— Il faudra prendre de nouvelles radios avant de décider quoi que ce soit.

Charles-Édouard avait en main une grande enveloppe brune.

— Tenez, j'ai ici celles de l'hôpital de Joliette. Elles sont fraîches de ce matin.

Gougeon les regarda d'un œil distrait.

— Je préfère m'en tenir à celles du sana pour le classer.

Le pneumologue promit de rencontrer Colin dès que sa tournée de visites aux chambres serait terminée.

Charles-Édouard serra la main que Gougeon lui tendait.

— Soignez-le du mieux que vous le pourrez, dit-il.

— Aux petits oignons, mon cher confrère. Vous pouvez compter sur nos soins.

* * *

Colin, paniqué, s'informa à l'infirmière s'il en avait pour un mois dans cet établissement.

– Un mois? Mais, mon pauvre monsieur, ce n'est pas d'une grippe qu'il s'agit. Vous pouvez compter le temps en années. Il faudra demander au médecin, mais même lui ne pourra pas se prononcer.

Le désespoir envahissait Colin. Il pensait à tout ce à quoi il devrait renoncer.

– Le temps des fêtes approche à grands pas pis je tiens à passer Noël dans ma famille.

– Malheureusement, vous ne pourrez pas.

Colin demeura bouche bée. Sa première pensée fut qu'il ne vivrait pas jusqu'aux fêtes.

– Est-ce qu'il me reste assez de temps pour revoir ma femme et ma fille?

– Vous êtes classé B. Dans cette unité, avec du repos, quelques-uns s'en tirent. Malheureusement, vous avez trop tardé à vous faire soigner.

L'infirmière le reconduisit du côté des hommes. Du corridor, Colin pouvait voir les malades, dans leur chambre, presque tous des adolescents.

On lui présenta son voisin de lit, un garçon de quinze ans, malingre, d'apparence chétive. Colin le salua obligeamment et demanda à être installé dans une chambre individuelle.

– Les chambres privées sont réservées à ceux qui sont classés A, ce sont les mourants. À mesure que le patient prend du mieux, il change de classe et une fois celui-ci rendu au D, il se prépare à sortir.

– Ce qui veut dire combien de temps?

— Tout dépend de l'état de santé du malade.

Colin s'envenimait intérieurement.

— On peut rien savoir dans ce maudit hôpital?

Puis il se ressaisit. Il n'allait pas se mettre à gueuler contre les aides. Désormais, sa vie était entre les mains du personnel soignant.

— Excusez-moé, garde. Vous savez, j'ai rien contre vous. C'est c'te chiennerie de peste blanche qui vient gâcher ma vie qui me met en rage.

— Gardez votre calme. Vous en aurez besoin pour guérir.

Son voisin de lit attendait, impatient, le moment où l'infirmière allait sortir. C'était un petit roux aux cheveux frisés, aux yeux éteints et au visage pâle comme son drap. Sa main fouillait sous son matelas.

— M'sieur, je vais vous montrer quelque chose, dit-il. C'est le portrait de ma mère.

— Elle est morte?

— Non, mais c'est pareil. Elle vient pus me voir.

— Pourquoi?

— Chus pus intéressant pour personne.

— Tu dois t'ennuyer d'elle?

— Ce dont je m'ennuie le plus, c'est de pus me faire de cabanes dans le bois derrière chez nous. Une cabane, c'est une maison.

— T'avais pas de maison chez tes parents?

— Ben sûr que oui, mais pour eux autres, j'étais jamais correct. Le soir, à la brunante, j'allais voler des bouts de planches au moulin à scie, je prenais seulement des restants et je volais aussi des clous dans les hangars des voisins. Je prenais juste les crochus pis je les redressais. Je me guettais. J'avais peur de la police. Des fois, je me faisais prendre pis ma mère me criait par la tête. Ben, elle me criait par la tête tout le temps.

— Pourquoi elle te criait après?

— Pour tout et pour rien, parce que je montais jusqu'au toit dénicher des nids d'oiseaux, parce que je mangeais la bouche ouverte, parce que je volais. Toutes les raisons sont bonnes quand on veut chialer après quelqu'un. Asteure, y me reste pus rien qu'à rêver de cabanes, une cabane où pus personne me chasserait et où je me ferais pas crier par la tête.

Le garçon se mit à tousser sans arrêt.

— Tais-toé, tu te fatigues, pis moé, j'ai pas envie de parler.

Sitôt calmé, le garçon reprit:

— Chus icitte parce que j'ai volé. Papa m'a dit qu'on est toujours rattrapé en bien ou en mal, selon que nos actions sont bonnes ou mauvaises. Aujourd'hui, je paie pour.

— Il est où ton père?

— Mort, icitte, l'année passée.

Le docteur Gougeon entra, suivi d'une infirmière. Il répéta à Colin, à quelques mots près, ce qu'il savait déjà: les patients de la classe B devaient rester couchés et ne se lever que pour la toilette du matin, les cabarets étaient servis aux chambres, les malades avaient le droit d'écouter la radio de dix heures à midi seulement, les visites étaient permises le dimanche après-midi. Colin n'écoutait plus, convaincu que sa mort approchait à grands pas. Le désespoir se lisait sur ses traits défaits.

* * *

À Saint-Jacques, dans la belle maison ancestrale des Coderre, Sarah vaquait à ses occupations tout en surveillant le retour de Colin qui n'arrivait pas.

Au grondement d'une auto, elle courut à la fenêtre qui donnait sur le chemin. L'auto de son père entrait doucement dans la cour. Il était seul, ce qui ne laissait présager rien de bon. La jeune femme se rua sur le perron.

— Colin n'est pas avec vous?

— Entre un peu, j'ai à te parler. Tu es seule?

— Évelyne et Amanda font un somme en haut.

Charles-Édouard prit le coude de sa fille et la conduisit à la berçante comme on conduit une enfant. Il approcha une chaise de celle de Sarah et se campa dessus à califourchon, les bras croisés sur le dossier.

— Je vais t'expliquer.

Au fur et à mesure que son père racontait, le cœur de Sarah se tordait. Son Colin était parti au sanatorium, seul avec son désespoir. Si au moins elle avait pu être là pour l'encourager à se battre contre ce microbe sournois, à lui faire face. Le malheur s'abattait sur sa petite famille alors que le bonheur fleurissait de nouveau dans sa maison: Sarah attendait un deuxième enfant, ce que son père ignorait.

Colin allait-il s'en sortir ou est-ce que sa maladie lui serait fatale? Si son père ne lui laissait aucun espoir, c'était sans doute qu'il n'y en avait pas. Sarah sentait son cœur marteler son corps. Elle fixait des yeux un point dans le vide. Sa vie basculait, elle perdait son mari, sa fille perdait son père, et le bétail, son maître. La mesure était comble. Désormais, ce serait à elle de jouer tous ces rôles. Elle se sentait oppressée par une confuse envie de pleurer, mais ce serait laisser la mollesse la gagner quand il lui fallait être forte, forte comme un homme, parce que dorénavant elle serait à la fois femme de maison et homme de ferme. Elle en voulait à la vie.

— Comment a réagi Colin quand il a su? s'informa-t-elle, la mine défaite.

— Il était révolté.

— Pauvre lui! Il a parlé de moi?

— Bien sûr. Il refusait de vous abandonner, toi et la petite. Il ne voulait rien comprendre. Au fond, je crois qu'il s'est résigné parce qu'il n'en peut plus de lutter. Il est épuisé.

— J'aurais dû m'en douter; ces derniers temps, il ne mangeait plus, il repoussait même les jus.

— Je me demande pourquoi il a tant tardé à consulter.

— Est-ce qu'il sortira de là un jour, ou s'il y est entré pour y mourir? Dites-moi qu'il ne mourra pas.

— Va savoir. Dès qu'ils prennent un peu de mieux, les malades se croient guéris et rechutent. Ton mari restera toujours un être fragile.

Charles-Édouard ajouta:

— Toi et Amanda devrez à votre tour passer une radiographie des poumons.

Sarah dévisagea son père avec une rancœur dans le regard.

— Je ne suis pas malade, Amanda non plus.

— Tantôt, Colin avait la même réflexion. Vu que c'est une maladie à déclaration obligatoire, tu dois t'y soumettre au plus tôt. Tu dois aussi désinfecter ta maison et sortir les matelas et les oreillers au soleil, six heures de chaque côté pour les débarrasser des microbes. Cette mesure de précaution est urgente. L'unité sanitaire va vous surveiller étroitement. Pour eux, les familles des tuberculeux sont des diffuseurs de la peste blanche.

Pour le moment, Sarah avait la tête ailleurs. Mille pensées l'assaillaient.

— Je devrai vendre la terre. Dommage... La ferme des Coderre est un bien légué de père en fils.

Sarah pensait à l'enfant qui allait naître et qui serait peut-être un garçon, un fermier.

Charles-Édouard caressa affectueusement sa main.

— Ne brusque rien, ma fille, si jamais ton mari revient, il t'en voudra.

— D'ici-là, le travail de la ferme me tombe sur les bras et je n'y connais rien.

— Essaie de trouver une main-d'œuvre à bon marché. Il faudra répandre de la chaux dans l'étable, la soue, la laiterie, et chauler les murs pour détruire les microbes, sinon la beurrerie va refuser votre lait. Je me demande où tu vas trouver du temps pour t'asseoir et te reposer.

— Je ne veux pas m'asseoir, je veux juste joindre les deux bouts.

— Tu n'y arriveras jamais seule. Je vais placer une annonce dans ma salle d'attente et une autre au magasin général.

— Ce sera pour rien. En temps de guerre, tous les jeunes sont mobilisés.

— En attendant, essaie de trouver un voisin qui s'occupera du train.

Sarah gardait un coude appuyé sur le bras de sa chaise, le poing sur la bouche pour l'empêcher de trembler. En l'espace de quelques heures, c'en était fait de sa vie de famille, de son bonheur. Maintenant, qu'est-ce que l'avenir lui réservait?

La présence de son père la ramena sur terre.

— Demain, dit-il, je vous conduirai, toi et la petite, à l'hôpital pour une radiographie pulmonaire.

Sarah avait déjà entendu son père dire qu'une radiographie était risquée pour une femme enceinte.

— C'est inutile, je n'irai pas.

— D'accord, mais si jamais je t'entends tousser ou cracher, en tant que médecin, je t'y obligerai.

— Je voudrais voir Colin.

— Je t'y conduirai quand mes clients me le permettront. Courage, ma fille!

* * *

Dépassée par l'énorme tâche à accomplir, Sarah passa le reste de l'après-midi à broyer du noir. Elle devait dès maintenant apprendre un à un les rudiments du métier d'agriculteur. À cinq heures, elle enfila la salopette de travail de Colin, roula deux tours au bas des jambes et se rendit aux bâtiments. Tout était à faire; par où commencer?

C'était l'heure de la traite. Devant l'étable, onze vaches noires beuglaient, incapables de supporter davantage leurs pis engorgés de lait.

Sarah se glissa entre les bêtes à cornes et, pressée de se débarrasser de cette tâche déplaisante, elle souleva la clenche de la lourde porte qu'elle tira à elle. Les vaches s'arrêtèrent pour s'abreuver à un tonneau d'eau, placé à droite de l'entrée, et allèrent retrouver lentement leur place assignée dans les entre-deux.

– C'est ça, dit-elle en s'adressant aux bêtes d'un ton amer, prenez tout votre temps!

Sarah ressentait une crainte de s'approcher des vaches, mais il fallait y aller, sinon qui se chargerait de la traite? Elle hésita un peu, puis se glissa prudemment entre les bêtes et attacha les licous.

Maintenant, où trouver un banc à traire? Elle fouina dans la laiterie, le fenil, le carré à grain, rien! Elle en trouva finalement deux sur les sacs de moulée à porc, dans un court passage qui menait à la soue.

Sarah commença par laver les pis gonflés, puis elle s'assit sous la vache qui lui semblait la plus docile et commença la traite. Elle avait beau tirer sur les pis, seules de rares gouttes de lait s'en échappaient, et pour comble, la vache se mit à uriner. La pisse tombait drue au sol et éclaboussait sa salopette et ses chaussures. Sarah se leva en vitesse, recula de trois pas et échappa tout haut:

– Pouah! Écœuranterie!

Des larmes de colère lui montaient aux yeux quand elle entendit fuser un rire dans son dos. Elle se retourna.

Hervé Rochon se tenait à deux pas derrière elle. Le garçon de treize ans riait bruyamment.

– Toi, ici! Qu'est-ce qui te fait tant rire?

– J'aurais jamais pu vous imaginer dans une étable et encore moins à traire une vache, non, surtout pas vous, une fille de docteur!

– Il le faut bien; Colin est au sanatorium.

– Colin au sana?

– Oui, il a la peste blanche et je reste avec toute sa besogne. Je ne sais même pas traire une vache.

– On voit ben que vous avez pas une âme de paysanne. Donnez-moé votre place pis regardez ben comment mes doigts pressent les trayons.

– Avant, je vais rincer mon seau.

Avec Hervé, le lait tombait dru au fond de la chaudière. Lui avait la manière, ça se voyait. Il se leva.

– À votre tour d'essayer.

Sarah fit une deuxième tentative. Elle devait presser les pis et non les tirer. Cette fois, quelques gouttes de lait s'en échappèrent.

– Tenez bon et vous verrez, vous allez vous faire la main. Je vais traire avec vous, mais seulement pour aujourd'hui.

– J'ai peur des ruades. Certaines vaches sont plus nerveuses.

– Il faut leur attacher les flancs avec un câble et serrer jusqu'à les immobiliser. Je vous montrerai le truc tantôt, mais ce sera pour peu de temps, les vaches vont bientôt tarir.

– Tarir?

– Ça veut dire qu'elles donneront pus de lait.

– Ah oui! Quand ça?

— À la fin de l'automne.

— Et comment fait-on pour le savoir?

— Vous verrez. Quand viendra le temps, les pis seront vides. Autre chose aussi, vous devriez porter des bottes de rubber dans l'étable.

Sarah observait, apprenait et se désolait. Hervé avait raison. Où en était-elle rendue, elle, la fille d'un médecin, à besogner dans une étable? Ses mains d'artiste, habituées à l'archet et au clavier, étaient réduites à traire les vaches.

— Hervé, tu accepterais de travailler pour moi si je te payais?

— J'me demande ben où je trouverais le temps. M'man vient tout juste d'acheter la terre des Beauchamp. Avec deux fermes, je devrai travailler doublement. En plus, elle s'est mise en tête de déménager dans l'autre maison. Elle dit que celle des Beauchamp est plus grande que celle qu'on habite.

— Tu ne crains pas la peste blanche, toi?

— Non.

— Je cherche un engagé, mais avec la maladie de Colin, tu sais ce que c'est, les gens vont nous éviter.

— Laissez-moé y réfléchir. Je vous reviendrai là-dessus.

La traite terminée, Hervé disparut, mais rien n'était fini. Sarah transporta le lait dans la laiterie. Les bras raidis par le poids des chaudières, elle vacillait comme un ivrogne. Que de travail, et ce, sans savoir si la beurrerie accepterait ou refuserait sa crème avec cette peste blanche. La traite terminée, restait encore les vaches à détacher, l'avoine à distribuer aux chevaux, la moulée aux porcs, le grain aux poules, l'écrémage et le nettoyage de l'étable.

Jamais elle n'y arriverait seule. Et pourtant, il lui fallait tenir jusqu'au bout, jusqu'au retour de Colin ; ce qui signifiait combien de temps ? Nul ne le savait, même les pneumologues ne pouvaient se prononcer. Et un bébé s'annonçait. Et si, comme Colin, elle aussi flanchait ? Elle ne pouvait abdiquer devant la fatigue et le découragement, le travail commandait. Tout en poussant la pelle à fumier dans le dalot, Sarah se rappelait ce que lui avait prédit son père : « Tu t'abaisseras aux travaux les plus bas, traire les vaches et nettoyer l'étable. » Ce jour-là, elle avait eu beau tenir tête, aujourd'hui, elle en était bel et bien rendue là. Et pourtant, elle était satisfaite du travail accompli.

Elle reproduisait le modèle exact de madame Rochon et, comme cette femme, elle accoucherait sans mari. Et si, comme elle, les os de son bassin ne résistaient pas ? Mais avait-elle le choix ? Elle ne pouvait laisser mourir les bêtes.

À son retour à la maison, la clarté du jour était éteinte. Sarah guidait ses pas sur une raie de lumière venue de la cuisine. Du perron, elle voyait Fabrice embrasser Évelyne.

Sitôt entrée, elle enleva ses chaussures crottées et les plaça sur le paillasson. Les mains sur ses hanches, elle se redressa péniblement en échappant un gémissement. La soupe mijotait dans la marmite et une odeur de chou sortait du couvercle qui tremblait. Sarah porta les mains à ses lèvres pour étouffer un haut-le-cœur. Elle enleva sa salopette et savonna ses mains jusqu'à l'usure. Une fois assise à la table, elle n'avait plus faim. Elle n'avait qu'une envie, se coucher et dormir. Elle repoussa son bol. Évelyne était déçue.

— Tu n'aimes pas ma soupe aux choux?

— Bien sûr que oui, mais je suis claquée.

— Toi, Fabrice, tu l'aimes, ma soupe?

— Oui, mais je préfère ta soupe aux légumes.

— Veux-tu de la poule bouillie, Sarah?

— J'en prendrais, mais très peu.

Sarah repoussa son assiette, se leva et, sans prendre son manteau, elle sortit régurgiter au bout du perron. Elle s'appuya à la colonne un moment pour ne pas tomber. Puis elle revint à la cuisine, le visage blême. Le chou bouilli empestait encore la cuisine.

— Il faudrait ouvrir un peu pour faire disparaître cette odeur.

— Nous ne sommes plus en été. Patiente; dès qu'Amanda sera couchée, nous chaufferons le poêle à plein et nous ouvrirons les portes.

Pendant que Fabrice remplissait le coin à bois, Évelyne lavait la vaisselle. Sarah saisit un linge à essuyer, mais Évelyne le lui retira des mains.

— Occupe-toi plutôt d'Amanda.

— Heureusement que tu es là, toi. Si je ne t'avais pas, je virerais folle.

— Si je peux empêcher ça! ajouta Évelyne sur une note de gaieté.

Mais Sarah n'avait pas le cœur à badiner. Comme elle n'avait que peu de temps à consacrer à sa fille, elle abandonna la besogne à sa sœur et souleva l'enfant de terre. Chaque minute auprès de sa fille était précieuse.

Après le bain, Sarah revêtit l'enfant d'une chemisette en flanelle et l'enveloppa dans une couverture chaude.

Amanda appuya sa tête dans le cou de sa mère et passa une main douce sur sa joue. Sarah embrassa la menotte. Dans sa détresse, une simple caresse d'ange lui redonnait courage. Elle endormit sa fille dans la berçante en lui fredonnant une chanson douce.

— Évelyne, tu laisseras la cuve au bout du poêle. Comme elle va me servir tous les soirs, ça ne sert à rien de la trimballer sans arrêt.

— Tu ne vas pas prendre ton bain chaque soir ? Tu vas t'user la peau.

— Avec le travail à l'étable, je n'ai pas le choix. Je vais me rendre malade si j'attends les samedis pour me laver.

Sarah traîna la cuve à sa chambre, la remplit d'une belle eau chaude et s'y trempa. Recroquevillée sur elle-même, les genoux au menton, elle décompressait un peu avant de savonner ses cheveux et son corps. Sa toilette terminée, avant de vider le baquet de son eau, elle y lessiva sa salopette de travail et l'étendit à sécher sur un dossier de chaise. Elle s'attela ensuite à la cuve qu'elle se préparait à vider à l'aide d'un grand gobelet.

Assis derrière la table, Fabrice fumait en pensant à ses parents qui vivaient sous les bombes. Il se leva.

— Laisse, Sarah, c'est trop lourd pour toi, je vais m'en occuper.

Évelyne tricotait et Sarah, penchée au-dessus du poêle, épongeait ses cheveux à l'aide d'une serviette.

* * *

Depuis le départ de Colin, jusque tard le soir, Sarah calculait, additionnait et soustrayait. Son seul revenu était les quelques œufs que lui achetait le postillon. Elle cherchait un moyen de gagner davantage afin que sa fille ne manque pas du nécessaire. Sarah déposa sa feuille de calculs dans le tiroir de la table et le referma d'un coup de hanche. Elle ne trouva pas la force de réciter son chapelet à genoux. Toutefois, elle supplia le bon Dieu de guérir Colin afin que tout redevienne comme avant. Qui d'autre que Lui pourrait le faire? Après sa courte prière, elle éteignit la lumière et se rendit à sa chambre, le pas lourd, comme si elle pesait une tonne. Elle se jeta sur son lit et s'endormit profondément. Elle n'avait même plus de temps pour penser à Colin, pour s'apitoyer sur son sort.

X

Chaque matin, le postillon parcourait les rangs et déposait le courrier aux maisons. Il levait le fanion rouge pour annoncer une lettre ou un colis.

De la fenêtre, Évelyne aperçut le petit drapeau dressé. Elle revêtit un gilet, accourut à la boîte aux lettres et revint avec une enveloppe blanche, timbrée de Saint-Denis, France, et adressée à Monsieur et Madame Fabrice Thuret. Qui pouvait bien écrire de Saint-Denis ? Fabrice avait sans doute des connaissances par là. Évelyne préférait attendre son mari pour l'ouvrir. Si la missive contenait une mauvaise nouvelle, ils seraient deux pour la supporter. Mais la lettre lui brûlait les mains.

Toute la journée, Évelyne imagina les pires scénarios. À l'arrivée de Fabrice, elle courut au-devant de lui et, sans prendre le temps de l'embrasser, elle lui tendit la lettre.

Fabrice enleva son pardessus et prit la précaution de s'asseoir, au cas où il serait trop secoué. Il reconnut l'écriture couchée de sa mère et il redouta l'annonce du décès d'un des siens. Ses mains tremblaient en déchirant l'enveloppe. Évelyne surveillait l'expression de son visage pendant qu'il lisait.

Mon cher fils,
Cette lettre n'arrivera peut-être jamais. Il y a entre toi et ta famille un brouillard qui s'appelle la guerre.

Je tiens d'abord à te féliciter pour ton mariage, toute la famille s'en réjouit. Beaucoup de bonheur à vous deux.

Tes frères ont été mobilisés au tout début des hostilités. Je leur ai donné un porte-bonheur, une médaille de la Vierge. Nous avons vu Justin une seule fois alors que son bataillon était cantonné sur la Marne. Nous avons eu tout juste le temps de l'embrasser avant qu'il ne rejoigne son corps d'armée. Il avait bon moral. Aucune nouvelle de Georges et de Lucas. Je meurs d'inquiétude.

Nous nous sommes réfugiés à Saint-Denis de crainte que Paris, une ville de son importance, soit bombardé en premier. Je me demande si c'était la bonne décision. Ici, les avions sillonnent le ciel, au-dessus de la maison, jour et nuit. Nous arrivons à peine à dormir. Cette nuit, un bombardement nous a tirés du sommeil à trois heures du matin et il a duré dix interminables minutes. Les lustres étaient sans cesse secoués, des plaques de plâtre tombaient du plafond sur le lit. Comment veux-tu te rendormir après ces secousses ? C'est à se demander quand arrivera notre dernière heure.

Fabrice s'étranglait avec ses larmes. Debout près de lui, Évelyne, silencieuse, caressait son dos. Fabrice se sentait ingrat de rester loin des siens pendant que ceux-ci risquaient leur vie sous les bombardements continus.

— Si au moins j'étais là pour les protéger !

Évelyne sentait chez lui un sentiment de culpabilité qui l'accablait.

— Non, Fabrice, tu ne serais pas avec eux. Tu serais au front, devant les balles ou pire encore, mort dans une tranchée. Je suis certaine que ta mère a un gros poids en moins sur le cœur de te savoir à l'abri du conflit.

Fabrice se moucha et reprit sa lecture.

Mireille, l'amie de cœur de Justin, demeure avec nous. La maison de sa famille a été bombardée. Il n'en reste rien. C'est un miracle qu'ils soient arrivés à sortir vivants et sans blessures graves des décombres. C'est très risqué de sortir pour s'approvisionner. Des chars d'assaut encombrent les rues et les bombes allument des feux ici et là. Tout Saint-Denis est saccagé.

Toute la famille est soulagée de te savoir en sécurité au Canada, j'en remercie Dieu chaque jour. Si nous avions connu l'avenir, nous serions tous avec toi et Évelyne, que nous considérons comme notre fille. Aujourd'hui, impossible d'aller vous retrouver, les mers sont sillonnées de sous-marins ennemis, mais nous sommes avec vous deux par la pensée.

Nous avons hâte d'être grands-parents. Ce serait une joie qui mettrait un peu de baume sur nos inquiétudes.

J'espère que ma lettre se rendra. Le bonheur de converser avec toi, même si ce n'est que sur papier, me cause un bien immense.

Ton père et moi vous souhaitons beaucoup de bonheur. Mille baisers à vous deux.

Même si le courrier est lent, écris-nous plus souvent et priez pour que cette guerre finisse au plus tôt.

Ta mère aimante, Élisabeth

Arrivé au bas de la deuxième page, Fabrice se détendit. Il leva les yeux vers Évelyne.

— Pas de mauvaises nouvelles. Ils sont tous en vie. Du moins, ils l'étaient au moment où maman a rédigé sa lettre. Mes parents n'ont pas reçu ma dernière missive. Maman ne sait pas que tu es enceinte. Mes lettres doivent s'être perdues. Là-bas, ils viennent seulement d'apprendre que nous sommes mariés. Ils nous offrent leurs vœux et se disent soulagés de me savoir en sécurité au Canada. Six mois pour le courrier, c'est long.

Fabrice lui tendit le pli.

— Tiens, je suis là qui te donne les nouvelles tout en vrac! Lis, si tu veux en prendre connaissance toi-même.

Évelyne replia les petites feuilles et proposa à Fabrice d'amasser leur argent pour qu'à la fin de la guerre ils puissent aller visiter sa famille en France.

— Quand les troubles seront finis, je donnerai des cours de musique pour financer le voyage. Nous partirons tous les trois.

— D'ici là, tu pourrais demander à Sarah de te prêter son piano et donner des cours ici les fins de semaine?

— Nous sommes un peu loin du village. Et puis, ce n'est pas le moment. Avec la guerre, l'économie est à terre.

Évelyne se rangea à son argument; elle respectait les idées de Fabrice.

* * *

À Montréal, à longueur de semaine, dans sa chambre louée, Fabrice tournait en rond. Il sortit du tiroir un papier et un crayon et se mit à calculer le coût d'un logement, de l'électricité et du chauffage. Malheureusement, son maigre salaire ne lui permettait pas d'emmener Évelyne vivre en ville. Il lui faudrait pourtant en venir là. Avec l'enfant qui s'annonçait, elle ne pourrait demeurer indéfiniment chez sa sœur. Comment trouver une solution ? Et s'il trouvait un autre emploi ? En temps de guerre, la demande était passablement forte. À la librairie, Fabrice profita de son heure de dîner pour surveiller les annonces d'embauche dans le journal. On recrutait des ouvriers aux arsenaux de Saint-Paul-L'Ermite pour la fabrication d'armes. Fabrice sollicita un après-midi de congé auprès de son employeur. Comme l'achalandage diminuait, le libraire, un homme conciliant, accepta sans poser de questions.

Fabrice se présenta à l'usine tôt en après-midi et, comme la main-d'œuvre manquait, cinq minutes plus tard, le patron l'embaucha.

– Vous commencerez lundi.

– Je dois d'abord me trouver un logement dans le coin.

– Vous ne trouverez rien ici. Depuis la course aux mariages, il n'y a même plus une chambre à louer.

Fabrice était déçu, mais c'était sans doute préférable ainsi ; que ferait-il d'un logement sans mobilier ?

* * *

Ce soir-là, Fabrice rentra tout joyeux à la maison. Il salua Sarah, puis il embrassa Évelyne et lui chuchota à l'oreille :

– Viens, monte, j'ai à te parler un peu.

– Un secret ? J'adore les secrets.

— Appelle ça comme tu veux.

Fabrice excitait sa curiosité. Évelyne s'assit sur le pied du lit et Fabrice s'agenouilla par terre, les bras croisés sur les genoux de sa femme.

— Parle, Fabrice, tu m'intrigues.

— Dans le journal *La Presse*, on demandait de la main-d'œuvre aux arsenaux de Saint-Paul-L'Ermite. Je m'y suis rendu sans tarder et on m'a embauché sur-le-champ. Je dois commencer lundi. Je voyagerai avec Beaudoin, un gars d'ici qui travaille à l'usine et qui fait le trajet matin et soir. Se rendre ici le rallongera un peu, mais je le dédommagerai. Comme mon travail sera plus près, je pourrai rentrer chaque soir à la maison plutôt que m'ennuyer seul à ma pension. Un autre avantage appréciable : je ne travaillerai plus le samedi. Et tu ne devines pas quoi ? Mon petit salaire de crève-faim grimpera de moitié.

— En quoi consistera ton travail ?

— À fabriquer des munitions : explosifs, projectiles, cartouches, fusées, bombes. Moi, je serai affecté au remplissage.

— C'est un travail dangereux, Fabrice. Tu ne crains pas pour ta vie ? Ce ne serait pas courir après le danger ? Supposons qu'une bombe explose, tu mourrais comme au champ de bataille.

— Il n'y a pas plus de danger qu'ailleurs. L'usine a des mesures de sécurité à respecter. Et puis, comme le salaire est intéressant, nous pourrons mettre un peu d'argent de côté pour nous installer. Je ne vois que des avantages à cet emploi, comme partir plus tard le matin et rentrer plus tôt le soir.

— Nous pourrions prendre un logement là-bas.

— Je me suis informé et il n'y a plus rien à louer, même pas une chambre.

— C'est sûr que je ne me plaindrai pas de te voir rentrer chaque soir plutôt que de m'ennuyer de toi à longueur de semaine.

Fabrice renversa Évelyne sur le lit et la bécota sur les joues, dans le cou et derrière les oreilles, ce petit endroit particulièrement sensible où le chatouillis provoquait chez elle un rire convulsif. Évelyne se tortillait comme un ver et repoussait Fabrice des mains et des pieds.

— Je te défends de me chatouiller, Fabrice Thuret.

Mais son rire encourageait Fabrice à continuer.

— Cesse, je te dis.

En bas, Sarah appelait :

— Venez manger, le souper est sur la table.

Évelyne replaça sa jupe et ses cheveux, et le temps de retrouver son sérieux, elle suivit Fabrice dans l'escalier.

* * *

Le lundi suivant, Évelyne préparait une soupe à l'orge pendant que Sarah, à l'étable, s'occupait du train. Les heures qui séparaient Évelyne du retour de Fabrice n'en finissaient plus. C'était sa première journée de travail aux Arsenaux canadiens et Évelyne avait hâte d'en apprendre davantage sur l'occupation de Fabrice et qu'enfin cesse son inquiétude de le voir exploser. À son arrivée, elle se rua dans ses bras comme si son mari était le rescapé d'une catastrophe.

— J'ai pensé à toi toute la journée. Je suis inquiète à la pensée de te savoir manipuler des explosifs. Tu es prudent, au moins?

— Cesse de t'en faire. Les obus et les bombes ne sont pas amorcés. Il n'y a aucun danger de sauter.

Fabrice ressentait bien sûr un certain trouble à manipuler toutes ces munitions qui visaient à tuer des êtres humains, mais avant tout, il avait l'impression de travailler pour ses frères, pour sa patrie, contre l'Allemagne. Et s'il abandonnait ce travail, d'autres employés le feraient à sa place.

— Demain, reprit Évelyne, Sarah doit se rendre à Trois-Rivières visiter Colin. Espérons que ce petit voyage lui fera du bien. Ma sœur semble au bout du rouleau. Je ne serais pas surprise qu'elle soit de nouveau enceinte, je l'ai vue vomir. À moins que ce soit la fatigue. Sarah en a lourd sur les épaules et elle se tue à la tâche du matin au soir. Mais nous deux, Fabrice, nous pourrions profiter de ton samedi pour aller faire un tour au village. Nous pourrions amener Amanda avec nous.

— Désolé, Évelyne. Je dois prendre la relève de Sarah avant qu'elle ne tombe malade. N'oublie pas que nous avons une dette de reconnaissance envers elle.

XI

De gros flocons de neige étoilée voltigeaient sur la campagne.

Après s'être libérée de ses tâches les plus ingrates, Sarah se rendait avec son père au sanatorium.

L'auto s'arrêta devant un imposant établissement de quatre étages agrémenté d'un solarium à chaque plancher. Charles-Édouard et Sarah se rendirent à l'office.

— Colin Coderre, s'il vous plaît.

— Vous êtes sa dame?

— Oui. Comment est-il?

— C'est le patient idéal: jamais un mot, jamais une histoire.

— Et son état de santé?

— Il est très faible, on le fait manger à la cuillère.

— À la cuillère?

Sarah jeta un regard à son père et murmura:

— L'infirmière doit se tromper de patient. Colin ne peut pas en être là.

— Où pouvons-nous le trouver?

— Au pavillon B.

Après un court « merci », Sarah s'engagea dans l'escalier, laissant son père dans le corridor à jaser avec un ancien collègue.

Les retrouvailles des deux hommes avaient un côté pratique. D'abord, étant lui-même médecin, Charles-Édouard avait le privilège de s'entretenir personnellement avec les spécialistes traitants. Ainsi, il pouvait suivre au détail près l'évolution de la maladie de son gendre et se tenir au courant des traitements. Ensuite, le fait d'abandonner son père au poste permettait à Sarah de se retrouver seule avec Colin.

Elle entra dans la chambre du malade. Le lit paraissait vide sous le drap tant le corps de Colin était amaigri. Ses cheveux cachaient sa figure aux yeux creux et son teint était mauvais. Sa santé se détériorait rapidement. Pendant un bref instant, Sarah s'imagina veuve avec deux enfants, puis elle chassa aussitôt cette pensée néfaste qui lui tirait les larmes.

En apercevant Sarah, le visage de Colin retrouva un semblant de vie.

Elle aurait aimé le prendre dans ses bras, comme un enfant, le bercer, lui redire son amour, mais ç'aurait été un suicide. Il fallait éviter les effusions à cause de la contagion. Sarah ne sut que murmurer :

— Bonjour, Colin.

— Enfin de la visite. Pense un peu, chus toujours seul. Viens t'asseoir à côté de moé.

— Je n'ose pas t'approcher, je pourrais transmettre le bacille à Amanda, mais je suis si contente de te voir.

— Je peux même pus embrasser ma femme.

— Ni moi, mon mari ! À ton retour à la maison, nous nous reprendrons en double.

— Quand ça ?

Sarah s'assit sur une chaise placée au pied du lit.

— Parle-moi de toi, de ta vie ici.

– Ma vie icitte est pas ben intéressante. Je dois rester alité vingt-quatre heures sur vingt-quatre. J'ai droit à rien sur cet étage. C'est le repos total, le silence, la solitude, une vie de prison. Les autres se promènent. Moé, on me défend de quitter mon lit. Les spectacles de chant et les petites vues dans la grande salle sont réservés à ceux qui sont classés C et D. C'est le seul plaisir, la seule joie des malades, pis j'y ai pas droit. Y disent que ça m'épuiserait. Le docteur Gougeon passe tous les avant-midi, mais y me dit jamais rien. J'ai même pas la permission de me lever pour aller marcher.

Colin se tut, épuisé.

– Ils te le permettront sans doute quand tu auras repris des forces, quand tu seras classé C. Comment te sens-tu ?

– Ben correct ! Chus prêt à r'tourner à la maison pis à r'prendre ma besogne.

Colin ne réalisait pas la gravité de son état. Son ton était bas, parler l'épuisait et la peur de passer les fêtes seul l'angoissait à tel point qu'il avait constamment mal au ventre, mais ce n'était rien comparé à son mal à l'âme.

– J'comprends pas qu'on me garde encore icitte.

– Sans doute parce que c'est nécessaire à ta guérison. Tu dors bien ?

– Y fait trop clair le matin pis y ont pas le droit d'installer des rideaux. Y faut laisser entrer le soleil, ça fait partie du traitement.

– Quel traitement ?

– Y nous lâchent pas. Y nous font cracher un peu de bave virulente dans des pipettes qui s'en vont ensuite au laboratoire pour des analyses. Y nous soufflent de l'air entre le poumon et son enveloppe pour aplatir les alvéoles et les mettre au repos pis y nous gavent de hachis de cheval cru, d'œufs et d'huile de foie de morue.

— Il faut te forcer à manger. On m'a dit que tu dois prendre du poids. Dis-toi que chaque bouchée te rapproche de la maison. Tu pèses combien ?

— Je sais pas. Je refuse de me peser, c'est moins décourageant.

— Et si, au contraire, c'était encourageant ?

— Qu'y me foutent la paix !

Sarah sentait une révolte dans ses réponses. Colin était rempli d'indignation, de dégoût, de colère. On lui avait pourtant dit qu'il était le patient idéal.

— Tu n'as aucun ami ici ?

— Non, pis j'en veux pas. J'veux rentrer à la maison avec toé pis Amanda.

Sarah se désolait pour lui.

— Je ne pourrais pas te prodiguer tous les soins dont tu viens de me parler. Et puis je crains trop la contagion pour Amanda. Aussitôt que tu seras guéri, je te ramènerai à la maison.

Sarah regardait le voisin de lit de Colin, un jeune garçon au tout début de l'adolescence.

— Quel âge a-t-il ? murmura-t-elle.

— Quinze ans.

Colin ajouta dans un murmure :

— Ça l'a pris comme ça, à l'école, y s'est mis à vomir du sang. Y a pas vu sa mère depuis un an.

— Pauvre lui !

– J'me demande combien de temps encore y vont me retenir icitte. Ça dure ben longtemps, ces maladies-là. Ça use la patience à la longue. Un jour, t'en auras ras-le-bol toé itou, pis j'aurai pus personne à attendre.

– Ne t'inquiète donc pas inutilement.

– À matin, y nous ont mis des tuques, des couvertures de laine pis y ont ensuite poussé nos lits dans le solarium pendant l'aération des chambres.

Colin ne s'informait pas de la maison, ni de la ferme. Sarah lui donna tout de même des nouvelles. Il fallait l'intéresser pour l'empêcher de sombrer. Elle lui parla d'Amanda qui marchait à quatre pattes, qui tenait bien sa cuillère. Il devenait alors attentif et une tristesse voilait ses yeux.

– Je manque tout ça.

– Fabrice m'aide de son mieux, mais il ne fera jamais un bon habitant.

Elle ne lui dit pas que Fabrice ne l'aidait que les fins de semaine et qu'elle en avait par-dessus la tête de la ferme. Elle n'était pas venue visiter son mari malade pour se plaindre et l'inquiéter.

Cependant, à voir les traits tirés de Sarah, Colin comprenait que la vie n'était pas facile pour sa femme.

– C'est pas la vie merveilleuse que j'avais rêvé pour toé.

Il aurait voulu lui dire comme il était fier d'elle, qu'il aimerait la choyer, l'amener partout accrochée à son bras, qu'elle était une épouse adorable, une mère merveilleuse, mais il était si épuisé.

— Tu vas guérir et revenir à la maison. Ce jour-là, nous reprendrons la vie merveilleuse dont tu me parles, comme autrefois.

— Ton père sait que t'es enceinte ? ajouta Colin plus bas.

— Pas encore.

— Y faudra ben y dire un jour.

— Il le saura quand ce sera visible.

Sarah lui présenta un sac.

— Tiens, je t'ai apporté des pommes et un journal.

— Et le carnet noir ?

— Quoi, le carnet noir ?

— Je veux le voir. Je veux savoir si le compte en banque baisse.

— Il se maintient. Je ne peux pas sortir d'argent sans ta signature, tu le sais bien.

Colin ne dit rien.

— Il faudra pourtant que tu en viennes là, un jour, ajouta Sarah. Si je n'avais pas les œufs qui rapportent quelques sous et les quelques conserves de la cave, je jeûnerais, et la petite aussi. Avec si peu, on ne va pas loin.

— Tu seras pas capable de tenir les comptes. Les femmes connaissent rien aux affaires.

— Il y a un début à tout. J'ai bien appris à traire les vaches.

— Je peux te signer un chèque pour les nécessités.

Sarah refusait de retirer l'argent au compte-gouttes, elle voulait user de son libre arbitre, mais elle n'osait pas affliger davantage Colin. Elle remit cette discussion à plus tard.

On annonça la fin des visites. Sarah se leva.

— Je te laisse, papa m'attend en bas. Repose-toi bien.

Elle lui lança un baiser du bout des doigts.

— Tu reviendras quand?

— Dès que possible.

— Dis-moé quand exactement. Je veux compter les jours.

— Je dois demander chaque fois à papa de me conduire. Je ne voudrais pas ambitionner sur sa générosité. Je vais m'arranger avec tes sœurs pour nous partager les visites.

— C'est toé que je veux voir.

Les derniers mots de Colin se fondaient dans ses larmes.

Sarah disparut dans le couloir. Elle venait de passer les pires minutes de sa vie. Dehors, son père l'attendait, le dos appuyé à son auto. Elle se jeta dans ses bras.

— Si vous l'aviez vu, papa! Il dépérit si rapidement que je me demande si ce n'est pas sa fin. Ils le font manger à la cuillère, comme un bébé.

— C'est qu'il n'a plus la force de le faire lui-même.

— Il va mourir!

— Ce n'est pas à toi de poser un diagnostic.

— Je ne veux plus jamais remettre un pied ici, ça me fait trop mal.

— Il le faudra pourtant, si tu ne veux pas que ton mari perde le moral.

— C'est déjà fait! Il a perdu sa bonne humeur. Il n'a pas souri une seule fois. Ce n'est plus le même Colin que j'ai connu. Il est maigre à faire peur, ses joues sont creuses, ses yeux sont enfoncés dans leurs orbites et il est découragé.

— Tu sais qu'il est très malade! Plusieurs tuberculeux ne sortent jamais de ces maisons de santé.

Son père aussi avait perdu tout espoir, ça se sentait.

— Taisez-vous, papa, je vous en prie! J'en sais déjà trop à ce sujet. Je crains tellement d'être séparée de mon mari pour toujours.

Quelque chose en elle lui disait pourtant que son bonheur avec Colin ne pouvait s'arrêter là. Colin était trop jeune, sa vie n'était pas finie et un autre enfant s'annonçait.

Son père la voyait amaigrie, épuisée, défaite. «Pourvu qu'elle n'ait pas contracté la tuberculose elle aussi», pensa-t-il.

— Le pneumologue m'a dit qu'ils administrent aux patients un remède appelé le I.N.H. Malheureusement, le microbe développe rapidement une résistance. Mais ne perds pas confiance. Les savants sont sur le point de tester un nouveau médicament.

Sarah n'était pas dupe. Après l'avoir découragée, son père tentait de lui redonner espoir, mais ses yeux gris mentaient mal.

Sarah, silencieuse, regardait la route défiler sous l'auto. Elle avait une perception vive de ce qui lui arrivait et il lui prenait une envie de tout foutre en l'air. Tout se mêlait dans sa tête: tourments, inquiétudes, rude besogne, épuisement, solitude. Elle pensait au malheur qui s'acharnait sur sa petite famille. Mais il y avait Colin qui avait besoin d'elle et Amanda, et l'enfant à venir qui se développait dans son sein. Non, elle ne pouvait pas abdiquer. À la ferme, ses occupations la bousculaient et ne lui laissaient pas le loisir de s'apitoyer sur son sort, mais aujourd'hui, cette sortie lui donnait l'occasion de juger plus objectivement de sa condition et elle avait du mal à admettre que tout ce qu'elle vivait ne relevait pas du cauchemar. Après un long silence, elle crut bon de laisser ses tracasseries de côté. Son père n'avait pas à l'entendre gémir sur son mauvais sort. Il avait assez de la conduire sans qu'elle lui rende le trajet pénible. Elle chercha quelque chose d'intéressant à lui raconter :

— Madame Rochon a acheté la terre des Beauchamp. Elle en a du courage, cette femme! Avec le travail de son mari, l'argent rentre régulièrement et, plutôt que d'engager une aide, madame s'est acheté une deuxième terre.

— Une autre terre? Comme si elle n'en avait pas assez! C'est bien la Françoise, ça!

— Elle va emménager dans l'autre maison, qui se trouve à être plus grande. Son mari travaille toujours en ville et madame continue d'élever seule ses huit enfants.

Charles-Édouard voyait Sarah surmenée, sur le point de craquer, ses lèvres tremblaient pendant qu'elle racontait. Le fait de déblatérer l'empêchait de s'effondrer. Il aurait voulu la consoler, alléger sa détresse, mais que pouvait-il contre les coups du sort? Il se contenta de tapoter affectueusement son genou.

— Je me demande bien où cette femme puise son énergie, continua Sarah. Moi, je ne pourrais pas exécuter la moitié de son travail. Pour comble, elle devra déménager.

— Et qui habitera sa petite maison?

— Personne. Elle restera vide. Je suppose que madame la garde pour son fils Hervé en prévision de son avenir. Mais ce n'est pas demain la veille, le garçon n'a que treize ans.

Charles-Édouard regarda l'heure à sa petite tocante en plaqué or.

— J'ai le temps d'embrasser ma petite-fille avant d'ouvrir mon cabinet.

Il descendit de l'auto et suivit Sarah dans la maison. Amanda accourut à quatre pattes vers lui, en gazouillant. Charles-Édouard installa l'enfant sur ses genoux et la laissa s'amuser avec sa montre. De ses petits doigts malhabiles, Amanda cherchait à attraper la trotteuse à travers la vitre.

Évelyne, qui attendait patiemment le retour de Sarah, se leva de sa chaise. Depuis un bon moment, elle n'en pouvait plus de lutter contre le sommeil.

— Moi, je vous laisse, s'excusa-t-elle. Je monte faire un petit somme. Tant qu'à vous dormir au nez, aussi bien que ce soit dans mon lit. Depuis que je suis enceinte, le sommeil ne me lâche pas.

— Moi, reprit Sarah, je vais enfiler mes vieux vêtements, ce sera bientôt l'heure du train.

Charles-Édouard emporta l'enfant et suivit Évelyne à sa chambre. Ce qu'il avait à lui dire ne regardait pas Sarah. Il lui apprit que la petite maison des Rochon serait bientôt vacante.

— J'ai pensé que ça pourrait vous intéresser de la louer, toi et Fabrice.

Évelyne s'assit carré dans le lit.

— Une maison, dit-elle, surprise, ce serait trop beau !

Elle ajouta, les yeux pleins d'eau.

— Voyez-vous, papa, nous ne pouvons pas encore nous permettre d'acheter un mobilier. Si vous connaissiez notre situation financière… Elle n'est pas reluisante. Nous devons calculer sou par sou pour acheter les meubles du bébé.

Charles-Édouard lui offrit son appui.

— Informez-vous du coût d'un ameublement. Je suis prêt à vous avancer la somme. Vous effectuerez un paiement au début de chaque mois selon vos capacités jusqu'à l'acquittement.

Évelyne embrassa son père.

— Vous êtes trop bon, papa. Je parlerai de votre proposition à Fabrice.

Charles-Édouard parti, Évelyne s'allongea sur son lit, mais le sommeil ne venait pas. La jeune femme se mit à rêver de se retrouver chez elle, seule avec son mari.

* * *

— Je meurs de faim, soupira Fabrice en rentrant ce soir-là.

Il s'assit sur une marche du perron, enleva ses chaussures terreuses, les frappa l'une contre l'autre, les déposa près de la porte, puis entra.

Évelyne sortit le beurre, une grosse pomme et déchira une miche de pain qu'elle déposa sur la table.

— Tiens, ça te fera patienter jusqu'au souper.

Elle s'assit devant Fabrice avec Amanda sur ses genoux. Elle retenait sans cesse l'enfant qui tentait de grimper sur la table.

— J'ai une belle nouvelle. Les Rochon vont déménager et leur maison sera bientôt libre. S'ils acceptaient de nous la louer, nous deviendrions les voisins de Sarah.

— Une maison à Saint-Jacques quand je travaille à Saint-Paul-L'Ermite ? Tu n'y penses pas !

— Elle est à deux pas d'ici. Ça ne changerait pas la distance et, en attendant de nous trouver un logement là-bas, nous aurions un chez-nous.

— Et qu'est-ce qu'on ferait d'une maison sans mobilier ? Nous n'avons pas assez d'argent pour nous procurer des meubles, tu le sais bien. Et avec le bébé qui s'en vient… Je suis désolé, Évelyne, mais c'est comme ça. Le plus important pour le moment, c'est que nous soyons tous les deux ensemble.

— J'ai deux bras. Je peux bien, comme les autres femmes, travailler à la fabrication d'uniformes militaires, mais il me faudrait d'abord acheter une machine à coudre.

— Je refuse de voir ma femme travailler. Ça revient à l'homme de gagner le pain de sa famille.

— Papa a offert de nous prêter un peu d'argent pour l'achat des meubles. Nous pourrions lui remettre un léger montant chaque mois. Il nous ferait cadeau de la peinture pour la maison au complet. Ce serait un bon moyen pour désinfecter les lieux. C'est lui qui m'a fortement conseillé de prendre un logement. Il dit que ce serait à l'avantage des deux ménages.

— D'un côté, ton père n'a pas tort. Mais moi, je ne serais pas à l'aise de devoir de l'argent à mon beau-père.

— Et si ça lui fait plaisir, à lui, de nous aider ? Tu sais, si on attend d'avoir assez d'argent pour nous payer des meubles, nous ne serons pas prêts à déménager avant deux ans. Si tu veux, dès que les Rochon seront déménagés, nous irons visiter leur maison et, ensuite, nous prendrons tout notre temps pour décider. Et surtout, n'en parle pas à Sarah, il sera toujours temps de l'en informer.

Tout un processus se mettait en marche dans la tête de Fabrice. Il s'imaginait seul avec sa femme dans une maison, un chez-soi en propre où Évelyne et lui pourraient se permettre plus d'intimité. Après tout, ils étaient de jeunes mariés ! Il serra Évelyne dans ses bras.

– Ça va, nous irons la visiter, si ça peut te faire plaisir.

* * *

Un mois passa.

Évelyne et Fabrice profitèrent d'une visite de Sarah au sanatorium pour visiter la petite maison des Rochon. Ces derniers engageaient leur attelage sur le chemin ; ils devaient se rendre à l'église pour la messe de neuf heures trente, ce qui donnait aux Thuret le temps de visiter. Ils attendirent que la voiture disparaisse de leur vue et ils y entrèrent comme des voleurs.

La maison était ouverte aux quatre vents. Tout était d'une saleté repoussante. C'était décourageant. Un énorme poêle à bois dominait la cuisine. Le rez-de-chaussée comprenait une cuisine, un salon et une chambre où se trouvait un lit d'enfant en fer dans un assez mauvais état.

– Nous pourrions demander à madame Rochon de nous vendre la couchette d'enfant, suggéra Évelyne. Ce serait moins coûteux qu'au magasin.

– Tu coucherais notre enfant là-dedans ? Elle est tout écaillée.

— Oui, mais elle est solide. Avec un bon sablage et deux couches de peinture blanche, elle redeviendrait comme neuve. Si le prix nous convient, nous n'aurions besoin que d'une paillasse. Et comme nous pouvons nous passer d'un salon, la pièce pourrait servir de chambre d'enfant. Ça m'exempterait de monter et de descendre les escaliers tant que le bébé ne fera pas ses nuits complètes. Viens, montons.

Évelyne entraîna Fabrice au deuxième étage qui comptait trois petites chambres mansardées. Toutes les pièces avaient le même air d'abandon. Dans chacune, Fabrice embrassait Évelyne.

Finalement, ils redescendirent, presque satisfaits.

— Ça prendrait une table, des chaises, une lessiveuse et un set de chambre, dit Fabrice. Ça fait beaucoup de choses à acheter.

— Si tu acceptes l'aide de papa, je pourrais demander à maman la permission d'apporter mon lit qui ne sert plus. Au début, nous l'installerions en bas jusqu'à ce que nos moyens nous permettent d'acheter un mobilier neuf. Ensuite, il meublerait une chambre à visite qui nous serait utile quand ta famille viendra nous voir.

Cette idée acheva de gagner Fabrice.

— Avec le peu d'argent amassé, nous pourrions acheter une commode d'enfant et des rideaux pour la maison, rien de plus, dit-il.

— Nous parlerons à madame Rochon pour la location. Fais une prière pour qu'elle accepte.

Le même jour, ils se rendirent chez madame Rochon, mais celle-ci les arrêta dans leur lancée.

– On fait pas d'affaires le dimanche, c'est le jour du Seigneur. Revenez demain.

À leur grand bonheur, le lendemain, la femme accepta leur proposition moyennant un faible loyer.

– La maison se détériorera moins vite si elle est habitée et chauffée. Vous pourrez vous servir du poêle à bois et de la couchette, mais je tiens à ce que ces choses restent là à votre départ. Elles serviront aux générations futures.

– Vous nous permettez de peindre le lit d'enfant pour le rajeunir?

– Faites comme bon vous semblera.

Évelyne et Fabrice quittèrent la maison des Rochon ravis.

* * *

Sarah était désolée d'apprendre qu'Évelyne et Fabrice emménageraient bientôt dans la petite maison voisine.

– Comme je vais me sentir seule!

– Mais non, Sarah. Nous serons à deux pas.

Évelyne lui promit de revenir garder Amanda pendant le train du matin et du soir et lors de la messe du dimanche. Fabrice continuerait d'aider au train les fins de semaine.

* * *

La peinture de sa nouvelle maison terminée, Fabrice lava les planchers au lessi, un produit très fort qui redonna au bois sa belle couleur dorée. Il les enduisit ensuite d'huile de lin.

Évelyne ne s'y reconnaissait plus. On avait arraché les vieux voilages déchirés et récuré le poêle à bois. Une fois les vitres lavées, tout l'intérieur de la petite maison reluisait de propreté.

— Avec un set de cuisine et des rideaux neufs, ce sera joli comme tout.

Sarah l'enviait.

— On dirait une maison neuve. Qui aurait cru à un tel changement!

Elle aussi se promettait de faire peindre ses pièces, mais quand? Peut-être un jour avec un peu de chance.

— Tu devrais inviter madame Rochon. Elle ne reconnaîtra pas sa maison.

— Ce serait un peu arrogant de ma part!

* * *

La semaine suivante, chez les Coderre, Sarah faisait les comptes lorsqu'on frappa à la porte. Elle ferma le cahier aux pages quadrillées et courut ouvrir.

— Madame Rochon! Comme c'est gentil à vous de me rendre visite.

— Avant, j'osais pas trop vous déranger. Quand votre sœur était là, j'm'en serais voulu de m'imposer. Mais asteure qu'elle est partie, chus plus à l'aise pour passer prendre des nouvelles de monsieur Colin.

Sarah sortit des tasses.

— Approchez-vous de la table, nous allons jaser devant un café. J'ai tellement besoin de voir du monde qui me comprenne, surtout aujourd'hui. Si ce n'était de ma fille, je foutrais tout en l'air. Je porte ma vie comme un fardeau. Vous savez ce que je peux ressentir. Je suis comme vous, seule, comme une veuve.

— Y faut pas vous décourager de même, madame Sarah. Si, comme vous le dites, vous êtes exactement comme moé, armez-vous de courage et prenez votre ferme en main. C'est souvent la nécessité qui nous fait prendre conscience de nos capacités. Vous verrez que les femmes sont plus débrouillardes que les hommes. Elles réussissent tout ce qu'elles touchent parce qu'elles y mettent leur âme. Perdez pas vos énergies à broyer du noir. Allez de l'avant.

— Contrairement à vous, je n'aime pas le travail de la ferme. Je me verrais mal passer mes journées aux champs. Je suis encore jeune et je déteste travailler comme un forçat.

— Faites ce que vous aimez, sinon vous tiendrez pas le coup. Vous pouvez continuer dans le commerce des œufs et engager un homme pour la ferme. Y en a qui travaillent pour presque rien, pour leur nourriture et leur pension.

— Engager un homme, un homme dans ma maison ? Ce serait alimenter les mauvaises langues.

— Fichez-vous des on-dit. Les cancans apporteront pas de pain sur votre table. Votre élevage de poules, ça marche ?

— Mes œufs se vendent bien, Évelyne vient les laver et les mirer chaque jour. Mais il me faudrait agrandir le poulailler et acheter de nouvelles pondeuses. Malheureusement, je ne peux pas sortir d'argent de la banque sans la signature de Colin. Je ne veux pas le préoccuper avec ça.

— Osez, madame Sarah, et au plus vite.

— Je crains qu'il refuse. Je ne voudrais pas l'énerver avec une question d'argent et risquer d'empirer son état.

— Votre homme est pus un enfant! Insistez jusqu'à gagner. Asteure qu'y est pus là, c'est vous le maître de la ferme et c'est vous qui devez faire fructifier l'argent. Plus tard, y vous en sera reconnaissant.

— Je me demande si je suis exactement comme vous. Je crois qu'il me manque un peu de cran pour vous ressembler.

— Tut, tut!

— J'admirais votre courage au décès de votre petite Marjorie.

— C'était pas du courage. J'en avais pus. C'étaient mes huit autres enfants qui me retenaient sans s'en rendre compte. C'est dur de perdre un enfant, ça tue une mère. Mais c'est encore plus difficile d'en laisser huit. Dans les pires moments, je pensais aller rejoindre ma petite Marjorie. Si vous saviez combien de fois je me suis demandé: j'arrête ou je continue? Mais y avait Hervé, Marc, Colin, Catherine, Pauline, Paul, Jacques et Louise. Je les regardais les uns après les autres pis j'arrivais pas à imaginer leur vie sans mère. C'est pour ça que j'ai conti-nué sans ma Marjorie. Ensuite, dans mes moments de détresse, je me disais que mes problèmes étaient rien en comparaison de la perte d'un enfant. C'est à croire que le malheur rend fort.

Après un silence, la femme ajouta:

— Asteure, allez et réglez-moé cette histoire d'argent au plus vite.

* * *

Alors qu'elle allait entrer dans la chambre de son mari au sanatorium, Sarah aperçut une jeune femme d'une grande beauté qui rasait Colin. Il portait un pyjama rayé fourni par l'hôpital et ses chaussettes étaient trouées. Sarah recula doucement, de manière à pouvoir observer son mari sans être vue. Adossé sur trois oreillers, Colin ouvrait et fermait les paupières calmement. La jeune femme aux yeux verts, aux traits creusés, portait une robe de chambre en satin rose et des mules blanches. Ses cheveux blonds flottaient sur ses omoplates. Elle rasait la barbe sur les joues de Colin avec un outil à lame recourbée.

Colin se mit à tousser. Il toussa, toussa et cracha. La femme lui prêta son mouchoir, puis, comme elle allait sortir en emportant un petit contenant, Colin retint sa main et l'embrassa.

Un éclair de jalousie atteignit Sarah en plein cœur. Elle recula d'un pas avec la peur d'éclater en sanglots. Son mari baisait la main d'une autre femme pendant qu'elle portait son enfant dans son ventre. Sarah avait entendu dire que, dans ces maisons de santé, des amours naissaient entre les patients. Déjà, elle voyait Colin lui échapper. La femme sortit de la chambre. Elle passa près de Sarah, sans la regarder. Elle tenait le bol d'eau qui avait servi au rasage et le mouchoir prêté à Colin quelques secondes plus tôt.

Sarah emprunta un air dégagé et entra dans la chambre, le cœur en charpie, les jambes flageolantes.

— Bonjour, Colin.

— Tiens, Sarah! Enfin!

— Ça fait un bon moment que je suis là. J'attendais dans le corridor que l'infirmière finisse ta toilette.

— C'était pas une infirmière. C'était Réjeanne, une amie, seule elle aussi. Elle vient jouer aux dames avec moé et me remonte mes oreillers. J'la fais parler et ça m'désennuie. Elle, ça l'amuse. Elle est tannée d'lire pis de tricoter.

— Ça ne lui répugne pas de te prêter son mouchoir?

— C'est elle qui le veut. Elle en a déjà vu d'autres. C'est une ancienne prostituée. Elle se fiche de la contagion et des microbes. Mourir y fait pas peur. Elles sont trois icitte : la mère et les deux filles. Les deux garçons sont en pension dans des familles d'accueil en attendant que leur mère guérisse. Tu sais, Réjeanne est une bonne fille.

— Elle ne réside pas du côté des femmes?

— Oui, mais elle y reste pas. Elle profite du temps des activités pour échapper à la surveillance. Des fois, elle apporte son travail à l'aiguille. Elle est en train de broder une blouse qui cachera son cou maigre dans sa tombe. Quand les gardes la surprennent dans ma chambre, y la font sortir.

Sarah ressentit un pincement au cœur.

— Où est le gamin qui partageait ta chambre?

— Le petit a été classé A, ce sont les mourants. Ceux-là font la cure en chambre privée. Quand on entre icitte, c'est pour y mourir. Y en meurt quatre ou cinq chaque semaine et presque tous des adolescents.

Colin avait les yeux mouillés.

— C'est à son tour de traverser de l'autre bord. Y est si jeune. C'est dommage parce qu'y a pas eu le temps d'être heureux, de vivre sa vie.

— Il sera heureux en haut.

— Lui part, pis moé, je reste, mais j'sais pas pour combien de temps.

Sarah ne savait pas quoi dire. Comment pouvait-elle encourager Colin sans mentir, alors qu'elle-même perdait espoir. Chaque fois qu'elle mettait un pied dans cet établissement, elle en sortait démoralisée. Quatre ou cinq décès par semaine, ce n'était rien de réjouissant.

— Est-ce que tu souffres ?

— Y m'ont fait un tubage pour effectuer des analyses de bacilles pis y doivent recommencer une fois par mois. C'est désagréable.

Sarah, bien consciente que son mari allait mourir lui aussi, se surprit à imaginer la vie sans lui, ce qui lui fit voir l'urgence de régler l'histoire du compte en banque.

— Écoute, Colin, j'ai besoin que tu me signes une procuration, un papier qui me donne tous les droits d'agir en ton nom et d'avoir libre accès à ton compte en banque.

À la grande surprise de Sarah, Colin signa, sans opposer de résistance. Il n'en avait plus.

— Je vais te montrer comment tenir les comptes et à l'avenir tu t'occuperas toé-même du portefeuille. Comme ça, t'auras pus à me quémander de l'argent.

Sarah ignorait ce que son mari souffrait intérieurement en lui abandonnant son avoir amassé sou par sou.

— Tu ne le regretteras pas, dit-elle.

— Y faut que je t'aime comme un fou pour en arriver là, murmura Colin.

Sarah en doutait. Deux minutes plus tôt, elle l'avait vu baiser la main d'une ancienne prostituée.

— Merci de me faire confiance.

— Et pis tiens, fais-en c'que tu veux ! De toute façon, on sort pas d'icitte en vie.

— Voyons, Colin, ne perds pas confiance. Tu vas te détruire à broyer du noir.

— J'suis pas fou, tu sais. Quand l'aumônier passe à ma chambre, y s'informe même pus de ma santé physique, y me demande seulement : « Le moral est bon, monsieur Coderre ? »

Sarah supposait que le décès de son jeune voisin de lit avait affecté son mari. Elle tenta vainement de l'encourager. Elle parlait, parlait. Colin l'écoutait-il ? Elle voyait ses yeux s'appesantir de sommeil. Quand elle le crut endormi, elle se leva et, avant de quitter la pièce, elle lui retira ses chaussettes en douceur et les déposa dans son sac à main. Colin ouvrit grand les yeux et de nouveau Sarah s'assit près de lui.

— Amanda est à la veille de marcher. Elle se déplace en se tenant aux chaises. Si tu l'entendais ! Elle dit « papa » et « maman ».

— Je me demande si je la verrai grandir, celle-là. En tout cas, je vais manquer ses premiers pas. Tu l'embrasseras pour moé. Laisse-moé toucher ton ventre.

Sarah se rapprocha et Colin caressa son bedon. Soudain, sa bouche se tordit de douleur.

— Je voudrais tant rentrer à la maison. Je voudrais vous serrer tous dans mes bras. Je voudrais…

Incapable d'en dire davantage, Colin remonta sa couverture sur son visage et sanglota en pensant à la vie de famille qui lui manquait tant.

Sarah quitta la pièce avant d'éclater en pleurs avec lui. Elle demeura un bon moment dans le corridor, hésitant entre retourner auprès de son mari ou quitter le sanatorium.

Colin était épuisé de sa visite. Elle s'engagea dans l'escalier en se reprochant son manque de courage. En passant devant le poste de surveillance, elle avisa le personnel soignant que son mari avait besoin de réconfort. Une préposée aux soins s'avança.

— Je vais aller lui porter une bonne soupe chaude.

Sarah sortit du préventorium brisée, découragée. Si ce n'avait été de sa petite Amanda et de cette vie qui se développait dans son sein, elle serait allée se jeter à la rivière plutôt que de retourner chez elle.

Son père l'attendait, assis dans l'auto. Le retour s'annonçait silencieux. La tempe appuyée à la glace, Sarah, revenue à la plate réalité, regardait distraitement défiler le paysage. Son père l'observait en biais. Il souffrait de voir sa fille triste. Il tenta de l'encourager.

— Le pneumologue m'a dit que les chercheurs ont découvert un nouveau remède, de mauvaises granules servies dans l'eau. On dit que c'est méchant, que les patients le repoussent, mais qu'il empêche de mourir! C'est déjà un grand pas en avant. Ton mari a pris un peu de poids et s'il ne se fatigue pas trop, il sera bientôt classé C. C'est encourageant, hein?

Sarah supposait que son père inventait des histoires pour l'encourager.

— Le pneumologue vous en dit plus long qu'à moi.

— Peut-être craint-il que Colin se croie guéri et qu'il se surmène. Tout n'est pas gagné.

— Il vous a dit aussi qu'il en meurt quatre ou cinq par semaine, la plupart des adolescents?

Charles-Édouard lui donna une petite tape sur le genou.

— Fais confiance à la science. Les chercheurs travaillent toujours pour trouver un vaccin.

* * *

Arrivée chez elle, Sarah savonna longuement ses mains et, bouleversée, elle se mit à embrasser Amanda, à la serrer dans ses bras, et sans cesse, elle recommençait à la bécoter en lui répétant «Ton papa t'aime, mon bébé» jusqu'à ce que des larmes mal retenues pleuvent sur sa fille.

Puis elle se rappela la visite de madame Rochon. Celle-ci lui avait dit: «Quand vous manquerez de courage, venez me voir.» Elle en était là.

Sarah installa Amanda dans le landau qu'elle poussa jusque chez sa voisine. Cette femme possédait un pouvoir magique pour remonter le moral.

— Je suis à bout, lui dit Sarah lorsqu'elle arriva chez sa voisine. Je n'en peux plus.

— Cessez de penser au pire, lui conseilla madame Rochon. Laissez votre Colin entre les mains du bon Dieu et lancez-vous corps et âme dans votre projet.

XII

Deux semaines plus tard, Sarah trouva une aide précieuse pour la ferme. Hervé lui amenait Sylvio Desrochers, un sourd-muet âgé de vingt ans qu'on disait fiable. Le garçon ne risquait pas d'être enrôlé avec son handicap. Il traînait avec lui une petite ardoise qui lui permettait de communiquer avec les gens. Sylvio était un garçon intelligent, efficace, à l'œil vif. Il ressentait les moindres vibrations. On ne perdait pas de temps à lui expliquer les choses deux fois; il comprenait tout du premier coup. Sarah s'engagea à lui fournir la nourriture, le gîte et l'entretien. Comme salaire, elle le laisserait exploiter à son compte trois arpents de sa terre à la condition qu'il s'occupe d'abord de bien nourrir et d'entretenir le bétail. Le garçon, tout heureux, choisit la culture du tabac à pipe.

Sarah lui céda la chambre du bas et se réserva les pièces du haut pour elle et ses enfants.

Avec l'arrivée de Sylvio, Sarah put se passer de l'aide de Fabrice.

— Je peux maintenant te libérer de tes engagements. Je sais que tu ne t'en plaindras pas.

Fabrice n'attendait que ce moment pour accepter des heures supplémentaires aux arsenaux.

— Après nous avoir logés et nourris pendant des mois, je te devais bien ce service.

— C'était égoïste de ma part. Tout ce temps, je profitais de ton aide.

— Si tu as des œufs en trop, je pourrai les vendre à mon travail.

— Ça viendra bientôt. Monsieur Sylvio va agrandir le poulailler, ensuite je vais élever quelques centaines de poussins.

Sarah supposait qu'avec le bouche-à-oreille, la clientèle allait augmenter. Il lui fallait acheter des pondeuses au plus vite.

* * *

Sarah monta dans une voiture mal suspendue qui balançait et grinçait sur le gravier. Elle déposa Amanda chez Évelyne et prit le chemin du village.

Elle attacha Castor derrière la banque et entra dans l'établissement avec dans son sac un bilan mis à date. Cette démarche humiliante lui déplaisait, mais elle devait absolument se soumettre à cette requête si elle voulait obtenir un prêt. Elle frappa au bureau du gérant.

Un petit monsieur en habit et cravate lui serra la main, l'invita à s'asseoir et prit place derrière un riche bureau en noyer verni.

Sarah, gênée, se tenait assise sur le bout de son siège. Ses mains pétrissaient son sac à main posé sur ses genoux que la nervosité faisait trembler. Madame Rochon lui avait pourtant expliqué que demander un prêt n'était pas demander la charité, surtout avec le taux d'intérêt élevé que la banque exigeait. Elle lui avait dit : « N'oubliez pas que les banquiers ont besoin de vous comme vous avez besoin d'eux. »

— Je viens pour un prêt. Je me propose de faire construire un poulailler et d'acheter des pondeuses.

Le gérant sourit. Une femme qui désirait se lancer en affaires, et pour comble, dans des affaires d'homme!

Sarah rougit.

— J'ai dit quelque chose de pas correct, monsieur?

— Mais non, madame!

Le gérant bien mis reprit son sérieux et lui expliqua, comme on le ferait à un enfant, que dans son cas un prêt serait risqué.

— Supposons qu'une épidémie frappe votre poulailler et extermine la totalité de vos poussins, ou encore que le feu rase tout, vous nous rembourseriez comment?

Sarah sentait dans ses arguments un refus masqué. Une rancœur montait en elle.

— Et si c'était le contraire?

— C'est ce qu'on appelle un prêt à risque. La banque ne peut pas se permettre de prêter si vous n'avez pas la valeur pour répondre.

— J'ai ma terre, monsieur.

— Cette terre, elle est à votre nom?

— Au nom de mon mari, mais il m'a signé une procuration, ce qui me donne le droit d'agir librement à sa place. Elle lui tendit une feuille qu'elle déplia.

— Regardez ce papier, c'est écrit en toutes lettres.

— Et cette ferme, elle est hypothéquée?

— Non, elle est claire de dette.

— Vous seriez prête à miser la terre de votre mari et risquer de tout perdre, pour un poulailler?

— Ça ne regarde que moi, monsieur.

— Mon devoir est de vous empêcher de faire une pareille bêtise.

Sarah en avait assez de se faire ridiculiser. Elle savait d'avance que le prêt lui serait refusé. Elle l'avait senti en mettant le pied dans l'établissement. Elle se leva.

— Rassoyez-vous, madame.

Le petit homme pouvait bien lui refuser un prêt, mais pas lui dicter sa conduite. Elle resta debout.

— Si vous trouviez une personne, parmi vos connaissances, qui détiendrait des fonds et qui accepterait de vous endosser, ajouta le gérant, la banque vous consentirait un prêt, mais à cette condition seulement.

— Le risque, n'est-ce pas là le rôle de la banque? Je ne veux pas d'un endosseur. Si je comprends bien, il faut être riche pour emprunter.

Le petit monsieur cravaté lui tendit une main qu'elle dédaigna.

Son projet échoué, Sarah sortit sans saluer.

Elle laissa son attelage dans le stationnement de la banque et partit à pied, les jambes molles, marchant au hasard. Elle s'engagea sur le trottoir, désabusée, ne sachant plus vers qui se tourner. Il y avait bien sûr son père. Celui-ci avait déjà prêté de l'argent à Évelyne, il n'hésiterait pas à l'aider à son tour, mais Sarah refusait de mêler la famille à ses affaires. En plus, Colin lui en voudrait de négocier avec son beau-père.

Tout en marchant, Sarah pensait à madame Rochon, cette femme courageuse et, à son exemple, elle décida de ne pas se laisser abattre. Mais elle n'y arrivait pas. Le refus qu'elle venait d'essuyer la talonnait. Elle reprit son allure avec l'intention de se rendre chez ses parents. Tout en marchant, elle sortit de sa bourse un petit miroir rond et appliqua un peu de poudre sur son visage pour ainsi faire bonne impression devant les siens.

En passant devant la résidence du notaire, il lui vint une idée lumineuse. Elle frappa. Maître Beaudry vint lui ouvrir, le sourire aux lèvres.

— Tiens, si ce n'est pas madame Sarah, mon ancienne voisine!

Il tendit sa vieille main ridée que Sarah serra.

— Comment va votre mari?

— L'état de Colin est un peu encourageant. On dit que c'est le repos qui viendra à bout de son mal.

— Je peux vous être utile?

— Je sors de la banque et j'aurais besoin d'un conseil.

Le notaire l'invita à passer à son étude. Sarah lui raconta sa visite humiliante à l'institution bancaire. Le notaire écoutait ses doléances avec attention et, une fois Sarah arrivée au bout de son histoire, l'homme s'informa:

— Le gérant ne vous a pas conseillé de prendre une assurance contre le feu?

— Non. J'aurais dû y penser.

— C'était à lui de le suggérer. Vous y tenez absolument à ce poulailler?

— Je… oui… enfin, je n'ai pas le choix. Avec un mari malade, je dois gagner le pain de ma famille si je ne veux pas mendier et, comme je déteste le travail aux champs, je préfère l'élevage des volailles et le commerce des œufs.

Elle ajouta, gênée:

– Si ce n'était de l'obligation qui me pousse à travailler, je resterais dans ma cuisine.

Le notaire grattait lentement son long cou maigre, comme chaque fois qu'il était absorbé dans ses réflexions.

– J'aurais une suggestion à vous faire, mais soyez bien à l'aise, ça restera à votre discrétion. Comme Saint-Jacques a besoin d'une spécialité de coqs enregistrés, il serait bon que ce commerce continue de prospérer dans la paroisse. Madame Aurore Sincerny possède déjà un couvoir, mais avec son âge qui ne recule pas, madame parle de diminuer ses activités. Elle serait prête à vendre deux couveuses. Si le commerce des poussins vous intéresse, naturellement.

– Un couvoir? Je n'y connais rien. Je n'en ai même jamais vu. Je me demande si je serais capable d'en apprendre le fonctionnement.

– Si madame Sincerny le fait, vous pouvez le faire aussi. Et un couvoir acheté de seconde main vous reviendrait moins cher qu'un neuf et ferait tout aussi bien l'affaire. Prenez le temps d'y penser sérieusement, et si vous vous décidez, madame Sincerny se fera un plaisir de vous faire visiter son couvoir. Elle vous expliquera elle-même son travail. Tout ça ne vous engagera à rien. Tant qu'un contrat n'est pas signé, vous avez le droit de reculer.

Sarah, fort intéressée, écoutait religieusement les conseils du notaire.

– Admettons que l'affaire me tenterait, je suppose que ça exigerait un bâtiment spécial?

– Non, c'est beaucoup plus simple que vous ne le pensez. Une simple pièce suffirait. Les incubateurs mesurent environ deux pieds et demi de largeur sur deux pieds et demi de profondeur et environ cinq pieds de hauteur. Vous pourriez même opérer dans une cuisine d'été, ce qui vous dispenserait des frais de construction.

Sarah respirait d'aise.

— Ce serait une dépense de moins. Est-ce que cet achat exigerait un prêt? Comme je vous l'ai expliqué tantôt, la banque refuse de me prêter.

— Je connais des prêteurs qui préfèrent traiter directement avec des particuliers. Leur argent rapporte ainsi un plus haut taux d'intérêt que la banque ne leur offre. Au besoin, je vous mettrai en contact avec l'un d'eux.

— À la condition que ce ne soit pas mon père! Je ne veux pas le tenir au courant de mes affaires.

Le notaire sourit.

— Vous pouvez compter sur mon entière discrétion.

Sarah sortit de chez le notaire la tête pleine de cette offre alléchante. Elle renonça à se rendre chez ses parents. Elle désirait garder son projet pour elle seule. Elle revint sur ses pas jusque dans le stationnement de l'institution bancaire où se trouvait son attelage. Elle ne connaissait rien à ce travail qu'on lui proposait et, pourtant, elle reprenait espoir.

La jeune femme ramena Castor sur le chemin de sa crèche. Le nouveau projet lui trottait continuellement dans la tête et l'emballait. Si au moins elle possédait quelques connaissances au sujet de l'incubation. Elle n'avait pas la moindre notion de ce que c'était et cela l'inquiétait. Elle se ravisa. Si madame Sincerny y arrivait, c'était sûrement faisable. Après tout, elle avait bien appris à traire les vaches.

Elle sentit le besoin de parler avec madame Rochon de la proposition du notaire, mais comme elle se sentait lasse après toutes ces émotions, elle remit sa visite au lendemain.

XIII

Le dîner terminé, Sylvio sortait dormir un court somme sur le perron.

Dans la cuisine, Sarah desservait la table et ramassait les miettes tombées. Elle se déplaçait lentement, sa maternité l'alourdissait, et pourtant, elle préférait voir le bébé dans son sein plutôt que dans ses bras. Elle n'était pas pressée de s'occuper de deux enfants avec sa besogne qui lui poussait dans le dos. Elle en était à débarbouiller la figure rose d'Amanda quand elle sentit sa première contraction. L'enfant s'annonçait et elle n'avait pas encore trouvé le temps de préparer sa valise. Elle déposa la vaisselle dans l'évier et, après avoir porté Amanda au lit pour sa sieste, elle sortit la cuve et la dissimula derrière la porte du salon. Les crampes, encore faibles, se succédaient à intervalles réguliers. Sans Colin, Sarah voyait cet accouchement comme une montagne insurmontable. Cette fois encore, elle accoucherait sans son mari. Si au moins elle pouvait compter sur sa mère, mais c'était impensable, celle-ci ne serait qu'une nuisance. Et son père, même s'il était un bon médecin, n'arriverait pas à remplacer Colin. S'il se mettait en tête de lui faire un examen vaginal, elle ne se sentirait pas à l'aise.

Son bain terminé, elle prépara sa valise puis réveilla l'enfant. Mais où donc était passé l'engagé? Elle ne le voyait nulle part. Il aurait pu reconduire Amanda chez Évelyne. Comme elle jetait un coup d'œil à l'extérieur, elle aperçut Sylvio au trécarré occupé à remplacer les plants de tabac manquants. Elle sortit au bout du perron et dessina de grands signes des bras dans l'espoir qu'il la voie, mais ce fut peine perdue. Sylvio, à l'autre extrémité du dix arpents, ne la voyait pas. Il était penché sur son travail. Après tout, c'était mieux ainsi, la tâche de remplacer son mari ne revenait pas à l'engagé. On aurait jasé dans la place. Elle prit le chemin avec Amanda dans le landau. À chaque contraction, elle s'arrêtait sur l'accotement, se pliait en deux et repartait. Arrivée chez sa sœur, Sarah appela. Rien. Elle poussa la porte, qui n'était pas verrouillée.

Sarah fit le tour des pièces. Évelyne devait être chez leurs parents. Pourtant, elle n'avait parlé de rien. Décidément, tout allait de travers. Que faire ? Sarah se sentit démunie. Des larmes montèrent à ses yeux. Elle se rendit à la ferme suivante, celle des Rochon, en espérant que Françoise ne soit pas aux champs. Pour la première fois, Sarah trouva le chemin long.

En l'apercevant de sa fenêtre, Françoise Rochon courut à sa rencontre. Elle saisit le landau de sa main droite et soutint Sarah de la gauche.

— Quelle imprudence de sortir quand le travail est commencé ! Vous auriez pu accoucher en chemin.

— J'étais seule à la maison.

Françoise Rochon la sentait trembler de nervosité.

— Allons, allons ! L'important, c'est que vous soyez en sécurité.

Une fois à l'intérieur, la Rochon la conduisit à la berçante.

— Bougez pas de là.

Elle courut au bout du perron avec Amanda juchée sur sa hanche et cria :

— Hervé, attelle le cheval et va reconduire madame Sarah chez son père. Grouille, t'entends ?

— Non, je veux aller à l'hôpital.

— À Joliette ? C'est loin. Et si vous accouchiez en chemin ? Pour un deuxième, c'est toujours plus rapide.

— Quand même !

* * *

En entrant dans le centre hospitalier, une surprise attendait Sarah : son père était déjà là ; elle le croisa alors qu'il sortait prendre l'air.

— Papa ? Vous ici ? dit-elle. Comme je suis soulagée de vous savoir là ! Je me sens déjà moins seule.

Il lui tapota le ventre.

— Ça vient là-dedans ?

— Oui et j'espère que ça ne traînera pas.

— Évelyne est ici, avec un mois en avance sur la date prévue.

Une garde s'approchait, poussant un fauteuil roulant.

— C'est pour vous, madame Coderre, prenez place, nous allons vous préparer.

On conduisit Sarah au quatrième étage où une parturiente poussait des hurlements insupportables. Sarah eut un frisson. « Et si cette femme en couches était Évelyne ? »

Charles-Édouard allait de l'une à l'autre de ses filles avec un mot d'encouragement pour chacune. Leurs maris absents, ses filles n'avaient que lui sur qui compter. Il tentait de cacher ses émotions, mais Sarah sut les reconnaître au son ému de sa voix. Après avoir participé à des centaines d'accouchements, Charles-Édouard se tracassait pour Évelyne. Elle souffrait tellement que sa bouche se tordait de douleur. Son père allait et venait à petits pas rapides de la salle d'accouchement à la salle de douleurs et vice-versa. L'heure culbutait : minuit, midi. La délivrance tardait pour Évelyne et cet accouchement rappelait douloureusement à son père celui de Laurentienne alors qu'Honoré était né aveugle. « Pourvu que tout se passe bien », se dit-il.

Charles-Édouard parlait avec les médecins et suivait l'évolution pénible de l'accouchement. Par moments, il retournait vers Sarah, mais chaque fois qu'il laissait la main d'Évelyne, il se sentait coupable de l'abandonner et retournait prestement à son chevet.

— Faites quelque chose, papa, je n'en peux plus ! Donnez-moi un calmant. Papa, s'il vous plaît…

— Je sais que c'est difficile, mais il faut laisser le temps faire son œuvre.

— Si vous m'aviez dit que ça faisait si mal…

Évelyne se mit à hurler, le temps d'une autre contraction.

Pendant ce temps, l'accouchement de Sarah se déroula vite et bien.

— Une belle fille ! s'exclama le médecin.

— Colin va être déçu. Il attendait un garçon. Je peux la voir ?

Une infirmière lui présenta une petite chose délicate, enveloppée dans un lange.

– Si son père la voyait ! dit-elle, heureuse. Elle est aussi belle qu'Amanda.

Six heures plus tard, Évelyne mit au monde une fille de huit livres et quatre onces. L'accouchement l'avait épuisée, mais elle était au septième ciel.

On installa les deux sœurs dans la même chambre où elles devisèrent gaiement.

– Dire que nous avions décidé de nous aider pour nos relevailles ! Nos filles nous ont eues, comme si elles s'étaient passé le mot. Maintenant, nous devrons nous arranger autrement.

Charles-Édouard, doublement heureux, sortit fumer un cigare. Au retour, il entra dans la chambre en frottant ses mains de satisfaction, une manière bien à lui de marquer sa joie.

Il embrassa, tour à tour, Sarah et Évelyne.

– Dites donc, qu'est-ce que c'est que cette épidémie de filles ?

– Je me demande bien comment nous allons nous tirer d'embarras à notre retour à la maison, surtout moi, avec deux enfants, dit Sarah.

– L'important, ajouta Charles-Édouard, c'est que les bébés soient en santé.

– C'est ça, et tant qu'à y être, au diable les mères ! rétorqua Évelyne, la bouche moqueuse.

L'atmosphère était à la joie. Les filles riaient et Charles-Édouard rajusta son tir.

– Mais non, n'allez pas penser de même ! Vous me donnez tant de joie ! Je vais prendre congé et passer le reste de la journée avec vous, mais avant, je vais téléphoner à

Colin pour lui annoncer la belle nouvelle. Si ça peut le revigorer.

— Vous lui direz que je l'embrasse.

— Tu lui diras ça toi-même.

* * *

Au retour de son travail, Fabrice trouva une maison vide. Il se rendit chez ses beaux-parents où il espérait trouver Évelyne. Arrivé chez les Beaudry, Charles-Édouard lui apprit qu'il était papa d'une belle fille.

— Déjà ? Une fille ! Et Évelyne ?

— Pour celle-là, ça n'a pas été facile. Je vais la laisser tout vous raconter. Mais je peux vous dire que ma petite-fille est adorable et en bonne santé. Si vous acceptez de souper avec nous, je vous conduirai ensuite à l'hôpital

Il pria Clarisse d'ajouter un couvert.

* * *

À l'hôpital Saint-Eusèbe, Fabrice monta en courant jusqu'au quatrième et se rendit à la chambre quatre cent sept où il étira le cou à la porte entrouverte.

— Coucou !

— Fabrice !

Il s'assit sur le lit, tout contre Évelyne qu'il ne cessait d'embrasser, sans penser que, près d'eux, Sarah n'avait pas cette chance d'avoir Colin à ses côtés.

— Nous la nommerons Sabrina, comme décidé, lui dit-il sur le ton du secret.

Dans sa solitude, Sarah se rappelait Colin qui pleurait en embrassant son ventre. Reverrait-il ses filles un jour? Elle enfouit sa tête sous le drap, sans doute pour pleurer à son aise. Puis, elle se ressaisit. Il lui fallait être forte et se réjouir de sa nouvelle maternité. Ses filles avaient besoin d'une mère heureuse. Elle se rappelait comme Françoise était épanouie à la naissance de Marjorie.

Colin avait choisi Philippe comme prénom de garçon, mais encore aucun pour une fille. Sarah, elle, aimait bien le nom de Charlotte. Colin serait sans doute d'accord, sauf qu'elle n'avait pas le temps de lui demander son avis avant le baptême.

XIV

Cinq jours plus tard, Sarah rentra chez elle avec un bébé dans les bras.

Sylvio attendait impatiemment son retour. Depuis cinq jours, il préparait lui-même ses repas et, souvent, il mangeait sur le pouce quelques tranches de pain qu'il tartinait de beurre.

Sarah n'était pas forte. Elle passait son temps couchée et le ménage de la maison s'en ressentait. Son père lui amena une adolescente du ruisseau Saint-Georges. Lucie avait seize ans et, à cet âge, les filles savaient déjà tenir maison.

La jeune demoiselle, avec ses cheveux roux, ses yeux en amande et sa bouche avancée, plaisait au sourd-muet au point que, son travail terminé, il rentrait tout joyeux à la maison.

* * *

C'était un matin semblable aux autres.

Sarah et les filles dormaient encore quand Lucie se rendit à la laiterie quérir un pot de lait frais pour les céréales du déjeuner. Le ciel était d'un beau bleu. Comme la jeune fille sortait de la petite pièce attenante à l'étable, le gros chien de Colin, les yeux injectés de sang, les crocs sortis sous ses babines noirâtres, lui barrait le chemin et grondait dangereusement, prêt à mordre.

Lucie, effrayée, restait paralysée, n'osant plus ni avancer ni reculer. Crier était inutile, Sylvio ne l'entendrait pas. Un moment plus tard, le sourd-muet sortit de l'étable et se retrouva face à la jeune fille qui, les traits bouleversés par la peur, était clouée sur place. Depuis combien de temps ce sale cabot la tenait-il sous sa menace? Il saisit une pelle suspendue sous l'appentis et en frappa le chien sur les fesses. La bête fit aussitôt demi-tour, le derrière traînant, en lâchant des gueulements de douleur. Lucie, libérée, décompressa et fondit en larmes. Sylvio succomba au désir de la consoler. Il la serra dans ses bras pour la rassurer. Sa main caressait ses cheveux roux, doux comme la soie, et Lucie se laissait câliner.

Au même instant, Sarah sortit sur le bout du perron. Elle allait appeler la jeune fille quand elle l'aperçut dans les bras de Sylvio.

Lucie se dégagea, honteuse d'être surprise dans les bras d'un garçon.

— J'ai eu si peur, madame!

— Peur? Mais de quoi donc?

— J'allais chercher du lait pour la maison, quand le chien a tenté de me mordre. Si vous l'aviez vu les crocs sortis! Je veux m'en retourner chez nous.

— Ce chien, il est toujours là quand on n'en a pas besoin. Ne crains rien, Sylvio va l'attacher et tu n'auras plus d'ennui.

Lucie était la première fille pour qui Sylvio ressentait de l'intérêt. «Il faudra que je remercie le chien qui l'a poussée dans mes bras», se dit-il, et il sourit intérieurement.

* * *

Le soir, Sarah monta se coucher tôt. Dans la cuisine en ordre, Lucie lisait assise dans la berçante et, au bout de la table, Sylvio brassait les cartes pour une patience. L'engagé suivait les moindres mouvements de la bonniche en rêvant d'une maison à lui où il serait entouré d'enfants et d'une femme aimante, chose impensable avec son handicap. Mais il avait bien le droit d'aimer en silence, de s'inventer des rêves. Lucie dut se sentir observée. Elle se leva et déposa la bouilloire sur le feu vif. Sylvio suivit ses formes du regard, sa crinière de feu, son long cou, son dos droit, sa taille fine, ses hanches étroites. Elle était agréable à voir, mais elle n'était pas pour lui. Quelle fille s'enticherait d'un sourd-muet?

Lucie se remit à sa lecture. Chaque fois qu'elle levait la tête, ses yeux rencontraient ceux du jeune homme. Elle souriait et replongeait aussitôt dans son roman, mais elle n'arrivait pas à suivre le fil de l'histoire. Aussi bien fermer son livre. Elle demanda gentiment au sourd-muet, en brandissant une tasse devant lui, s'il désirait un café. Celui-ci accepta. Partout, on l'évitait soit parce qu'il était différent, soit parce qu'on ne savait pas communiquer avec lui, et voici que ce soir, une jeune et jolie fille s'adressait à lui.

Sylvio serra son poignet en guise de merci. Lucie s'assit au bout de la table, les mains entourant sa tasse brûlante. Sylvio se mit à gesticuler. Qu'essayait-il de lui dire? Elle ne comprenait rien au langage des signes. Ils rirent. Comme Sylvio gardait toujours sa petite ardoise à portée de main, il brisa sa craie en deux, en donna une moitié à Lucie et se mit à crayonner :

— *Vous êtes gentille, vous me plaisez bien.*

Il lui passa le petit tableau.

Elle vint s'asseoir tout contre lui.

— *J'ai déjà un ami de cœur.*

— *Dommage. Vous savez mettre de la joie dans une maison.*

Elle sourit. Il écrivit :

— *Dimanche, accepteriez-vous de m'accompagner à la messe ?*

— *Il faudra bien si je ne veux pas la manquer.*

— *Vous me faites plaisir.*

Ce fut au bout d'une craie de tableau que naquit une solide amitié. La fille resta un mois au service de Sarah, un mois où son amitié pour Sylvio se transforma en sentiments tendres. Son départ fut une déception cruelle pour le sourd-muet, mais il dut faire le deuil de ses illusions.

* * *

Quinze jours plus tard, Sarah présenta un bout de papier à Sylvio sur lequel elle lui demandait : *Pouvez-vous atteler le cheval ?*

Elle prépara ses filles avec l'intention de les laisser à Clarisse. Elle déposa sa petite Charlotte dans un panier d'osier au fond duquel elle avait placé un oreiller moelleux, puis elle assit Amanda sur ses genoux. Elle commanda Castor et, chemin faisant, elle changea d'idée : elle filerait directement chez madame Sincerny et amènerait les enfants avec elle. Ainsi, elle ne serait pas obligée de rendre compte de ses affaires à sa famille, de dire d'où elle venait. Arrivée chez madame Sincerny, elle déposa près de la porte le panier où dormait sa petite Charlotte âgée d'à peine un mois, jucha Amanda sur sa hanche et frappa.

* * *

Comme le lui avait dit monsieur le notaire, chaque couveuse mesurait environ cinq pieds de hauteur sur trente pouces de largeur et trente de profondeur. Le tiroir se trouvait en haut et une porte fermait le bas.

Madame Sincerny initia Sarah au travail et, au fur et à mesure, celle-ci notait sur papier les opérations à exécuter :

Mirer les œufs nécessaires aux commandes reçues d'avance.

Se débarrasser de ceux qui présentent une tache de sang.

Déposer les œufs sur le grillage des tiroirs.

Contrôler la température à 100 degrés et l'humidité à 99.

Tourner régulièrement les œufs de côté aux heures spécifiées à l'aide de la poignée.

La couvaison dure 21 jours.

Une fois les petits poussins éclos, séparer les mâles des femelles.

— Vous devrez ensuite faire un nettoyage en règle de la couveuse, soit enlever l'eau stagnante et brosser et laver à l'eau de Javel les tiroirs à fonds grillagés. Si vous avez des inquiétudes, ajouta la dame, un agronome passera régulièrement. Vous vous en remettrez à lui.

Comme madame Sincerny ne suffisait pas à la demande pressante des agriculteurs, elle promit à Sarah de lui refiler quelques commandes. Avant de quitter les lieux, Sarah lâcha tout de go :

— J'achète, mais avant, je dois passer chez le notaire.

— Avec un peu de comptant, je peux vous vendre les couveuses à tempérament. Vous me ferez des versements aux six mois, ça vous exemptera ainsi d'emprunter.

— J'accepte votre arrangement. Je prends rendez-vous chez le notaire pour le contrat et je vous contacte à nouveau.

— Ne vous en faites pas coûter pour un contrat. Je me contenterai de votre parole.

Sarah reprit son panier d'osier laissé près de la porte et sortit du couvoir, propriétaire de deux couveuses.

Elle se rendit chez ses parents. Pendant que ces derniers s'arrachaient les petites, Sarah demanda à utiliser le téléphone.

Tous les yeux se tournèrent vers elle ; on se demandait qui Sarah pouvait bien appeler.

— Ce serait pour une installation de téléphone chez Colin Coderre, dit Sarah.

Ses parents furent surpris, car il n'y avait que les notables et les gros commerces qui s'abonnaient à cette nouvelle patente à laquelle tout foyer aspirait.

* * *

Le soir venu, lorsque les enfants furent endormis, Sarah compta les dépenses et les recettes à venir. Elle lisait et relisait le bout de papier où elle avait noté chaque intervention et, plus elle lisait, plus les opérations lui semblaient simples.

L'achat des couveuses s'était réglé rapidement, cependant, comme elles étaient déjà en fonctionnement, il fallait attendre la fin de la couvaison et ensuite laisser le temps à madame Sincerny de procéder au nettoyage, ce qui signifiait que Sarah pourrait en prendre possession dans une dizaine de jours.

Cette nuit-là, Sarah n'arriva pas à fermer l'œil. La noirceur lui faisait voir tout en noir. Avait-elle fait une bonne affaire? Elle se retrouvait maintenant avec un emprunt à rembourser, elle qui n'avait jamais eu de dette. Avait-elle agi trop rapidement? Elle se leva et recommença ses calculs pour finalement s'en remettre à la Providence.

* * *

Une fois le couvoir installé, Sarah, heureuse de sa nouvelle acquisition, regardait son installation d'un œil satisfait. «Dommage que Colin ne soit pas là», se dit-elle.

Une semaine passa avant que Sarah ne reçoive une première commande de trois cents poussins qu'elle vendrait vingt sous chacun.

Malgré sa hâte de mettre les incubateurs en marche, elle crut bon d'attendre la visite de l'agronome.

* * *

Enfin, c'était parti. Sarah, toute fébrile, remplissait les tiroirs d'œufs en prenant soin de placer, comme on le lui avait expliqué, le bout ovale en bas et l'arrondi en haut, parce que c'était par la poche d'air que les oisillons respiraient. Elle encercla la date sur le calendrier. Après vingt et un jours de couvaison, elle tiendrait un premier poussin dans sa main.

Sarah surveillait scrupuleusement la température et, aux temps assignés, elle tournait les œufs, comme il se devait.

Entre le train du matin et celui du soir, Sylvio observait et s'initiait au fonctionnement du couvoir. Ainsi, au besoin, il pourrait assister ou remplacer Sarah.

* * *

Ce soir-là, une tempête de neige, accompagnée de gros vents, s'abattit sur la région. Les arbres étaient secoués, des branches furent brisées. Soudain la lumière s'éteignit. Sarah, qui n'avait pas prévu une panne d'électricité, téléphona aussitôt à l'agronome qui lui recommanda de battre les portes du bas des couveuses, comme on le ferait avec des éventails, jusqu'au retour de l'électricité.

— J'avise moi-même la compagnie d'électricité. Vous, occupez-vous de vos couveuses.

Sarah fit signe à Sylvio de ventiler un des incubateurs pendant qu'elle ventilerait l'autre. Il fallait absolument conserver une circulation d'air. Avec ses longs bras, Sylvio arrivait à ventiler les deux incubateurs à la fois, le temps que Sarah alimente le poêle à bois.

La Shawinigan Water and Power, étant responsable des pertes, donnait un très bon service. Les couvoirs étaient leur priorité. Elle dépêcha une équipe spéciale sur les lieux du bris, mais déveine, le camion de la compagnie s'enlisa dans la neige et les hommes durent nettoyer le chemin à la pelle pour lui permettre d'avancer.

Au couvoir, Sarah prit la relève à la ventilation, mais la petite voix d'Amanda l'appela, insistante. Encore une fois, Sylvio assuma la ventilation à deux mains.

Au retour de la lumière, Sarah et Sylvio avaient les bras morts à force de ventiler.

On frappa à la porte. C'étaient les réparateurs de lignes qui venaient s'assurer du bon fonctionnement des couveuses. Ils s'étaient épuisés à pelleter. Sarah leur offrit des biscuits et une boisson chaude qu'ils refusèrent, alléguant comme excuse que d'autres bris les attendaient.

* * *

À l'éclosion, trois cents petits poussins, de la grosseur d'un œuf et revêtus d'un duvet jaune, piaillaient. Sarah, éblouie, avait mené à terme sa première couvaison. Quelle émotion et quelle satisfaction d'avoir réussi! Elle sépara les mâles des femelles. On différenciait les coqs par des taches blanches sur le duvet. Sarah les déposa dans des boîtes de carton, cent poussins par boîte.

Deux acheteurs étaient déjà sur les lieux, prêts à emporter leur commande. Les clients partis, Sarah compta les recettes provenant de ses ventes. La première couvaison couvrait les dépenses, la deuxième rapporterait un profit. Quel heureux résultat!

Le même jour, Sarah, assistée du sourd-muet, commença le nettoyage des couveuses. À deux, ils retirèrent les tiroirs remplis d'une eau visqueuse. Ils durent manœuvrer adroitement les compartiments en déséquilibre, sinon l'un ou l'autre risquait de recevoir toute la saucée puante sur ses vêtements. Sarah retenait sa respiration pour ne pas vomir. C'était parti et ce n'était qu'un début.

* * *

Sarah avait besoin d'un plus grand nombre de pondeuses pour arriver à fournir la couvaison et la vente d'œufs. Comme elle refusait d'investir davantage dans une construction, elle décida de se servir du haut de la soue comme poulailler. Cet espace ne servait à rien.

Sylvio fabriqua un escalier de meunier, ce qui était bien préférable à une échelle pour transporter le grain et les paniers d'œufs. Le sourd-muet fit aussi preuve d'ingéniosité en installant des perchoirs et des cases qui serviraient de nids où les poules iraient pondre leurs œufs. Il fabriqua aussi des grillages à mailles fines pour retenir les poules dans leur réduit.

Le mois suivant, Sarah se réserva trois cents poussins pour la reproduction, dont une vingtaine de coqs de la même couvée. Elle ferma un coin de sa cuisine d'été avec un grillage et y installa un dôme bas sous lequel elle laissait une lumière allumée jour et nuit pour permettre aux oisillons de combler leur besoin de chaleur.

Cette installation encombrante n'était que temporaire. Sarah redoutait la visite de l'agronome.

Elle se hâta de faire construire un poulailler au bout de la grange où Sylvio transporterait les poussins. Puis Sarah se lança dans le ménage du couvoir pour faire disparaître toute trace d'élevage. Il fallait la voir balayer la paille du sol, chauler les murs, laver le plancher au lessi. Sa corvée achevée, elle respira d'aise.

Six mois plus tard, Sarah ajouta de la moulée pour la ponte. Elle commençait à lever quelques œufs de petite taille pour sa propre consommation et elle donnait les surplus à Évelyne et à madame Rochon. Encore six mois et les œufs seraient disponibles pour le couvoir ou la vente.

* * *

Enfin, Sylvio reçut le paiement de tabac de la coopérative. Depuis le temps qu'il attendait cet argent, un chèque à lui, son premier, gagné à la sueur de son front. Quel contentement! Il le tâtait comme on tâte un tissu délicat.

Le dimanche, après le souper, le garçon présenta l'ardoise à Sarah. Il demandait l'adresse de Lucie Forest. Sa patronne lui apprit que Lucie allait se marier à l'été. Sylvio pensait à tout ce qui allait finir entre eux, puis comme il n'avait rien à perdre, il décida de lui rendre visite malgré sa déception.

Le soir, il attela Castor au boghei et fila au ruisseau Saint-Georges en emportant une boîte de chocolats et sa petite ardoise.

Rendu chez les Forest, Sylvio craignit d'être arrivé deuxième. Ses yeux faisaient le tour de la maison. Il n'y avait pas d'attelage dans la cour ni de lumière au salon. C'était bon signe. Avant d'entrer, il étira tout de même le cou à la porte. Installées à la table de cuisine, Lucie lisait et deux fillettes qui devaient être ses sœurs coloriaient. Sylvio se sentit soulagé d'un gros poids. Il osa frapper. Lucie lui ouvrit. Elle était toujours aussi jolie avec ses cheveux frisés et ses beaux yeux en amande. Elle prit son paletot et l'invita à veiller au salon.

La soirée passa rapidement, la petite ardoise ne dérougissait pas.

— *On m'a dit que vous devez vous marier.*

Lucie fit non de la tête et Sylvio serra affectueusement sa main.

Vers neuf heures, Sylvio se leva. Lucie l'invita, par gestes cette fois, à revenir le dimanche suivant. Sylvio sourit. Il n'avait pas à se servir de son ardoise, Lucie savait à son air content qu'il serait là. Sylvio avait le goût de l'embrasser, de la serrer dans ses bras, mais comme ses parents gardaient un œil vigilant sur eux, il devait réfréner ses élans.

Sur le chemin du retour, Sylvio savourait sa chance. N'était-il pas le plus heureux des hommes? Rien ne le pressait plus, il laissait flotter la bride sur le cou de Castor qui marchait au pas. Maintenant qu'il avait Lucie dans son cœur, il avait tout.

XV

À sept mois d'une deuxième grossesse, Évelyne n'entrait plus dans ses vêtements. Elle portait la robe de chambre de Fabrice à cœur de jour et elle se déplaçait péniblement.

Ce matin-là, son père passa lui faire une courte visite, histoire d'embrasser sa fille et sa petite-fille. Évelyne, sans quitter sa chaise, lui fit signe d'entrer.

— Comme je suis contente de vous voir !

Après avoir embrassé Évelyne, Charles-Édouard s'approcha de Sabrina. L'enfant d'un an, juchée sur sa chaise haute, barbouillait sa figure de confitures et de restes de céréales de son déjeuner.

Charles-Édouard ne put retenir un sourire. Il chatouilla le petit cou tendre. La petite tendit les bras vers son grand-père en s'avançant le plus possible vers lui. Elle secouait la tablette qui la retenait prisonnière de sa chaise et bredouillait quelques sons incompréhensibles. Charles-Édouard comprit dans son balbutiement que l'enfant cherchait à se faire prendre.

— Attends, maman va nettoyer ton bec et tes mains.

Évelyne ne bougeait pas, appesantie par le poids de sa maternité, elle semblait vidée de toute sa substance.

— Vous allez trouver une débarbouillette dans le deuxième tiroir.

— Depuis quelque temps, tu as mauvaise mine, toi.

— Vous avez raison. Mes varices me font souffrir.

— Montre-moi ça. Tu prends trop de poids, Évelyne.

Charles-Édouard déposa Sabrina par terre et poussa une chaise devant sa fille.

— Tes pieds sont enflés, on voit à peine tes chevilles. Étends tes jambes et soulève-les le plus souvent possible. Tu devrais aussi couper sur le pain et les pâtisseries. Si l'enfant est trop gros, l'accouchement sera plus difficile.

— Je mange normalement, même moins qu'à ma première grossesse. Il me reste encore six semaines avant la naissance.

Tout en parlant, Évelyne posait les mains sur ses reins et grimaçait, un peu comme si le soleil l'aveuglait.

Charles-Édouard sortit sa montre et, sans un mot, pour ne pas préoccuper sa fille inutilement, il mesura le temps entre les contractions. Il ne voulait pas prendre le risque d'un accouchement à la maison à cause des complications possibles. Évelyne avait eu un premier accouchement difficile et celui-ci, avec ses soixante livres en surplus, serait sans doute un cas de césarienne.

Une heure et quelques grimaces plus tard, Charles-Édouard replaçait la montre dans son gousset.

— Je sais que c'est un peu tôt, mais je serai plus tranquille de te savoir à l'hôpital. Va te préparer. Si tu as besoin, appelle-moi. Je vais amuser Sabrina dans la cuisine.

— Mais, papa, ce sont de fausses douleurs, je dois accoucher seulement en octobre.

Son père ne voulut rien entendre. Il l'aida à se mettre debout, mais elle restait plantée là, comme un piquet, sans bouger ni pied ni patte.

– Va, Évelyne, fais ce que je te dis. Moi, je me charge d'appeler l'hôpital, ensuite je vais demander à Clarisse de venir s'occuper de Sabrina.

– Avant, apporteriez-vous le bol à mains et un grand gobelet d'eau chaude dans ma chambre?

Quinze minutes plus tard, Clarisse et Simon arrivaient avec le camion de livraison.

Clarisse était plus nerveuse qu'Évelyne elle-même.

– Évelyne, cria-t-elle, dis-moi où trouver les effets de la petite; je l'amène à la maison.

– Ne la ralentis surtout pas, intervint Charles-Édouard. Fouille un peu partout. Tantôt, je l'ai vue prendre une bouteille et une suce dans la porte de gauche du garde-manger.

* * *

À l'hôpital, Charles-Édouard donnait des ordres que les infirmières exécutaient sur-le-champ:

– Apportez un fauteuil roulant et faites vite, sinon ma fille va accoucher dans le corridor! Et vous, garde Marcotte, demandez au docteur Chagnon de se rendre immédiatement à la salle d'accouchement. À cette heure, il doit être quelque part dans l'hôpital.

On conduisit Évelyne à la salle d'accouchement, sans préparation aucune. Ça pressait, l'enfant se présentait.

On était le 13 août 1941. À midi, un garçon naissait. Évelyne ressentit une autre contraction. Le médecin attendait le placenta, mais la nature en avait décidé autrement. Après quatre minutes, un deuxième bébé se présenta.

– Des jumeaux, madame Thuret ! s'exclama le docteur Chagnon.

– Pas deux ? C'est pas vrai !

– Oui, regardez ! Deux garçons.

Évelyne se mit à pleurer, dans un mélange de surprise et d'inquiétude.

On déposa les nourrissons dans ses bras.

Le regard de la maman allait de l'un à l'autre de ses nouveau-nés.

– Deux amours d'enfants, dit-elle. Et comme ils se ressemblent, les mêmes yeux, la même bouche.

– Ce sont des jumeaux identiques.

– Je ne pourrai jamais joindre les deux bouts avec deux bébés et ma Sabrina qui n'a qu'un an. Mais où est papa ? Il était avec moi à mon arrivée.

L'infirmière s'avança.

– Je me charge de le trouver, madame Thuret.

Charles-Édouard faisait les cent pas dans le corridor, prêt à intervenir au besoin.

La garde Marcotte l'invita à grands signes de la main.

– Docteur ! Votre fille vous demande.

– Si tout va bien, je vais laisser le docteur Chagnon s'occuper d'elle. Dites-lui que je l'attends à sa chambre.

– Tout est fini ! Vous êtes grand-père de jumeaux, deux garçons. Félicitations, docteur ! Le premier pèse six livres et huit onces, et l'autre, cinq livres et dix onces.

Charles-Édouard se précipita à la salle d'accouchement.

Trois infirmières entouraient la jeune maman et deux autres s'ajoutèrent, curieuses de voir la surprise de la mère. Elles applaudissaient et félicitaient Évelyne.

Évelyne se remit à pleurer.

— Deux du coup, je ne pourrai jamais leur donner les soins requis!

La garde Martel serra son poignet.

— Je suis prête à en adopter un si vous voulez bien me le donner.

Évelyne, offensée, se raidit.

— Donner mes bébés? Jamais!

— Ne me prenez pas au sérieux, madame. C'était seulement pour vous faire réaliser à quel point vous tenez à vos enfants. Je savais bien que vous ne feriez jamais cette folie.

On approcha une seconde couchette, mais Évelyne refusa d'éloigner ses bébés l'un de l'autre.

Charles-Édouard précéda Évelyne à la chambre quatre cent cinq. Il embrassa la maman sur les deux joues.

— Ma fille, tu fais de moi un homme doublement heureux.

— Une chance que vous êtes passé à la maison ce matin, sinon j'aurais accouché toute seule.

— Comme tu vois, je peux encore être utile à mes enfants.

— Je n'en doutais pas. Il faudrait téléphoner à Fabrice pour lui annoncer la nouvelle.

— C'est déjà fait.

— Qu'est-ce qu'il a dit?

— Il ne m'a pas cru. Son contremaître lui a donné congé pour le reste de la journée. Il est en chemin. Toute la famille est au courant. On peut dire que tu nous as fait toute une surprise, une double surprise!

— En commençant par moi-même. Pourvu que Fabrice ne soit pas trop déçu. Deux d'un coup, papa, y pensez-vous ?

— Déçu ?

— Nous n'étions pas préparés à en recevoir deux. Il nous faudra tout acheter en double.

Évelyne releva un coin de la couverture.

— Voyez, papa, comme mon ventre est mou. On dirait qu'il n'a plus d'élasticité. Il ne va pas rester déformé comme ça ? À la naissance de Sabrina, il a tout de suite repris sa forme.

— Ne compare pas tes deux maternités. Donne-toi un peu de temps, disons quelques mois. Et puis, tu n'es plus une jeune fille, tu es une mère maintenant, avec toutes les conséquences que cela comporte.

* * *

Deux heures plus tard, on poussait la porte.

— Fabrice, enfin ! s'écria Évelyne.

Fabrice essuya une larme. Il prit la main d'Évelyne et lui dit merci deux fois.

— Je ne le croyais pas. Je suis passé à la pouponnière tantôt pour m'assurer que ce n'était pas un tour de ton père. Mais non, les petits dormaient collés l'un contre l'autre. Ce sont deux beaux bébés, Évelyne.

Un sentiment puissant de fierté illuminait le visage de Fabrice.

– Je me demandais ce que tu dirais de deux enfants d'un coup, je pensais que tu ne serais pas content, surtout avec toutes les dépenses que cela va occasionner.

– Je voudrais bien que mes parents les voient. Un jour, si les hostilités peuvent cesser, nous irons les leur montrer.

– Il faut leur trouver des prénoms.

– Comme entendu, nous nommerons notre premier Ludovic, mais le deuxième?

– Comme nous hésitions entre Ludovic et Michel, pourquoi ne pas leur donner ces deux prénoms?

XVI

Chez les Thuret, les naissances se succédaient. Évelyne n'avait pas retrouvé sa taille qu'elle était de nouveau enceinte. Cette fois, elle ne cessait de perdre du sang. Elle se rendit au bureau du docteur Chagnon qui la fit hospitaliser. Après une surveillance de trois jours, comme tout rentrait dans l'ordre, le médecin signa son congé de l'hôpital.

Charles-Édouard, lui, voyait ces pertes d'un mauvais œil ; elles étaient quelquefois le présage d'une malformation chez le fœtus, alors que le corps tentait de rejeter ce qui n'était pas sain. Il reprochait à Évelyne d'avoir peint la chambre d'enfant. L'odeur et la fatigue avaient dû être mauvaises pour son état.

Les mois passaient, un peu difficiles. Évelyne donnait des signes d'anémie, mais elle restait confiante, son bébé bougeait dans son sein, il était en vie et c'était pour elle tout ce qui comptait.

* * *

Un an, jour pour jour, après la naissance des jumeaux, Évelyne accouchait d'une fille. La petite Luce naissait au temps où les plus belles choses ont le pire destin.

Fabrice poussa le fauteuil roulant d'Évelyne devant la vitre de la pouponnière de l'hôpital où étaient massés des visiteurs qui se bousculaient pour admirer les nouveau-nés. Évelyne présenta son bracelet d'identification et une infirmière approcha un petit lit sur roulettes. La nouveau-née était un beau bébé rose aux traits délicats. Elle portait des petites mitaines blanches attachées solidement aux poignets par des rubans.

— Pourquoi ces mitaines? demanda Fabrice.

Évelyne en déduisit que c'était pour empêcher son bébé de s'égratigner la figure avec ses ongles.

Le papa et la maman, le sourire béat, admiraient leur enfant. Elle était adorable. Ses yeux et sa bouche semblaient avoir été dessinés par une main d'artiste.

— Elle a ton nez, Évelyne.

— Ah non, pas mon gros pif!

Fabrice se pencha sur Évelyne et déposa un baiser sur le bout de son nez.

— Qu'est-ce que tu lui trouves, à ton nez?

— Je l'ai toujours détesté.

— Moi, non! Tu n'as pas un gros nez, mais plutôt des narines frémissantes. C'est ce qui m'a plu chez toi lors de notre première rencontre. Notre fille aura du flair. J'aimerais tant que mes parents la voient! Si cette guerre peut finir!

— Papa n'est pas encore venu me voir. Pourtant, aux autres, il venait me féliciter. Il avait chaque fois une émotion dans la voix.

— Il doit s'occuper de cas pressants.

Une infirmière approcha.

— Madame Thuret, si vous voulez bien retourner à votre chambre, le médecin vous y attend, il demande à vous parler. Il tient à ce que votre mari vous accompagne.

Lorsqu'ils arrivèrent à la chambre, trois médecins étaient déjà là. Ils échangeaient entre eux, le ton bas. C'était à qui des trois n'aurait pas à annoncer la mauvaise nouvelle. L'heure semblait grave. Évelyne commençait à s'inquiéter, sans en connaître la raison.

Fabrice aida Évelyne à passer du fauteuil roulant à son lit et s'informa :

– Que se passe-t-il de spécial qui vaille la peine de déranger trois médecins ?

Le docteur Chagnon parla le premier :

– Votre fille souffre d'un petit problème, il lui manque un doigt, le pouce de la main gauche et celui de la main droite ne tiennent que par un fil, et son bras est légèrement replié vers elle.

On n'entendait plus aucun son dans la pièce. Fabrice, muet de stupeur, serrait la main d'Évelyne qui tentait d'assimiler la nouvelle. Rêvait-elle ? C'était donc pour cette raison qu'on avait caché les mains de son bébé sous des mitaines. Elle fixa le médecin d'une façon haineuse et elle se mit à crier à travers ses pleurs :

– Qu'est-ce que vous avez fait à mon bébé ? Vous le saviez et vous me l'avez caché ! C'était donc pour ça que vous ne vouliez pas que je nourrisse mon bébé ? Tout est votre faute. Je veux voir mon enfant. Qu'on me l'amène tout de suite !

Le médecin restait impassible. Il savait quand se taire et quand parler. Il fallait laisser passer la première réaction, les cris, les pleurs, les accusations. Puis il expliqua :

– Ce ne sera qu'une différence dans les regards extérieurs. Quand un enfant naît avec un membre en moins, il développe souvent une agilité surprenante qui lui permet de compenser pour le membre manquant. Son index lui servira de pouce. Je ne crois pas que ce léger manque lui cause de sérieux problèmes. Je dois vous dire aussi que votre fille a été ondoyée.

— Ondoyée? Pourquoi l'avoir ondoyée si elle n'est pas en danger?

— C'était seulement une précaution à prendre.

Évelyne était furieuse.

— Je ne vous crois pas. Vous manigancez tout dans mon dos.

L'autre médecin, un pathologiste en anatomie, questionna les deux parents sur les antécédents de leur famille. En même temps, il inscrivait les réponses sur un bloc-notes.

— Je veux voir ma fille, insista Évelyne. Et mon père est quelque part dans l'hôpital, faites-le appeler.

On entendit aussitôt dans le haut-parleur: «Docteur Beaudry demandé en pédiatrie.»

Charles-Édouard n'attendait que ça. Il patientait dans le corridor. Il savait que sa fille aurait bientôt besoin de lui.

En voyant son père, Évelyne éclata de nouveau en pleurs.

— Si vous saviez, papa! Notre fille est infirme.

Charles-Édouard serra la main de Fabrice, embrassa Évelyne et s'assit sur le côté du lit.

— Je sais. On m'en a parlé, mais ce n'était pas à moi de vous l'annoncer. Consolez-vous en vous disant qu'il y a bien pire. Pense à ton pauvre frère Honoré. Et puis ce n'est pas ce qui va nous empêcher de l'aimer. Le plus important, c'est que la petite soit en santé et heureuse.

Malgré ces paroles de consolations, Évelyne n'arrivait pas à assimiler la réalité. Elle ne trouvait plus la paix de l'esprit ni le repos du corps.

* * *

Le même jour, le pathologiste revint au chevet d'Évelyne.

– Votre enfant a de la difficulté à avaler à cause d'une petite malformation au niveau de la glotte. Vous devrez la faire boire à la cuillère.

– Quoi?

Évelyne était stupéfiée.

– La glotte, c'est près des cordes vocales?

– Si on peut dire.

– Est-ce qu'elle parlera?

– Seul l'avenir le dira.

De nouveau, Évelyne éclata en sanglots. C'était plus qu'elle ne pouvait assimiler.

– Et ensuite, qu'est-ce que vous lui trouverez d'autre? demanda-t-elle à travers ses pleurs.

– Rien, je l'espère.

Il sortit, laissant Évelyne seule et désespérée avec le dernier diagnostic. Pourquoi elle? Son petit bout de chou n'avait rien fait pour se mériter une pareille infirmité.

Évelyne s'en remit encore une fois à son père, qui lui proposa de conduire l'enfant à l'hôpital Sainte-Justine où se trouvaient les meilleurs pédiatres. Ceux-ci arriveraient peut-être à redresser son bras et à fixer son pouce. Quant à la glotte, ce serait bon d'avoir un autre son de cloche.

— Fabrice et moi sommes prêts à tout tenter pour son bien, mais je ne veux surtout pas qu'elle souffre.

— Essaie de dormir maintenant.

— Dormir! Comme si je le pouvais!

Tôt le lendemain, Fabrice monta à l'étage de la maternité. Il passa embrasser Évelyne pendant que l'infirmière préparait l'enfant. On lui remit un petit paquet de chair rose, enveloppé dans une couverture blanche. Évelyne bécotait sa fille et hésitait à la laisser partir.

— Tâche d'en prendre bien soin, Fabrice, et surtout, dans l'auto, évite les courants d'air.

— J'y vais. Ton père m'attend en bas.

À l'hôpital Sainte-Justine, après des examens poussés, on diagnostiqua une hypoplasie, un cancer prénatal qui empêchait le développement normal des tissus. C'était une maladie rare; la fille des Thuret était le deuxième cas au Canada, l'autre se trouvait en Colombie-Britannique.

Le pédiatre se fit très explicite à l'endroit de Charles-Édouard et de Fabrice.

— Avec cette maladie, votre fille peut se rendre à dix ans, mais elle ne grandira pas normalement.

— Dix ans? Mon Dieu! Seulement dix ans! s'exclama Fabrice.

Il cacha sa figure dans ses mains et se retira précipitamment aux toilettes. Cette révélation était plus qu'il ne pouvait supporter. Une fois seul, il laissa sa douleur éclater. Adossé au mur du cabinet, le front appuyé sur son avant-bras, il se laissa aller à pleurer à chaudes larmes, le corps secoué de sanglots. Il en avait assez de savoir sa fille infirme sans apprendre de surcroît que ses années étaient comptées. Il aurait voulu rester seul pour assimiler la mauvaise nouvelle, mais on forçait la poignée de porte. Il essuya ses yeux, se moucha, recueillit un peu d'eau dans le creux de sa main et en aspergea sa figure. Une épine au cœur, il revint vers le médecin.

— Le gastroentérologue n'a rien trouvé d'anormal chez votre enfant, continua le pédiatre. Il prétend que la petite se serait étouffée comme il arrive parfois aux nourrissons, rien de plus. Toutefois, il préfère la garder trois jours en observation.

— Non, je ramène ma fille à la maison. Elle passera le temps qu'il lui reste avec ses parents. Nous reviendrons voir le gastroentérologue au besoin.

* * *

Dans l'auto, Charles-Édouard et Fabrice ne parlaient pas, jusqu'à ce que celui-ci annonce à son beau-père sa décision de cacher le diagnostic à Évelyne, déjà assez éprouvée sans qu'il en rajoute à sa peine. Mais Charles-Édouard pensait autrement.

— Laissez passer quelques jours, le temps qu'Évelyne se remette. Ensuite, je vous conseillerais de tout lui dire. Une mère a le droit de tout savoir sur la maladie de son enfant. Si elle l'apprenait par d'autres, elle vous le reprocherait. Autre chose aussi pendant que nous sommes seuls : Évelyne aurait besoin de laisser reposer son corps. Si vous pouviez espacer un peu les naissances. C'est un gros sacrifice que je vous propose là, mais c'en serait un plus grand encore si vous perdiez votre femme.

Fabrice ne répondit pas. Il compta intérieurement. Son beau-père n'avait-il pas eu lui aussi quatre enfants en cinq ans ?

Fabrice fila directement à la chambre d'Évelyne où il déposa l'enfant sur le sein de sa mère. Celle-ci colla la petite figure contre sa joue.

— Enfin une bonne nouvelle, Évelyne. Ils ont fait passer une gastroscopie à notre fille et ils n'ont rien trouvé d'anormal. La petite boit normalement.

— Ouf! Nous allons pouvoir respirer. Et son bras? Et ses mains?

— Ça, c'est une autre histoire. Ils ont nommé un grand mot, je ne me souviens plus lequel, pour désigner sa maladie. Tu demanderas à ton père, lui doit s'en rappeler. Moi, je sais seulement que, pour le moment, ils ne feront rien pour ses mains.

— C'est mieux ainsi! Je préfère qu'on la laisse tranquille.

L'espoir s'installait de nouveau dans le cœur d'Évelyne.

XVII

Chez Sarah, avec les revenus de la ferme, la vente des œufs et des poussins, l'argent s'accumulait. Deux nouvelles couveuses s'étaient ajoutées aux premières. Les affaires roulaient bien. Le prêt remboursé, Sarah acheta un camion usagé devant servir à la livraison des poussins et des œufs. C'était un véhicule d'un rouge franc à boîte ouverte. Sarah ne s'était arrêtée qu'à son côté utilitaire. Elle dut apprendre à conduire. Qu'une femme conduise une voiture était déjà exceptionnel et, que ce soit derrière le volant d'un camion le fut encore plus. Sarah était devenue une femme d'affaires. Toutefois, elle conservait sa féminité. Elle sortait toujours endimanchée. Madame Mercure lui confectionnait les plus jolies robes aux couleurs claires et Sarah agrémentait ses toilettes de chapeaux de paille enrubannés et, pour ajouter à son élégance, elle portait des escarpins à talons aiguilles.

Sarah fit monter les filles dans la boîte du camion et passa prendre Évelyne et ses enfants.

– Vois à ce que les petits restent assis, recommanda-t-elle à Amanda. S'ils se lèvent, frappe dans la vitre arrière.

Sarah filait au village montrer sa dernière acquisition à son père. Arrivée devant la maison de ses parents, elle avertit Évelyne :

– Tiens bien ta petite.

Elle freina brusquement et donna deux coups de klaxon.

En voyant ses filles descendre d'un camion, Charles-Édouard sourit, Laurentienne rugit. Elle avait honte de voir sa fille au volant d'un camion, et pour comble, Évelyne et une ribambelle d'enfants l'accompagnaient.

Laurentienne ne put s'empêcher de passer une remarque désagréable :

— Pas besoin de klaxonner pour alarmer tout le village. Tu aurais mieux fait de t'acheter une auto plutôt qu'un camion.

Sarah, heureuse de sa nouvelle acquisition, sourit.

— Ça prenait un camion pour mon commerce. C'est un Ford. Une tonne et demie à roues doubles.

Laurentienne grimaça.

— Tu vas perdre ta féminité avec tes trente-six métiers.

Charles-Édouard retint un sourire et Laurentienne resta sur ses positions.

— Si, dans le temps, tu m'avais écoutée, aujourd'hui, tu ne ferais pas un travail d'homme.

Et comme si ce n'était pas suffisant, elle ajouta :

— Quelle idée aussi de marier un colon !

Sarah fit mine d'ignorer les remarques désobligeantes de sa mère.

Charles-Édouard, craignant que la situation ne s'envenime, invita les filles à s'approcher de la table.

— Clarisse, sers-nous un peu de ton pouding au sirop d'érable.

Clarisse obéit.

— Sers-nous aussi un café, Clarisse, et n'oublie pas la crème.

Et Clarisse servait.

Sarah décida de l'aider. Elle observait sa sœur. Clarisse avait quelque chose de changé : sa figure s'était arrondie, ses seins étaient plus volumineux, son visage rayonnait. Sarah pinça sa taille.

— C'est pour quand, ce bébé ?

Évelyne, moqueuse, ne put se retenir d'ajouter son grain de sel :

— Les oreillers entre vous deux, ça n'a pas marché ?

Clarisse, coincée, sourit. Son secret était dévoilé.

Seul son père savait. Après tout, il était médecin. Toutefois, il avait préféré rester muet pour ne pas enlever à sa fille le plaisir d'annoncer la belle nouvelle aux siens.

— C'est pour la fin mars, avoua Clarisse. Et puisque vous êtes tous là, autant vous le dire tout de suite, nous allons nous mettre en ménage, Simon et moi.

— Il est grand temps ! Vous avez déjà perdu quatre belles années.

— Pas tout à fait perdues, releva Simon.

Tout le monde s'esclaffa. Puis ce fut à qui parlerait le plus fort jusqu'à ce que le petit Michel se mette à pleurer. Honoré prit l'enfant dans ses bras et l'emporta dans le salon en chantant une complainte pour le rassurer.

Charles-Édouard considérait avec émotion le petit ventre à peine arrondi de Clarisse. Celle qui avait joué le rôle de mère dans cette maison allait partir à son tour.

— Où allez-vous demeurer ?

— Simon a loué la maison des Perreault, la deuxième passé l'épicerie.

Honoré revint dans la cuisine, passa le nourrisson aux bras d'Évelyne et se retira, l'air morose. Ce n'était pas l'habitude d'Honoré de s'effacer alors que la cuisine était grouillante d'enfants, lui qui aimait tant les rassemblements de famille.

Sarah suivit Honoré dans l'escalier et Amanda suivit Sarah. L'aveugle se jeta sur son lit et cacha son visage dans l'oreiller. Sarah tourna sa tête et déposa un baiser sur son front.

— Qu'est-ce qui ne va pas, mon grand frère ?

Honoré s'assit sur le bord de son lit. C'était la première fois que sa sœur posait un geste affectueux à son endroit.

— Dis-moi ce qui te met dans un tel état, Honoré.

— Clarisse va partir et tout le monde se fend en dix pour elle. Vous, les filles, vous formez un clan et vous me considérez à part. Je suis toujours seul dans mon coin dans cette maison. Vous ne m'aimez pas.

— Qu'est-ce que tu vas chercher là ? Toi, tu as toujours été le chouchou de maman.

— Non ! Maman me cajolait seulement quand elle y voyait un intérêt. Ses caresses n'étaient qu'un appât ou une récompense, comme lorsqu'on donne un os à un chien parce qu'il fait le beau.

— Ne dis pas ça. Nous t'aimons plus que tu ne le penses, mais nous ne te le disons pas. Toi non plus, Honoré, tu n'es pas démonstratif de tes sentiments. C'est donnant, donnant.

Amanda appuyait sa tête blonde sur les genoux d'Honoré. Il fallait qu'il soit bien bouleversé pour ne pas faire de cas de sa nièce.

— Vous partez toutes et moi, je reste. Il n'y aura plus rien de drôle dans cette maison.

À son tour, Sarah était toute chamboulée.

– Écoute, Honoré, si tu es d'accord, je vais t'amener passer une semaine chez moi. Nous irons chaque jour faire un petit tour chez Évelyne, et si tu t'ennuies, je viendrai te reconduire. Pendant mes temps libres, nous disputerons des parties de dames. Tu pourras téléphoner chaque jour à maman et à papa. Mais ne pleure pas, je ne le supporte pas. Je t'aime gros, tu sais. Viens, descends, profite de notre visite.

– J'irai tantôt. Laisse-moi un peu de temps.

– Non, viens tout de suite pendant que la visite est encore là.

Sarah rajusta la cravate de son frère, entortillée comme une corde autour de son cou, et Honoré suivit docilement Sarah dans l'escalier.

XVIII

Les mois passaient. Évelyne et Fabrice ne s'arrêtaient à la maladie de Luce que lorsque leur regard se posait sur ses mains.

L'enfant courait bruyamment dans la maison. Évelyne tenta de la tranquilliser en lui donnant un catalogue et des ciseaux à bouts arrondis. De sa petite main atrophiée, Luce tournait les pages aussi agilement que tout enfant de son âge, puis son doigt s'arrêta aux vêtements de bébés. Elle saisit ses ciseaux et procéda au découpage des enfants en suivant parfaitement leur profil. Évelyne sourit de voir son incroyable dextérité à découper les petits manne-quins. Sa fille allait bien. Elle se débrouillait comme ses frères et sa sœur et, comme eux, elle menait une existence presque normale. Évelyne se mit à douter des diagnostics des médecins. « L'erreur est humaine », se dit-elle.

* * *

Ce même jour, Évelyne s'était endormie confiante. Mais à deux heures du matin, Fabrice et elle quittèrent leur lit promptement et accoururent au chevet de Luce avec le pressentiment que la petite allait mal. Pourtant, l'enfant n'avait échappé aucune plainte. Évelyne alluma la veilleuse. Leur fille de trois ans, les yeux hagards, saignait du nez et le sang coulait jusque dans son cou et sur son oreiller.

— Fabrice, va vite appeler papa. Ensuite, cours chercher Pauline Rochon, nous en aurons besoin pour garder les enfants.

Évelyne ne savait pas arrêter l'hémorragie. Elle éclata en sanglots. Comme elle commençait à reprendre espoir, bang! la réalité la rattrapait. Elle tenta de nettoyer le sang sur le visage de la petite, mais il giclait toujours. «Elle va mourir!» pensa-t-elle.

— Pauvre petite! dit-elle en éclatant en pleurs.

— Ne pleure pas, maman, dit Luce en voyant sa mère dans tous ses états.

Évelyne eut honte de sa faiblesse et se ressaisit. N'était-ce pas plutôt sa petite Luce qui avait besoin d'être consolée?

Arrivé chez sa fille, Charles-Édouard ne perdit pas une seconde. Comme l'enfant avait perdu beaucoup de sang, il était important d'agir vite : si l'hémorragie persistait, la petite allait se vider de son sang. Il lui injecta dans le bras un liquide médicamenteux pour épaissir le sang.

— Montez avec moi, je vous conduis à Sainte-Justine.

Dans l'auto, Évelyne pensait à ses espoirs qui, en l'espace d'un instant, s'évanouissaient, comme si elle n'avait pas le droit d'avoir l'esprit tranquille.

* * *

Le pédiatre examina longuement sa jeune patiente et lui fit administrer une transfusion de sang. Il entraîna les parents dans le couloir.

— Est-ce que vous êtes prêts à entendre toute la vérité au sujet de la maladie de votre fille ?

Fabrice écrasait la main d'Évelyne dans la sienne.

— Nous voulons savoir à quoi nous attendre, docteur.

— Jusqu'à l'âge de deux ans, votre enfant vivait sur les réserves de la mère, expliqua le médecin. Elle vient de faire une hémorragie et d'autres suivront, toujours plus rapprochées, et ce, jusqu'à la fin. Malheureusement, elle ne se rendra pas à cinq ans.

Fabrice, assommé par le diagnostic, serra la main d'Évelyne à la briser. Celle-ci, profondément affligée, pâlit.

— Cinq ans ! s'écria-t-elle. On nous avait dit dix.

— Je sais, mais la morphine va raccourcir sa durée de vie. Elle aura besoin de transfusions de sang à tous les trois mois environ, et, graduellement, aux deux mois et finalement, au mois. Nous allons la garder quelques jours pour surveiller comment elle va réagir au traitement.

La gorge serrée, Évelyne ne pouvait prononcer un mot. Le médecin lui donnait cinq ans seulement, ce qui signifiait qu'il ne restait que trois courtes années où sa petite malade passerait son temps à se promener de la maison à l'hôpital.

— Dites, docteur, est-ce qu'elle va souffrir ?

— Elle digérera le sang avalé, ce qui lui donnera des maux de ventre, mais nous tenterons de la soulager.

— Et ensuite, tout au long de sa maladie ?

— Vers la fin, plus nous allons la prolonger, plus elle va souffrir. Au besoin, on augmentera ses doses de morphine.

Évelyne prit sa fille dans ses bras et la serra contre elle, comme pour la protéger contre cette mort redoutable qui approchait trop vite. Puis, la bouche tordue de douleur, Fabrice et Évelyne installèrent leur fille dans une chambre où se trouvaient trois autres enfants. Ils quittèrent la pièce, la mort dans l'âme.

Évelyne s'en voulait de la laisser avec des étrangers. Sur le seuil de la porte, les mains posées sur son gros ventre, elle se retourna pour voir comment la petite réagissait à leur départ.

Assise dans sa couchette, les pieds et les bras passés entre les barreaux, la petite Luce, abandonnée des siens, avançait une lippe boudeuse et brandissait un petit poing menaçant vers ses parents.

Évelyne éprouvait au cœur une douleur lancinante.

— Regarde, Fabrice. La petite nous en veut de l'abandonner.

Évelyne essuya ses yeux, puis elle ajouta :

— Peut-être ferions-nous mieux de la ramener à la maison et de la laisser partir en douceur ? De toute façon, elle souffre d'être séparée de nous.

— Je ne suis pas prêt à la perdre, répondit Fabrice. Tu vas me trouver égoïste, mais je préfère la prolonger. Je veux la garder en vie le plus longtemps possible.

* * *

Charles-Édouard s'étira après avoir passé une nuit agitée. Il descendit sans bruit pour ne pas réveiller la maisonnée. En bas, il trouva Laurentienne étendue sur son divan, la bouche et les yeux entrouverts, ce qui semblait anormal. Il lui renversa une paupière et comme il allait prendre son pouls, il sentit sa main froide. À ce moment même, il sut que tout était fini, mais il ne voulut pas le croire. Laurentienne s'était éteinte seule, sans bruit.

Charles-Édouard glissa son bras sous le cou raide et froid de sa femme en criant :

— Laurentienne, Laurentienne, non !

Soudain, il se redressa et se mit à arpenter la pièce de long en large quand il aperçut sur la table du salon un petit contenant de stupéfiants complètement vide. Vivement, il le fit disparaître dans la poche de sa chemise et aperçut Honoré que ses cris avaient réveillé.

— Qu'est-ce que vous avez à crier comme ça, papa ?

Charles-Édouard se sentait perdu. Son mal à l'âme n'avait rien de comparable à une douleur physique. Il s'approcha d'Honoré.

— Ta mère nous a quittés cette nuit. Pauvre Laurentienne ! Que la paix soit avec elle !

Honoré, incrédule, s'approcha du corps et, hésitant, comme si la chair froide de la morte pouvait le brûler, il porta ses mains à sa figure. On pouvait voir entre ses doigts les muscles de son visage se contracter de douleur. Il se jeta dans les bras de son père.

— Non ! Pas maman ! Non !

— Viens, mon garçon.

Charles-Édouard conduisit Honoré à la berçante.

— Reste ici, le temps que je téléphone au presbytère pour demander les derniers sacrements.

Charles-Édouard aperçut, par la fenêtre, un jeune homme qui descendait l'allée de sa maison menant au chemin. Il ouvrit la porte toute grande.

– Hé! Vous là-bas, venez par ici, un peu.

Charles-Édouard lui annonça le décès de sa femme et le pria d'en aviser son ami le notaire.

* * *

Clarisse, Sarah et Évelyne entrèrent l'une après l'autre. À leur arrivée, le curé se tenait debout près de la porte, l'étole à la main. Il venait de terminer ses onctions.

Aucune des filles ne versa une larme, cependant, elles ressentaient une certaine tristesse. Évelyne répétait : « Pauvre papa ! » Elle ne savait rien dire d'autre. Sarah s'accusait d'avoir tué sa mère avec l'achat de son camion. Clarisse, muette, observait son père. Charles-Édouard ferma les yeux de Laurentienne et remonta le drap sur son visage. Pour lui, le monde s'écroulait.

Laurentienne n'avait pas été la femme idéale. Elle n'avait jamais rien fait de ses dix doigts, elle souffrait de crises d'hystérie et ne s'intéressait qu'à sa petite personne. Mais qui n'a pas ses travers ? Malgré tout, elle restait le centre de la famille.

Charles-Édouard se reprocha de ne pas l'avoir davantage stimulée, de ne pas avoir surveillé plus étroitement ses doses de médicaments et d'alcool. Il avait toujours évité de la contrarier et aujourd'hui, il le regrettait amèrement. S'il avait donné un coup de pouce à son bonheur, comme créer une magie suggestive dans son couple, sa femme aurait retrouvé son sourire charmeur des débuts et ils auraient assurément trouvé un certain plaisir à vivre ensemble. Du moins, c'était ce qu'il supposait, mais pourquoi se questionner alors qu'il était trop tard pour revenir en arrière? Maintenant, Laurentienne n'était plus là. Que d'années gâchées!

* * *

Laurentienne partie, la maison était encore plus vide. Charles-Édouard se retrouvait seul avec Honoré. Son travail n'arrivait pas à remplir le vide causé par les départs répétés. L'ennui le prit. À chacune des visites de ses filles, il ne parlait que de Laurentienne. Il lui trouvait toutes les qualités de ses défauts.

— Il n'y a plus rien de drôle ici, depuis le départ de votre mère.

— Ce n'était toujours pas maman qui égayait la maison, rétorqua Évelyne. C'était vous, papa, seulement vous.

— Vous ne comprenez rien.

— Si vous nous expliquiez ce qu'il y a à comprendre…

— Il faut vivre un deuil pour le comprendre et je ne le souhaite à personne. Quand la mère meurt, la maison meurt avec.

Charles-Édouard baissa les yeux et murmura:

— Dans moins d'un an, vous allez m'enterrer à ses côtés.

Les filles n'ajoutaient pas foi à ses dires.

— Laissez passer le temps, c'est bien ce que vous dites à vos clients qui perdent un être cher. Et trouvez-vous une servante qui vous préparera de bons repas plutôt que de passer votre temps à grignoter des biscuits.

— Ah, laisse, Évelyne!

* * *

Le temps avançait à pas de poule. Charles-Édouard ne riait plus. Il se nourrissait de souvenirs pendant qu'Honoré maigrissait à vue d'œil.

Comme son travail de médecin l'obligeait à des visites à domicile, Charles-Édouard laissait souvent Honoré seul à la maison à répondre aux appels téléphoniques, mais il ne partait jamais tranquille, toujours préoccupé par le feu, les repas mal préparés et l'isolement. La solitude que subissait Honoré devait être affreuse pour lui. Son père pensa à le placer dans un hospice, ces établissements qui accueillaient des vieillards délaissés, mais après quelques visites dans ces mouroirs, Charles-Édouard changea d'idée. Il engagea une gouvernante, une fille de la place. Elle s'appelait Marie-Rose.

Les mois passaient. On ne parlait plus de Laurentienne que le dimanche autour de la table familiale que les enfants délaissaient lentement.

Charles-Édouard avait beau les inviter, insister, chacune se disait prise par ses obligations : Sarah, par son commerce florissant et ses visites au sanatorium, Évelyne, par sa famille qui ne cessait de s'agrandir, et Clarisse, par le magasin. Elle se tuait à l'ouvrage, celle-là. On ne lui avait pas appris à dire non. Résultat, Charles-Édouard s'ennuyait, le dimanche surtout, alors qu'un garçon venait chercher Marie-Rose pour la conduire chez ses parents.

Ses malades n'arrivaient pas à remplir le vide causé par les départs successifs. À cinquante-quatre ans, il ne devait plus être assez intéressant pour ses enfants.

XIX

Les jours, les semaines et les mois traînassaient. La routine avait fini par s'installer au sanatorium. Tranquillement, Colin reprenait des forces et un rythme de vie un peu plus actif. Sa toilette terminée, une infirmière apparut, un dossier en main, suivie de trois pneumologues qui délibérèrent longuement sur son cas. Colin attendait leur verdict.

– Vous venez m'annoncer mon départ pour la maison ou pour l'au-delà?

– Ni l'un ni l'autre! Vous êtes classé C. Le nouveau remède fait son œuvre. Si vous continuez sur cette voie et que vous prenez encore un peu de poids, vous pourrez sortir dans quelque temps.

Colin ne tenait plus en place. Il aurait dorénavant le droit de prendre ses repas à la cafétéria et la permission de visionner des films, d'assister à des petites fêtes que les malades nommaient leurs «soirées de microbes», organisées par les dames patronnesses. Il pourrait jouer aux cartes et, trois fois par semaine, il profiterait des sorties tranquilles dans la belle campagne.

– Quelque temps, ça veut dire combien de jours?

– Ne vous affolez pas. Vous n'en êtes pas encore là. Gardez vos énergies pour vous remettre complètement.

– Moé qui pensais mourir icitte. C'est une nouvelle incroyable, ça!

Les hommes partis, on frappa à la porte. Colin étira le cou.

— C'est toé, Sarah ? T'arrives à point. Je viens d'avoir une belle nouvelle. Les docteurs viennent de me dire que chus classé C.

Sarah ne cacha pas son visage baigné par des larmes de joie. Elle déposa *Le Nouvelliste* sur la table de chevet et prit la main de Colin.

— Maintenant, nous pouvons regarder en avant, penser aux beaux jours qui nous attendent. Je vais préparer les filles à ton retour.

Elle colla la bouche à son oreille.

— Et agrandir notre petite famille.

— C'est comme si la vie m'ouvrait les bras. J't'aime, Sarah, si tu savais comme j't'aime ! Vivre avec ma femme et mes filles, j'y cré pas.

Colin essuyait ses yeux. Sarah passa ses bras autour de son cou.

— Ne pleure pas, Colin.

— Quand le seau est trop plein, il déborde !

* * *

C'était un beau jour de mai. Sarah se rendait au sanatorium accompagnée de sa belle-sœur Céline. Cette fois, elle amenait Amanda et Charlotte. Céline garderait les filles à l'extérieur, mais Colin pourrait les voir de la fenêtre.

— Bonjour, Colin.

— Sarah, enfin ! Tu peux pas savoir comme j'avais hâte que t'arrives.

Colin souriait. C'était tout nouveau, cette bonne humeur.

– Icitte, les visiteurs sont plutôt rares. Chus un des chanceux qui a de la visite tous les dimanches.

– Tu as l'air bien aujourd'hui.

– Je remonte la côte tranquillement.

Sarah tira sa main.

– Viens en bas, j'ai une surprise pour toi.

Sarah l'entraîna vers la fenêtre.

– Dis-moi qui tu vois.

Amanda envoyait des baisers à sa mère. La fillette de cinq ans frappait la vitre qui la séparait de ses parents et insistait pour qu'on ouvre la fenêtre, mais sa mère s'opposait. Charlotte avait quatre ans. Colin, ému, voyait sa fille en personne pour la première fois et il ne se lassait pas de la contempler. Céline aidait l'enfant à envoyer des bonjours de la main à cet inconnu qui était son père.

– Tu vois, Charlotte? C'est ton papa, lui dit Céline.

Colin frappait la vitre d'un doigt pour attirer l'attention des petites. Le fait de ne pouvoir serrer ses filles dans ses bras le torturait. Pourtant, il restait là à les regarder courir sur l'herbe avec une insouciance propre à leur âge.

– Mes deux amours, comme elles sont belles!

Sarah traîna une chaise jusqu'à la fenêtre.

– J'ai un petit cadeau pour toi.

Colin défit le ruban qui enveloppait la boîte et retira un médaillon qu'il ouvrit délicatement. Il contenait des mèches de cheveux de ses filles.

– Les plus pâles sont ceux d'Amanda et les plus souples, ceux de Charlotte.

Colin les lui arracha des mains et les embrassa comme il avait embrassé ceux de Sarah le lendemain de la fameuse nuit des Perséides.

Puis Sarah prit sa main et l'entraîna vers sa chambre, mais Colin tirait dans le sens contraire.

— Viens plutôt au parloir, on sera plus tranquilles pour jaser. Ma chambre est devenue une communauté.

— Tu t'entends bien avec les autres malades?

— Quand on vit des mois durant avec les mêmes personnes, y faut ben s'adapter à la cohabitation. Y faut aussi apprendre à s'estimer les uns les autres, à vivre avec des tempéraments différents, pis icitte, comme ailleurs, y en a de toutes sortes. Je leur ai montré à jouer aux cartes. Ça nous désennuie un peu. Je connais aussi toutes les femmes du sana sans les avoir vues, par le portrait exact que m'en a fait Réjeanne.

Sarah lui coupa net la parole.

— Je dois partir, les enfants doivent avoir faim.

Colin prenait du mieux et Sarah reprenait son allant.

* * *

Tout n'était pas gagné. Depuis quatre ans, Colin végétait au sanatorium avec une santé toujours en dents de scie. Depuis qu'on l'avait classé C, il passait ses journées à jouer aux cartes, à raccourcir ses temps de repos, à se promener à l'extérieur, comme s'il était complètement guéri. Il maigrissait de nouveau, perdait l'appétit et, en fin de compte, il se retrouva en aussi mauvais état qu'à son arrivée au sanatorium. On lui apprit qu'il était de nouveau classé B. On lui enleva toutes les permissions accordées au département C et il se retrouva de nouveau cloué à son lit, désespéré.

Sarah suivait son rythme : si la santé de Colin s'améliorait, elle reprenait son allant, et si l'état de Colin s'aggravait, son moral et ses forces déclinaient.

Depuis l'achat du camion, elle s'épuisait à lui rendre visite régulièrement en plus de son travail à la maison et au couvoir. Son père la voyait diminuer à vue d'œil et il se demandait combien de temps encore elle tiendrait le coup.

* * *

Le dimanche, après la messe, Sarah dînait chez son père. Le repas terminé, elle sirotait un café quand, d'un bond, elle se leva rouge de colère, étira le cou à la fenêtre et se mit à crier :

— Assez vous deux ! Vous m'entendez ?

Charles-Édouard, étonné, observait Sarah.

— Qu'est-ce que tes filles font de travers pour que tu cries ainsi ?

— Écoutez-les sauter sur le perron. Ça tape sur les nerfs à la longue. Elles sont rendues insupportables, je dois sans cesse les reprendre.

— Non, Sarah, tu as des amours de petites filles. Le problème, c'est que tu es à bout de nerfs. Tu es épuisée moralement et physiquement.

Charles-Édouard souffrait de voir sa fille dans cet état.

— Tu devrais cesser tes visites au sana, sinon, tu vas aller retrouver ton mari là-bas.

– Je ne peux pas abandonner Colin à son sort, il n'a que moi ! Il se laisserait aller.

– Qui s'occupera de vos filles quand vous serez morts tous les deux ?

Sarah resta sans voix. Son père avait raison, mais ce n'était pas facile.

– Ce n'est pas tout. Tu travailles trop fort sur la ferme. Tu disais tantôt que tes affaires étaient prospères. Eh bien, engage une aide pour le couvoir. Toi, tu auras assez de t'occuper de la maison et de tes filles.

– Vous aussi, papa, vous travaillez trop. C'est du Beaudry !

Le regard de Charles-Édouard se durcit.

– Je ne badine pas, Sarah. Prends mes recommandations au sérieux. C'est le médecin qui te parle.

– Ce ne sera pas facile de me trouver une remplaçante. Vous savez ce que c'est ! Il faut tout leur montrer, c'est souvent plus facile de le faire soi-même. Je ne veux pas risquer de perdre une couvée.

– Alors, engage une bonne pour la maison et occupe-toi de tes poussins.

– Qui accepterait ? Chacune a son occupation.

– Cette jeune demoiselle du ruisseau Saint-Georges qui a déjà travaillé pour toi serait la personne toute désignée.

– Elle était une bonne travaillante et elle cuisinait bien, mais je crois qu'elle est mariée. Je m'informerai.

Charles-Édouard, déçu de sa réponse, ajouta :

– N'attends pas trop, Sarah. Je t'aurai prévenue.

* * *

Une fois revenue à la maison, Sarah prit la craie et demanda à Sylvio de s'informer au sujet de cette Lucie Forest à savoir si elle était mariée.

— *Non, mais elle a un ami.*

— *Vous savez ça?*

— *Je la fréquente depuis qu'elle a travaillé ici.*

— *Vous n'êtes pas bavard!*

— *Je suis muet.*

Il rit. Sarah sourit.

— *Allez lui demander si elle veut revenir travailler pour moi.*

— *Tout de suite.*

Sylvio jubilait. Il attela Castor et, chemin faisant, il pensait à sa chance de pouvoir de nouveau côtoyer Lucie à cœur de jour. Chaque soir, il s'endormirait en pensant que sa bien-aimée dormait dans la même maison. Toutefois, il ne voyait pas d'issue possible à ses fréquentations.

* * *

Ce jour-là, une nouvelle inespérée fit la manchette des journaux.

Sarah déjeunait avec ses enfants quand le téléphone se mit à sonner sans arrêt. En même temps, elle entendit claquer une porte d'auto. Son père entrait dans la cour.

Sarah ne savait plus à qui répondre en premier. Elle décrocha le récepteur.

— Allo?

— C'est moi, Clarisse! Tu sais la nouvelle? Je suis au magasin général et Simon vient de me montrer dans le journal *Le Devoir* que des scientifiques ont trouvé un remède très efficace contre la tuberculose. Je me suis dit que ça pouvait t'intéresser.

Sarah restait bouche bée.

— Sarah, tu es là ?

— Je suis là.

— Tu me crois ?

— Oui, non, je ne sais pas. Il me semble que je le saurais, Colin aussi. Peux-tu me lire ce qui est écrit ?

— Écoute ça. « La médecine fait un grand pas en avant avec la découverte de la streptomycine, un antibiotique produit par un actinomycète actif sur un grand nombre de bactéries, en particulier sur le bacille tuberculeux. »

— Ça va, merci. Je pars bientôt pour le sanatorium. Je vais en parler avec le pneumologue. Je te laisse, papa vient d'arriver.

— Tu n'as qu'à venir chercher le journal et le lui apporter.

Comme Sarah raccrochait, le téléphone sonna de nouveau.

Charles-Édouard posa la main sur l'appareil pour empêcher Sarah de répondre.

— Maintenant que tu sais, ne réponds plus. On te répéterait la même chose. Écoute-moi bien, ma fille, j'ai lu cette nouvelle dans *Le Devoir* et si je ne t'en ai pas parlé, c'était pour que tu ne te fasses pas de fausses joies et en souffres davantage par la suite.

— Pourquoi me priver de l'espoir, papa ? J'en ai tellement besoin pour continuer !

— Tu sais ce que c'est, quand les malades se croient guéris, ils n'écoutent plus personne, ni le spécialiste ni les internes. Ils s'en vont, reprennent leur besogne et ils reviennent six mois plus tard, plus malades qu'au début. C'est bien ce qui est arrivé à ton mari quand on l'a classé C.

– Vous êtes décourageant.

– Non, Sarah. Je suis réaliste. Il sera toujours temps de te réjouir.

– Ce remède a été testé. C'est écrit noir sur blanc.

– Les chercheurs sont souvent pressés de crier victoire pour mousser les ventes d'un nouveau médicament. Pour chaque nouvelle découverte, c'est beaucoup d'argent en jeu.

– Mais c'est dans le journal, papa!

– Les journalistes sont toujours en quête de nouvelles à sensations.

– Pourtant, vous disiez que *Le Devoir* était un journal sérieux.

– Viens avec moi. Nous allons nous rendre là-bas, tâter le pouls des spécialistes.

Sarah en voulait à son père de lui enlever ses espoirs.

– Moi qui avais confiance! Vous m'éteignez. Je me demande quand même si Colin est au courant.

* * *

Au sanatorium, tout le monde était déjà au courant de la découverte. Les pneumologues en causaient entre eux et les journaux circulaient d'un patient à l'autre.

Le P.A.S., un antibiotique actif, venait d'être découvert par un chimiste suédois, Jorgen Lehmann. Les essais avaient démontré que la combinaison de la passodine et de la streptomycine était supérieure à toute autre médication pour traiter la tuberculose. Quelques-uns, dont Charles-Édouard Beaudry, mettaient en doute ce remède miraculeux.

Pour le moment, le moral des tuberculeux était au plus haut. Toutefois, les médecins se montraient prudents, surtout pour les cas les plus graves, comme celui de Colin. Les tuberculoses scléreuses étaient les plus résistantes.

* * *

Peu de temps après le début du nouveau traitement, les patients prenaient déjà du mieux. Comme les convalescents étaient pour la plupart des adolescents dans la force de l'âge, la récupération était rapide. Toutefois, les tuberculeux devaient prolonger leur séjour afin de bien recouvrer leurs forces. Trois fois par jour, Colin arpentait le long corridor, l'esprit à la maison avec Sarah et ses enfants. La vie allait bientôt recommencer comme à son départ de chez lui, à la différence qu'il était papa de deux filles de cinq et quatre ans. Il allait enfin les serrer dans ses bras. Plus les forces de Colin revenaient, plus sa hâte de quitter le sanatorium grandissait. Sarah voyait enfin briller une lueur au fond de ses yeux.

Depuis deux semaines, on ne comptait plus un seul décès. Le sana s'était transformé en une maison de santé où fusaient les rires.

* * *

Le matin de son départ du sanatorium, Colin fit ses adieux à ses amis et serra des mains, puis il passa à la chambre de Réjeanne.

— Vous refusez toujours le traitement?

— Toujours!

— Vous devriez pas. Vous voulez passer à côté du bonheur? Regardez-moé comme j'suis heureux d'aller retrouver ma petite famille.

— Encore faut-il avoir une famille. La mienne m'a reniée.

— Mariez-vous et fondez votre propre famille. Vous avez tout pour plaire : la gentillesse, la beauté, le dévouement. Avec un peu plus de chair sur vos os, quel homme pourrait vous résister?

— Et vous, monsieur Colin? Si vous saviez comme je vous aime!

Un silence passa.

— Y faut pas, Réjeanne. Moé, j'ai déjà une femme que j'adore et deux amours d'enfants. Mais y a plein d'autres hommes.

— C'est ce que je disais. Je veux personne d'autre et je veux pas briser un foyer. Je préfère mourir. Soyez heureux.

Colin savait à son visage décharné que Réjeanne serait bientôt six pieds sous terre. Il avait l'impression que déjà elle se décomposait.

— Réfléchissez comme y faut, Réjeanne. Y est encore temps pour vous de changer d'idée, ce que je vous souhaite ardemment.

— On se reverra de l'autre bord.

— Taisez-vous! Si y a un endroit que je veux éviter, c'est ben celui-là. Ça fait un bon cinq ans que je me bats contre ça.

Colin en voulait à Réjeanne de se laisser aller, mais il n'y pouvait rien. Il quitta la chambre, l'abandonnant à son sort.

* * *

Aux Continuations, Sarah et Lucie vaquaient aux soins du ménage. Aujourd'hui, elles mettaient les bouchées doubles. Elles déplaçaient les meubles, balayaient, lessivaient les planchers et, le plumeau à la main, elles entreprenaient la chasse aux toiles d'araignées et à la poussière. Il fallait voir Sarah dans une chemise à carreaux, les manches retroussées aux coudes, les cheveux dans une serviette enroulée autour de la tête, à la manière d'un turban. Ce jour-là, nettoyer sa maison semblait l'amuser. Avec le retour de Colin, elle pourrait enfin revenir à une vie normale : entretenir et décorer ses pièces. Elle chantait en travaillant. Depuis combien de temps n'avait-elle pas chanté ni joué du violon ?

Amanda et Charlotte, les yeux rieurs, prenaient plaisir à écouter ses chansons qui emplissaient la pièce. Elles ne réalisaient pas encore que c'était l'amour qui transportait leur mère.

– Maman, j'aime bien quand vous chantez, lui dit Amanda.

Sarah caressa sa joue et se remit à la tâche.

Une fois la maison brillante de propreté, Sarah remercia Lucie pour ses bons services. Elle sentait le besoin de se retrouver seule avec sa petite famille. Cependant, une chose la tracassait : ce départ serait un deuxième deuil pour le bon Sylvio.

— Venez, les filles, allons cueillir des pâquerettes sur la levée du fossé.

Sarah revint avec des fleurs plein son tablier. Toutefois, à se démener pour que tout soit à point, elle commençait à ressentir des douleurs aux jambes et aux reins, une conséquence de ses excès de grand ménage. Elle arrangea les fleurs, les déposa au centre de la table et s'affaissa dans la berçante pour se remettre en forme, mais trop peu de temps à son goût. Il restait encore à laver les cheveux des filles et à les tresser. Elle monta à leur chambre et choisit les plus jolies robes : une rouge à carreaux écossais pour Amanda et une à fleurs bleues pour Charlotte. Finalement, elle dressa la table cérémonieusement, y déposa ses fleurs, deux bougeoirs et une bouteille de vin.

XX

En entrant chez lui, Colin s'attendait à ce qu'Amanda et Charlotte lui sautent au cou. Il s'accroupit et ouvrit les bras. Les filles, muettes, ne bougeaient pas.

Sarah les poussa vers lui.

– Allez, Amanda, Charlotte, embrassez votre papa.

Colin tentait de retenir les fillettes contre lui, de les embrasser à les étouffer, comme s'il pouvait rattraper en une journée cinq ans d'absence. Amanda et Charlotte s'étonnaient des effusions de cet étranger qu'on disait être leur père. Elles se dégagèrent de ses bras. D'un coup, la joie de Colin s'estompa, lui qui ne vivait que pour retrouver ses filles !

Sarah lut la déception sur le visage de Colin. Elle s'approcha et déposa un baiser sur sa joue.

– Laisse-leur un peu de temps pour s'habituer à ta présence. Aie un peu de patience. Elles vont apprendre à mieux te connaître et à t'aimer, tu verras bien !

Colin en gardait du ressentiment, comme si ses filles le reniaient. Sa bonne humeur tomba d'un coup.

Le bec pincé, ses yeux firent le tour de la cuisine. Tout était en ordre : le prélart reluisait comme un sou neuf, les murs étaient frais peints en crème, la table et les huit chaises avaient été peintes en jaune et vert, et les fenêtres, garnies de rideaux à minuscules fleurs où se répétaient le jaune et le vert des chaises.

— C'est beau, mais je me sens pus chez moé icitte. C'est quoi cette boîte blanche dans le coin ?

— Un réfrigérateur.

— Quoi ? Une glacière électrique dans ma maison ? Mais c'est de l'argent jeté par les fenêtres, Sarah. Nous avons déjà un puits pour garder la nourriture au frais.

— Avec tout le travail, j'essayais de me sauver des pas. Je n'avais pas le temps de courir au puits sans arrêt. Et puis, autant le dire tout de suite, j'ai aussi fait installer une toilette à l'eau sous l'escalier.

Colin, bouche bée, secouait la tête en signe de protestation. Sarah tira sa main.

— Viens voir le couvoir.

Sarah se faisait d'avance une gloire de lui montrer ses installations.

— T'as réussi seule quand c'était à moé que revenait la charge de la famille.

— Tu aurais préféré que je nous laisse toutes trois mourir de faim ? dit-elle, amèrement déçue. Nous, ce n'est pas important, mais tes vaches, tes porcs, ton cheval, qui les aurait soignés ?

Le ton durcissait. Les petites ne parlaient plus, leur regard grave allait de l'un à l'autre de leurs parents. Elles n'avaient pas l'âge de comprendre, mais elles sentaient l'atmosphère tendue.

— Mais non, Sarah ! C'est pas un reproche. Je disais ça juste de même, mais tu dépenses trop, tu peux pas dire le contraire.

Sarah ne l'écoutait plus, elle qui espérait tant de ce retour. Elle en était rendue à se demander si Colin n'aurait pas mieux fait de rester là-bas. Comme ça, pour un rien, tout se gâtait et elle n'était pas au bout de ses peines. Colin lui lança une autre remarque désagréable :

– Regarde ce que t'as fait de notre cuisine d'été !

C'en était trop. Sarah prit sa critique comme une attaque. La joie qui plus tôt régnait chez elle était en déroute. Elle retourna à sa cuisine, irritée, et s'assit brusquement. Amanda, soucieuse, la suivait de l'œil.

– Vous êtes fâchée, maman ?

Sarah était trop emportée pour s'arrêter à rassurer ses filles. Elle emprunta un air tranquille, mais des larmes coulaient sur ses joues. Elle poussa les enfants à l'extérieur.

– Vous deux, allez donc voir un peu ce que fait Sylvio.

Les petites ne se firent pas prier pour sortir. Elles seraient plus à l'aise dans la cour, dans la grosse balançoire de bois où elles bavarderaient de sujets enfantins.

Une fois seule avec son mari, Sarah laissa exploser sa colère.

– Si tu savais, Colin Coderre, comme j'ai fait l'impossible pour conserver ta terre et nourrir tes enfants. J'ai dû m'abrutir dans le travail pour arriver à traverser cette épreuve qui a duré cinq longues années, et ce, sans vider ton compte. J'ai été humiliée à la banque quand j'ai demandé un prêt et, quand j'étais sur le point de me décourager, chaque fois, madame Rochon était là pour me réconforter. Je fonçais à nouveau. Il fallait bien nous nourrir, moi et tes filles que j'ai élevées seule. Et en bout de ligne, plutôt que d'être fier de ma réussite, tu me fais des reproches, comme si tu m'en voulais d'avoir pris la relève et de m'en être sortie sans toi.

— Arrête, Sarah. Je t'en prie!

— À l'avenir, tu t'arrangeras avec tout, tu vendras le couvoir, et moi, je retournerai à ma cuisine.

— Écoute, Sarah! Tu comprends pas.

Sarah était rouge de rage.

— C'est tout le contraire. Je comprends très bien. Et tu peux garder tes «écoute, Sarah» pour toi!

C'était la première fois que Colin voyait sa femme s'emporter de la sorte. Elle qui, autrefois, pliait devant tous les caprices de son père. Était-ce possible que son caractère docile eût tant changé en cinq ans? Il s'en voulait d'avoir été aussi maladroit. «Avec un peu de temps, se dit-il, Sarah décompressera et nous pourrons reparler de tout ça à tête reposée.»

— C'est le temps de tourner les œufs, dit Sarah d'un air indifférent. Vas-y, si tu ne veux pas perdre toute la couvée!

— J'y connais rien.

— Moi non plus, je n'y connaissais rien avant. Vas-y, dit-elle durement. À partir d'aujourd'hui, c'est ton affaire.

— Voyons, Sarah!

Sarah en était au point où on se fâche pour ne pas pleurer. Elle se leva brusquement, laissa Colin en plan et fila aux couveuses. Elle n'avait qu'à exécuter un simple tour de poignée pour que les œufs se tournent tous en même temps, mais elle n'allait pas le lui dire.

Elle restait là, adossée à la porte du couvoir, à fixer le vide, les bras croisés sur sa poitrine. Peu à peu, sa tension, rendue à un point culminant, retomba et Sarah put raisonner plus posément jusqu'à se sentir coupable de sa mésentente avec Colin. Pauvre lui! Le voyage de retour l'avait certainement fatigué. Il n'était pas plus fort qu'une mouche. Et puis, il n'avait certes pas de mauvaises intentions à son égard, mais il lui faisait quand même de la peine. Leur friction avait ouvert une petite fêlure en elle qu'elle ne voulait pas transformer en brèche, surtout pas le jour de l'arrivée de son mari. Après tout, Colin ne cherchait-il pas qu'à reprendre sa place de chef de famille? Peut-être se sentait-il dévalorisé, rabaissé, inutile?

Sarah se questionnait. Où donc étaient passés ses beaux sentiments pour son mari? Ces cinq années d'absence pouvaient-elles avoir eu raison de leur amour? Les épreuves durcissaient-elles le cœur? Sarah en doutait. Ses sentiments étaient toujours bien vivants pour le Colin du début de son mariage et, cinq ans plus tard, alors que chacun avait fait un bout de chemin sans l'autre, elle s'attendait à le retrouver comme au premier jour.

Au souper, le sourd-muet s'assit machinalement au bout de la table. Colin lui fit signe de s'enlever, cette place lui appartenait.

Tout le temps du repas, ses filles dialoguaient par gestes avec Sylvio. Ils faisaient à eux seuls les frais de la conversation muette. Colin leur en voulait un peu de connaître le langage des signes. Sylvio gesticulait. Que leur disait-il pour qu'Amanda et Charlotte soient si attentives et rient de si bon cœur? Pourquoi ses filles ne faisaient-elles pas de cas de lui, leur propre père?

Colin crevait de jalousie. Il se sentait comme un intrus chez lui. Maintenant qu'il n'avait plus besoin de ses services, il se débarrasserait du sourd-muet. Mais comment lui faire savoir ? Ses filles pourraient lui servir d'interprètes, mais il n'osait pas leur demander de crainte de leur déplaire.

Durant ses cinq années de convalescence, Colin avait appris à aimer ses filles par leurs photos qu'il ne quittait jamais et qu'il idolâtrait, comme des images saintes, jusqu'à s'imprégner de chaque trait délicat, de chaque finesse d'esprit que Sarah lui rapportait et qu'il gardait indélébiles dans son cœur. Là-bas, au sanatorium, chaque matin, il roulait son corps sur le bord du lit, allongeait le bras vers sa table de chevet et prenait les photos de ses filles qu'il regardait longuement : celle de Charlotte, couchée sur le dos qui suçait son gros orteil, qui le faisait chaque fois sourire, et celle d'Amanda, sa petite reine un peu poseuse pour ses quatre ans, juchée sur les talons hauts de sa mère avec un foulard à son cou et des gants trop grands qui pendaient au bout de ses doigts. Mais lui, qui était-il pour ses filles ? Un indésirable ? Un intrus ?

Après le souper, Sylvio sortit remplir les trémies de moulée et lever les œufs. Il sentait bien que ça ne tournait pas rond entre les époux.

Colin profita de son absence pour régler son cas.

— Sarah, tu diras à ton homme de corvée de partir.

— Sylvio, partir ? Pas maintenant.

Sarah insistait pour le garder. Colin semblait oublier qu'il relevait d'une longue maladie. S'il s'épuisait, il risquait de rechuter. Le médecin allait encore lui donner de la streptomycine en traitement externe deux fois par semaine en plus de lui recommander de se reposer et de bien s'alimenter.

— Tu ne vas pas te jeter dans le travail à corps perdu ? Tu te souviens avoir été reclassé B pour avoir abusé de tes forces ? Comme notre engagé ne nous coûte rien, pourquoi ne pas en profiter pour reprendre ton travail avec modération ? Il n'est pas bien dérangeant ; tous les dimanches, il disparaît. Sylvio fréquente assidûment une fille du ruisseau Saint-Georges.

Colin s'entêtait.

— Si tu refuses d'y dire, j'vais demander aux filles de le faire. Je veux vivre exclusivement avec les miens.

— Ne mêle pas les filles à nos affaires, elles n'ont pas l'âge. Sylvio doit d'abord terminer la culture du tabac. Cette récolte lui appartient. L'écotonnage doit commencer au dégel de l'Immaculée Conception.

— Le tabac, c'est votre entente, pas la mienne. J'me demande ce que t'as pensé. T'as été trop généreuse avec lui. C'est beaucoup d'argent, une récolte.

— Sylvio travaille comme un forcené sans que j'aie à le commander. De toute façon, nous ne perdons rien. Sans lui, il n'y aurait pas eu de culture de tabac et le champ serait resté en friche.

— Tu le paies trop largement.

— Si c'est ce que tu penses, regarde ton compte en banque, il n'en a pas souffert.

Sarah se dirigea vers la chambre et revint avec le cahier noir qu'elle déposa devant son mari. Colin constata que l'argent avait filé. Il fixait Sarah d'un air déconcerté.

— Le compte est vide! Et moé qui avais amassé de peine et de misère cent vingt et un dollars!

Sarah retenait un sourire.

— Ce montant date du début de notre mariage. Il en a coulé de l'eau sous les ponts depuis ce temps!

— J'vois pas c'qu'y a de si drôle!

— Nous avons (Sarah prit bien soin de dire «nous») plus de deux mille de prêtés à des particuliers. Comme j'en voulais au gérant de banque de ne pas avoir été correct avec moi, j'ai eu recours au notaire Beaudry qui s'est chargé de bien me conseiller, et plus tard de prêter mon argent à des particuliers pour qu'il me rapporte davantage.

Sarah déposa devant lui un portefeuille où étaient rangés des billets de banque.

— Tous les six mois, les intérêts nous sont payés rubis sur l'ongle. Fais le compte.

Colin comptait et plus il comptait, plus son calme revenait jusqu'à ce qu'un sourire éclaire son visage.

— Deux mille cent quatre dollars! Incroyable!

— Oui, et ce n'est pas tout: quatre couveuses, un camion, un grand poulailler et huit cents pondeuses, plus l'achat du réfrigérateur, l'installation d'une toilette, quelques changements dans la maison et les vêtements.

Colin resta un moment bouche bée, puis il répéta:

— Deux mille cent quatre! Qui aurait dit ça de toé?

— Mais tu me rabaisses, Colin Coderre?

Sarah s'approcha, s'assit sur les genoux de son mari et se mit à le chatouiller sous les bras.

— Ravale tes paroles tout de suite! Demande pardon à genoux.

Colin se tortillait comme un ver et criait :

— Arrête, Sarah ! Arrête, je te dis, j'en peux pus !

Sarah continuait de plus belle, heureuse de faire renaître un peu de couleur sur le visage blême de Colin.

Celui-ci entoura Sarah de ses bras et cacha sa tête dans sa robe.

— Je dois avouer que t'as plus de talent que ton mari pour ce qui est des affaires.

— En affaires, tu n'es pas mon mari, tu es mon adjoint.

— Mon adjointe accepte-t-elle de m'embrasser ?

Sarah prit le visage de Colin entre ses mains et bécota le bout de son nez.

— Maintenant, qu'est-ce que tu dirais de faire un petit voyage ? On ferait garder les filles. Sylvio peut s'occuper de la ferme seul et, de mon côté, je n'aurais qu'à ajourner les commandes de poussins.

— Dépenser l'argent que t'as gagné de peine et de misère ? Non !

— Deux jours seulement pour fêter ton retour.

— Non, j'ai trop besoin de ma maison, de mon milieu, et pis j'veux pas me séparer des filles, pus jamais. Elles m'ont trop manqué ! Je veux apprendre à les connaître à fond. Et si, plutôt, on les amenait passer une journée à Montréal, une seule journée ?

— Si elles acceptent de se tasser dans la cabine du camion sans se poussailler continuellement. Charlotte est une taquine. Elle passe son temps à agacer Amanda qui, elle, n'entend pas toujours à rire. Et puis avant, je veux que tu apprennes à conduire.

Sylvio entra dans le couvoir avec deux grands paniers d'œufs qui pesaient lourd au bout de ses bras.

D'un bond, Sarah quitta les genoux de Colin. Sylvio n'avait pas à les voir se câliner. Elle passa les mains sur sa robe pour la défroisser.

– Encore des œufs à mirer, dit-elle. C'est du travail pour toi, Colin. Comme ce travail peut s'effectuer assis, tu ne t'épuiseras pas à la tâche.

Sarah prit le carnet et le portefeuille et les fit disparaître dans un tiroir de sa commode, sous une pile de chandails.

*   *   *

Colin filait un bonheur tranquille au sein de sa petite famille. Le sanatorium n'était plus qu'un mauvais souvenir qu'il s'efforçait d'oublier.

À l'heure du dîner, le postillon déposa le courrier dans la boîte aux lettres. Amanda n'attendait que son départ pour y glisser sa main. Pour la fillette, cette boîte était un coffre aux trésors. À l'occasion, son grand-père lui postait une carte agrémentée d'un mot gentil ou encore un puzzle ou un cahier à colorier. Ces petites gâteries les amusaient, elle et sa sœur, pendant des heures. Dernièrement, il avait même poussé ses largesses jusqu'à leur poster une paire de patins à roulettes que les fillettes utilisaient sur le long perron de bois, ce qui provoquait un bruit de locomotive.

La fillette entra tout excitée.

– Papa, papa! Une lettre pour toi. Je veux la lire.

Colin déposa sa tasse de café.

– Non, les petites filles doivent pas lire les lettres adressées aux parents.

– Je ne suis pas une petite fille, je suis grande. S'il te plaît, papa ?

– Non, Amanda.

Colin décacheta l'enveloppe et lut les cinq lignes qui se perdaient sur une page blanche. Il but en silence deux gorgées de café, puis il poussa la feuille devant Sarah.

– C'est de Réjeanne. Elle refuse toujours les soins. Elle aime mieux se laisser mourir plutôt que de reprendre la vie qu'elle menait. Sa mère et sa sœur ont reçu leur congé du sanatorium. Réjeanne me demande de passer prendre sa bague à diamant vert, une pierre extrêmement rare et très coûteuse.

Sarah se rappela avoir vu deux ou trois fois cette grande blonde dont, pendant cinq années de maladie, ni la fièvre ni la fatigue n'avaient réussi à flétrir la beauté.

– Qu'est-ce qu'elle est pour toi, cette fille ?

– Une amie.

– Plus qu'une amie ?

– Non ! Un bon souvenir, rien de plus.

– Elle en a du culot de te relancer ! Qu'elle donne sa bague à sa famille.

– Sa mère en veut pas. Elle dit qu'elle a été achetée avec l'argent sale de sa prostitution et qu'elle va lui attirer le malheur. J'veux voir Réjeanne avant qu'elle meure. Sa mère s'occupe pas d'elle, elle haït trop son métier. Elle sait que le type qui lui a donné le bijou était un notable de la ville et qu'il achetait son silence avec des cadeaux. Mais moé, je m'en fiche ben d'où il vient. Elle me le donne et je le prends. C'est tout !

— Tu vas vendre cette bague ? Tu ne vas pas la porter ?

— Mais non, c'est une parure de femme.

Sarah se demandait pourquoi cette bague avait un si grand intérêt pour Colin. Quelle sorte de liens son mari et cette Réjeanne pouvaient bien avoir tissés au sanatorium ? Mais bon, Réjeanne était presque en terre, elle ne pouvait pas être une rivale dangereuse.

* * *

Le téléphone sonna. Sarah pressa l'écouteur sur son oreille.

Colin, assis dans la berçante, l'entendit s'exclamer :

— Non ! Je n'ai rien entendu, la radio est fermée.

Sarah explosait de joie. Elle se mit à crier :

— Enfin, enfin ! Oui, papa. Je vais avertir Fabrice tout de suite. À bientôt, papa.

Sarah s'empressa de raccrocher l'appareil. Elle se mit à crier, la voix remplie d'émotion :

— La guerre est finie. L'Allemagne est défaite ! Nos alliés ont remporté la victoire.

— Ça, c'est une bonne nouvelle qui touche tout le monde ! On va aller chercher Évelyne pis Fabrice, pis on va monter au village, voir ce qui se passe là-bas.

Sylvio avait installé une banquette de voiture dans la boîte du camion, ce qui permettait aux filles de s'asseoir confortablement à l'arrière du véhicule, quand la température s'y prêtait.

Il y eut bien du roulis au village ce jour-là : les cloches sonnaient à toute volée, les gens sortaient des maisons, les fermiers quittaient leur campagne pour se retrouver sur la place de l'église où la fête était déjà commencée. Plusieurs s'amusaient follement, d'autres s'embrassaient avec effusion. On jetait quelques fagots en pleine rue et on y mettait le feu. Les gens approchaient des feux qu'on venait d'allumer et les jeunes dansaient autour. Tout le monde se réjouissait. On criait : « La guerre est finie ! » et de tous les côtés, des applaudissements et des hourras retentissaient frénétiquement.

Le soir, les colons rentrèrent chez eux pour leur train et revinrent faire la fête. Les sourires réapparaissaient sur les visages. On chantait et on dansait de joie dans les rues. Déjà, la vie d'avant recommençait pour tous ceux qui n'avaient pas perdu un être cher. Même les moins chanceux, les endeuillés de la guerre, fêtaient la victoire des Alliés.

Fabrice ne tenait plus en place. Il attendait impatiemment une lettre de Paris qui le renseignerait sur le sort des siens.

XXI

Deux semaines après la fin du conflit, une missive arriva chez les Thuret.

Fabrice s'approcha de la fenêtre et déchira l'enveloppe. Ses mains tremblaient tant il redoutait une mauvaise nouvelle. Il leva la feuille à la hauteur de ses yeux et lut :

Mon cher fils,

La guerre est finie et, Dieu soit loué, les miens sont tous vivants.

Malheureusement, ton frère Justin a perdu une jambe au front, à la suite de l'explosion d'une bombe. Mais ton père et moi préférons de beaucoup un fils infirme à un fils disparu. Justin garde un bon moral. Une fois la plaie guérie, on lui posera une jambe de bois. Tout ça à cause de cette saleté de guerre !

À son retour, son amie, Mireille, l'a reçu à bras ouverts, mais je m'inquiète à savoir combien de temps encore leur amour tiendra le coup. Après l'excitation des retrouvailles, Mireille acceptera-t-elle de marier un boiteux ? J'en doute fort.

Paris a été épargné ! Qui l'aurait cru ? Les ennemis protégeaient nos richesses pour se les réserver intactes. Avoir su, nous serions demeurés chez nous, ce qui nous aurait évité bien des misères. Maintenant, nous avons perdu tous nos biens. Il ne nous reste qu'une maison vide, tout a été volé par des pillards. Mais nous ne craignons plus les bombardements. Ne t'en fais pas à notre sujet, nous ne perdons pas courage. Pour nous, les biens ne sont rien quand on pense à ceux qui ont perdu des fils au front.

J'ai le regret de t'annoncer le décès de ton ami Romain Dauvergne et celui de Ludovic Ruel, deux garçons de ton âge, les pauvres! Mon intention n'est pas de te causer de la peine, seulement je pense que tu seras intéressé de savoir ce qu'il advient d'eux. Recommande-les à Dieu dans tes prières.

Ton père souffre de surdité. La guerre l'a vieilli prématurément. Il craint de ne jamais te revoir.

Lui et tes frères te saluent. Justin fait dire qu'il t'écrira bientôt.

Donne-nous des nouvelles de ta femme, de ton travail, enfin, de ton coin de pays.

Nous avons hâte d'être grands-parents, si ce n'est déjà fait!

Je t'embrasse.

Toute mon affection à Évelyne et à toi.

Ta mère

Fabrice passa la lettre à Évelyne et s'assit dans la berçante, le temps d'assimiler la situation des siens et le décès de Romain, son meilleur ami, et celui de Ludovic, deux garçons qui avaient partagé ses cours et pour qui il avait développé une solide amitié. Jamais personne ne remplacerait ces copains perdus. Rien ne valait le trésor de tant de bonnes heures vécues ensemble. Fabrice repensa à leurs brouilles, réconciliations, taquineries, mauvais coups et grandes joies. On ne reconstruit pas ces amitiés-là. Fabrice éprouva une certaine lâcheté de s'être exempté de la guerre, de ne pas être allé mourir avec ses amis.

Sa chaise s'arrêta brusquement. Dans son dos, la main chaude d'Évelyne caressait son cou et le ramenait à sa famille, à ce qui comptait maintenant, deux filles et deux garçons, une richesse!

– Ta mère va être surprise quand elle va apprendre qu'elle est grand-mère quatre fois.

Évelyne ouvrit le tiroir de la table.

– Tiens, tu as là tout ce qu'il faut pour répondre à sa lettre. Il y a même une photo de nous avec les enfants. Cette fois, tu peux être certain qu'elle se rendra à destination.

Depuis son mariage, Fabrice caressait le projet de retourner vivre en France. Malheureusement, cinq ans plus tard, il n'avait pas encore mis un sou de côté, l'argent servant d'abord aux nécessités de sa famille.

* * *

Midi sonnait aux arsenaux. Fabrice avait une faim de loup. Il se rendit à la cafétéria. Boîte à lunch à la main, il s'assit au bout de la table la plus près de l'entrée où le grand Théoret était déjà attablé. Ce dernier, assigné à l'empaquetage des bombes et des obus, côtoyait Fabrice régulièrement. Fabrice, silencieux, mordait dans un sandwich au rôti qu'Évelyne lui avait préparé, quand Théoret lui parla d'un voisin qui abandonnait son logement pour aller travailler à Montréal.

– T'es l'premier à qui j'en parle. T'en as d'la chance. Dès que ça se saura, les gars vont se ruer pour se l'approprier. Y est à deux minutes de marche du plan.

Fabrice, fort intéressé, n'attendit pas la fin de son quart. Il laissa son lunch sur la table et courut visiter le logis.

* * *

Ce soir-là, toute la petite famille se trouvait réunie autour de la table quand Fabrice annonça :

– Nous déménageons à Saint-Paul-L'Ermite. J'ai signé le bail.

Évelyne, bouche bée, attendait des explications. Fabrice déposa sa fourchette sur le bord de son assiette.

– J'ai trouvé un logement de six pièces à deux pas de mon travail. J'ai dû sauter sur l'occasion, sinon on m'aurait coupé l'herbe sous le pied. Si tu n'en veux pas, le propriétaire trouvera sûrement preneur.

– As-tu pensé qu'avec la fin des hostilités l'usine pourrait fermer ses portes ?

– J'ai parlé avec le patron. L'usine restera ouverte pour encore des années à venir.

– Avec ce logement aurons-nous une cour pour les enfants ?

– Ni cour ni jardin. Le logis est au deuxième étage, mais un grand balcon s'étend sur tout le toit du garage, ce qui vaut bien une cour.

– Ici, les enfants ont de l'espace pour courir, et des balançoires sous les arbres.

— Écoute, Évelyne, ça fait des années que je me tape presque une heure de trajet, soir et matin. J'en ai assez!

— Et quel est le coût du loyer?

— Vingt dollars par mois.

— Vingt dollars? C'est le double de celui-ci. Tu n'y penses pas, une semaine de salaire qui passera seulement pour le logement.

— Si tu soustrais les frais de voyagement qui s'élèvent à un dollar par semaine, le loyer vient de tomber à seize dollars.

— Bon! Puisque c'est signé, il faut avertir madame Rochon qu'on lui remet la maison et demander le camion à Colin pour le déménagement.

Le même soir, Fabrice revêtit son veston et alla frapper chez la voisine dans le dessein de résilier son bail. Même s'il s'agissait d'une simple entente verbale, il tenait à faire les choses avec civilité.

Sabrina suivit son père. Elle le suivait sur les talons partout où il allait.

Chez les Rochon, c'est Hervé qui lui ouvrit.

— Monsieur Thuret, entrez donc!

Hervé lui avança une chaise pendant que sa sœur Pauline entraînait Sabrina dans l'escalier. En haut, on entendait rire les enfants.

Hervé avait l'intention de reprendre la maison pour l'automne, ce qui laissait un bon trois mois aux Thuret pour se trouver un autre logement.

— Je regrette de vous forcer à quitter les lieux, mais j'ai besoin de ma maison. Vous savez sans doute que je dois me marier?

– J'en ai entendu parler, comme ça, entre les branches, mais je n'y ajoutais pas foi. En tout cas, pas assez pour le répéter. Je vous ai vu quelques fois en compagnie d'une demoiselle, la fille des Beauchamp, si je ne me trompe. Mais je ne pouvais croire que c'était sérieux, vous êtes si jeunes.

– Pas si jeunes que ça! Ma Laurette a dix-sept ans et moi, vingt-deux.

– Toutes mes félicitations! Et surtout, ne vous en faites pas pour moi. Si je suis ici, c'est que je venais justement vous notifier mon départ. Comme c'est là, chacun y gagne au change. J'ai trouvé un logement tout près de mon travail. Je partirai le mois prochain, ça vous donnera amplement de temps pour vous installer.

Madame Rochon entra par la cuisine d'été, les galoches lourdes de boue. Elle se déchaussa près de la porte et abandonna ses chaussures contre celles des enfants. La femme traînait sur elle une odeur d'étable que Fabrice oublia assez rapidement, cette dame était si chaleureuse qu'il en oubliait cet inconvénient. Elle s'approcha des hommes et son visage s'illumina d'un grand sourire.

– Tiens, tiens, monsieur Thuret! C'est le beau temps qui vous amène? Vous allez ben prendre un café avec nous autres?

– J'allais partir. Merci quand même!

– Pas si vite! C'est pas tous les jours qu'on a de la si belle visite.

La femme s'adressa à Marc:

– Toé, va chercher madame Évelyne, pis tant qu'à y être, invite aussi Colin et Sarah. Y a longtemps que j'les ai pas vus, et dis-leur d'amener la petite Charlotte avant que j'oublie de quoi elle a l'air, celle-là.

Fabrice, peu habitué à tant de familiarité, tenait tête.

– Évelyne n'est pas une femme à se mêler aux autres. Elle ne veut jamais sortir, sauf pour la messe du dimanche. Vous comprenez, avec les enfants à s'occuper...

– Qu'elle les amène! Mes filles s'en occuperont pendant qu'on jouera deux ou trois parties de cartes. Madame Évelyne aura pas le choix, je vous garde en otage.

Fabrice s'en remit à la volonté de sa femme.

La Rochon se posta au bas de l'escalier, la main sur la pomme du poteau et, les yeux au plafond, elle s'écria :

– Catherine, viens préparer du café pour tout le monde.

La femme savonna vigoureusement ses mains, sortit quelques ingrédients de la dépense et, tout en jasant, en un tournemain, elle démêla deux gâteaux au chocolat.

– Comment va la petite famille ?

– À merveille.

La dame enfournait sa préparation au moment où les derniers invités entrèrent.

Évelyne était du groupe. Fabrice ne revenait pas de sa surprise ; les rares sorties de sa femme étaient les visites à son père. Elle avait pris soin d'attacher ses cheveux avec une barrette et de changer sa robe de semaine pour sa toilette du dimanche. Fabrice la trouvait séduisante : ça se voyait à son air adorateur.

Madame Rochon tourna les petites épaules des enfants vers l'escalier.

– Ouste! Vous autres, allez retrouver Pauline en haut. Allez, dépêchez-vous.

Déjà, Louise tirait les petites mains.

— Madame Thuret, j'amène les jumeaux en haut. Pauline pis moé, on va s'en occuper.

Les plus jeunes montaient l'escalier à quatre pattes devant les filles.

Cela surprenait Évelyne que la femme encourage les enfants à jouer en haut. Chez elle, sa mère leur avait toujours défendu de s'amuser dans les chambres. Le temps de le dire, ils étaient dix, assis à l'indienne sur les lits et sur le sol. Pauline entama chanson après chanson et les petites voix claires enchaînèrent aussitôt. Les enfants les connaissaient toutes.

En bas, les parents jouaient aux cartes et entendaient les enfants chanter, rire, frapper des mains et courir de chambre en chambre.

Madame Rochon, concentrée sur son jeu, semblait sourde aux bruits venus d'en haut. Cette femme laissait une grande liberté à ses enfants. Elle leur permettait tout ce qui n'était pas péché. Par contre, elle trouvait un certain plaisir à tricher discrètement, avec la complicité de Sarah et d'Évelyne. Les hommes ne furent pas dupes ; à quelques reprises, ils levèrent le ton. Soudain, Colin cessa net de distribuer les cartes.

— Sarah Beaudry, tu triches !

— Moi, tricher ? Je n'oserais jamais.

— Je t'ai vue montrer ta dame de pique à madame Rochon, lui dit Colin. Et vous, madame Rochon, vous êtes complice, vous encouragez le vice.

Celle-ci se défendit :

— J'étais occupée à placer mon jeu, dit-elle avec une lueur de moquerie au coin de l'œil.

Et elle ajouta, la bouche mi-boudeuse, mi-rieuse :

— Vous me donnez jamais de jeu, tandis que moé, chus là qui me désâme pour vous brasser des jeux qu'ont de l'allure.

Colin mêla de nouveau les cartes, en surveillant étroitement les femmes du coin de l'œil. Toutefois, comme ce n'était qu'un jeu, tout le monde finit par en rire.

L'horloge battait ses dix coups. Colin poussa les cartes au centre de la table et se leva promptement.

— La fête est finie et les tricheuses, punies. Elles ont perdu les trois parties.

Colin brandit la feuille de points sous le nez de son hôte.

— Tenez, vous l'encadrerez pour la progéniture.

Comme Colin allait serrer la main de madame Rochon, celle-ci lui appliqua une légère tape sur le bras.

— Pas si vite! Rassoyez-vous. Vous partirez pas d'icitte avant d'avoir goûté à mon gâteau.

Tout en parlant, elle sortit un plat de sucre à la crème onctueux et donna un coup de tête vers Julien.

— Va me chercher de la crème fraîche au puits.

La femme invita les enfants à descendre. Trois petits manquaient à l'appel. Ils s'étaient endormis en plein concert. À minuit, une fois les invités bien restaurés, Fabrice se leva de table.

— Bon, cette fois, je me sauve pour de bon.

Évelyne la remercia :

— Ce sera à votre tour, madame Rochon, de nous rendre visite.

– C'est à vous les jeunes de vous déplacer. Je laisse la lumière allumée sur le perron, si elle peut éclairer vos pas.

Madame Rochon les reconduisit jusqu'à la porte. Tous s'en retournaient le cœur rempli de joie, sous un croissant de lune argenté.

Les Thuret se préparaient à quitter la campagne sur une note de gaieté.

XXII

Le 25 juin, Évelyne accouchait d'un cinquième enfant, une fille.

Le même jour, à quatre ans et dix mois, Luce, sa petite malade, rendait l'âme.

Évelyne, alitée à cause de son accouchement et épuisée par les nuits de veille précédentes, ne put assister à la cérémonie des anges.

Fabrice vint rejoindre sa femme à l'hôpital et la trouva la figure ravagée par les larmes. Dans la chambre, les infirmières s'affairaient à des riens pour ne pas laisser Évelyne seule avec sa peine. À l'arrivée de Fabrice, elles s'effacèrent. Celui-ci passa une main sur le front de la nouvelle maman. Il refoulait sa propre peine pour consoler Évelyne.

– Console-toi. Au ciel, notre petite Luce ne souffre plus. Tu te souviens de toutes ces fois où nous la trouvions baignant dans son sang et qu'elle te disait : « Ne pleure pas, maman. » De là-haut non plus, elle ne veut pas te voir pleurer.

– Je me demande comment tu fais pour tourner la page aussi facilement. Tu ne ressens donc rien ?

– Oui, je ressens une grande paix. C'est fini de la voir souffrir sans pouvoir rien pour elle, de ne dormir que d'un œil, de crainte qu'elle parte seule ! Je me demande même si elle n'espérait pas sa fin. Aujourd'hui, je ne veux garder que les bons souvenirs de son passage parmi nous, ces moments de bonheur sont des cadeaux que je n'oublierai jamais.

— Je crains tellement qu'elle se sente oubliée. Je ne peux même pas aller la reconduire à son dernier repos.

— J'irai, moi. Ne crains rien; de là-haut, Luce comprend déjà qu'à l'impossible nul n'est tenu. Nous irons lui dire adieu ensemble quand tu seras remise de ton accouchement. Maintenant, tu veux voir notre nouvelle fille?

— Pas tout de suite, rien ne presse.

— Comment, rien ne presse? Tu l'as portée neuf mois et tu n'as pas hâte de voir son visage?

— Cette naissance est comme un méli-mélo de vie et de mort que je ne peux démêler, un peu comme si cette enfant venait voler la place de Luce.

— Enlève-toi cette idée de la tête. Notre bébé n'y est pour rien dans la peine qui nous afflige. Un enfant ne prend la place de personne. De là-haut, Luce veillera sur sa petite sœur. Au fait, il faut lui trouver un prénom à celle-là.

— Peut-être Luce, ou encore Juliette, comme la garde qui a pris soin de notre Luce à ses derniers moments.

— Non, Évelyne. Donnons-lui un nom qui n'a aucun rapport avec Luce. Notre bébé n'est pas un prolongement de sa sœur ni le souvenir d'une infirmière. Elle sera une personne à part entière. Tu l'aimes, cette petite?

— Je ne sais pas. Je ne sais plus. Je me demande si j'en serai capable.

Évelyne se mit à pleurer. Fabrice la serra contre lui et caressa son dos.

— C'est trop, Fabrice, trop d'émotions contraires en même temps. Je n'arrive plus à faire la part des choses.

— Évelyne, cette enfant est le fruit de notre amour, comme Sabrina et les jumeaux et Luce. Quand cette minuscule enfant est née, j'ai éprouvé un émerveillement que je ne ressentirai sans doute plus jamais, comme si un miracle s'était produit.

Évelyne était une mère affectueuse. Fabrice comptait sur le temps, les soins et les sourires de l'enfant pour éveiller ses sentiments maternels.

— Qu'est-ce que tu dirais qu'on la prénomme Emma?

— Comme tu veux! Décide toi-même.

— Pauline Rochon va venir passer un mois à la maison pour tes relevailles. Avec son aide, tu pourras te reposer tranquillement. Et si un mois ne suffit pas, nous la garderons tout le temps qu'il faudra.

* * *

Avec les naissances rapprochées, l'ouvrage, la fatigue et surtout le départ de Luce, Évelyne n'était plus la même. Elle n'avait plus le goût à rien. Fabrice la voyait se consumer à petit feu.

Évelyne tourna la tête. Ses yeux se mouillèrent. Fabrice prit sa main.

— Évelyne, regarde-moi.

Fabrice releva son menton. Évelyne pleurait en silence.

— Je suis devenue un fardeau pour toi. Je voudrais partir, aller retrouver ma petite Luce.

Fabrice essayait de la ramener au bon sens. Pour lui, la mère était le pilier de la famille et si la pourriture la rongeait, la maisonnée au complet s'écroulerait.

— Tu serais prête à abandonner Sabrina, les jumeaux et notre bébé?

— Une mère comme moi n'est pas utile. Toi, tu seras là pour les enfants.

Fabrice la serra dans ses bras.

— Ne va pas penser ça. Moi, je ne suis rien sans toi, Évelyne.

Fabrice s'appuya sur les enseignements solides reçus au collège pour consoler sa femme.

— Notre souffrance est de taille, mais Dieu a mesuré le poids des épreuves de manière à ce qu'il n'arrête jamais le voyageur d'avancer. Avec un peu de temps, nous passerons à travers ce malheur, tu verras.

Évelyne voyait Fabrice ravaler sa peine. Elle s'approcha tout contre lui jusqu'à toucher son visage, puis elle releva la tête de Fabrice et caressa sa joue.

— Tu n'as pas mangé?

— Je vais avaler quelque chose en vitesse. Sabrina et les jumeaux m'attendent pour les conduire à la salle paroissiale. Catherine Rochon va s'occuper d'eux, là-bas. Je les trouve bien jeunes pour aller voir un film.

* * *

Le lendemain, Fabrice se rendit chez son beau-père. Il sentait le besoin de causer un peu avec quelqu'un. Avec qui d'autre pouvait-il le faire?

Il frappa à la porte de côté et entra avant de recevoir une réponse. Il accrocha sa casquette au pilastre de la rampe d'escalier et appela:

— Il y a quelqu'un?

– Oui, j'arrive.

Son beau-père boutonnait ses poignets de chemise en descendant de l'étage.

– Je vous dérange pendant votre sieste?

– Oh non! Mes clients ne me laissent pas ce loisir. Je suis monté changer de vêtements. J'ai bêtement renversé ma tasse de café, ma chemise et mon pantalon ont reçu les éclaboussures.

Charles-Édouard avança une chaise à son gendre et s'assit en face.

– Comment va Évelyne?

– Je ne la reconnais plus. Elle n'a pas de moral. Elle veut mourir.

– C'est son ultime manière de manifester sa révolte. Le départ de la petite est si frais, laissez-lui le temps de faire son deuil. Comme elle n'est pas forte, ce sera long, au moins un an. D'ici là, il vous faudra être patient et fort pour deux. Prenez-en bien soin.

– Elle dit que la petite est venue prendre la place de Luce. Je crains qu'elle la déteste et qu'elle la rende responsable de la mort de sa sœur.

– Elle a une aide à la maison?

– Oui, une des filles Rochon, Pauline.

– Voyez à ce que Pauline laisse tous les soins du bébé à Évelyne. Il faut qu'elle se sente indispensable à son enfant.

On sonna au bureau. Charles-Édouard se leva.

– Je passerai la voir chaque semaine pour surveiller les changements et, au pis aller, je lui prescrirai un médicament.

* * *

Les jours et les semaines traînassaient. Pauline s'occupait de préparer les repas, de laver la vaisselle et de lessiver, toutefois, sa besogne s'arrêtait là.

Chaque soir, au retour de son travail, Fabrice trouvait Évelyne en train soit de balayer, de nettoyer le poêle ou encore de ramasser les traîneries des enfants quand ce n'étaient pas des chemises non repassées sur les dossiers des chaises. Et Pauline se berçait ou amusait les enfants. Évelyne ne s'en plaignait pas, mais Fabrice bouillait intérieurement.

Fabrice ignorait que la charge était un peu lourde pour une jeune fille qui se retrouvait du jour au lendemain responsable de toute une maisonnée. Pauline n'avait pas appris à tenir une maison. Chez elle, le travail à l'étable et aux champs passait au premier plan. Ce jour-là, après deux semaines à refouler sa frustration, Fabrice explosa.

— Encore assise, toi? Tu n'as rien à faire?

— Le lavage est fait, mon souper est prêt, y me reste juste à remplir les assiettes. Je m'assis un peu avant de servir. Je fais mon travail, pis j'aime pas me faire pousser dans le dos.

— Et tout le reste : le balayage, le ramassage, le repassage, qui fait tout ça? Je t'ai engagée pour travailler. Mais non, à chacun de mes retours tu es là qui te berces pendant que ma femme travaille.

— C'est mon temps d'arrêt. C'est pas de ma faute si ça adonne avec votre arrivée.

Évelyne, saisie d'étonnement, dévisageait Fabrice. Les Rochon avaient toujours été de bons voisins, presque des amis, et Fabrice était en train de détruire leurs liens.

— Fabrice, voyons!

Pauline prit un air de grandeur. C'était une entêtée qui gardait la tête haute devant l'adversité. Elle se leva lentement, remplit les bols à soupe, puis les assiettes et quand vint son tour de manger, l'adolescente s'occupa plutôt de servir le dessert. Pendant que la famille avalait ses dernières bouchées, elle commença à laver la vaisselle.

Évelyne l'observait.

– Laisse la vaisselle, Pauline. Viens manger.

Pauline ne répondit pas. Elle termina sa tâche, balaya la place et mit de l'ordre dans la cuisine.

Une fois la maison propre, elle demanda la permission de téléphoner.

– Marc! C'est Pauline. Envoie quelqu'un me chercher tout de suite chez m'sieur Thuret.

Il y eut un long silence. Au bout du fil, Marc devait s'informer de la raison de ce retour précipité.

– Saint-Paul-L'Ermite, c'est pas à la porte, dit celui-ci à sa soeur.

– Viens me chercher, répéta Pauline, ou ben je m'en retourne à pied.

– Patiente un peu, je vais demander à monsieur Colin si y a le temps d'y aller.

Pauline se rendit à la chambre des filles rassembler ses effets. Sabrina, assise sur le lit, la regardait, muette. Pauline caressa sa tête et retourna à la cuisine où elle s'appuya au montant de la porte. Les yeux sur le chemin, elle surveillait l'arrivée de Colin.

Fabrice lui présenta ses gages. Elle les repoussa.

– Gardez votre argent. On paie pas pour l'ouvrage mal fait.

Pauline sortit attendre Colin à l'extérieur.

À son arrivée, au moment où celui-ci descendait de son camion, elle s'approcha.

— Je suis prête. Je veux qu'on parte tout de suite.

— Minute! J'ai apporté des œufs que je dois remettre à Évelyne.

— Je vous attends dans le *truck*.

Deux minutes plus tard, Colin reprenait le volant et redémarrait. Il jeta un regard rapide du côté de Pauline. Cette fille était plutôt jolie avec son petit air boudeur.

— T'as un chum?

— Non!

— T'en veux pas ou quoi?

— C'est que ç'a pas adonné.

— Comment ç'a «pas adonné»? lui lança Colin à la blague. Les garçons de la place sont-y aveugles? Moé, si j'avais leur âge...

Pauline n'avait pas le cœur à badiner. Toutefois, Colin insistait pour meubler le silence.

— Ton amie, la fille des Cadieux, se marie à l'automne, elle. Je suppose que toute ta famille va être invitée aux noces.

— Sûrement!

— Le jeune Brabant doit avoir des frères.

Pauline tourna la tête vers la vitre et ne parla plus.

* * *

Pendant ce temps, chez les Thuret, Évelyne s'en prenait à Fabrice:

– Pourquoi as-tu fait ça ? Tout allait bien. Maintenant, je vais me taper tout le travail seule.

– Nous trouverons mieux. Cette Pauline ne sait pas s'organiser. Elle n'a pas le tour. Et puis ça, tu l'as ou tu ne l'as pas.

– Elle est jeune, Fabrice ! À son âge, je n'aurais pas pu faire la moitié de son travail et, en plus, elle s'occupait très bien des enfants. Les petits l'aiment. Avec elle, je pouvais dormir le matin et faire un somme l'après-midi sans qu'aucun d'eux ne me dérange. Va, rappelle-la.

Fabrice ne bougeait pas, l'orgueil l'en empêchait.

* * *

Arrivée chez elle, Pauline remercia Colin et ajouta :

– Je vous remettrai ça un de ces jours !

Elle fila directement à la maison et monta à sa chambre. Pendant qu'elle replaçait ses vêtements dans un tiroir, sa mère entra en douceur.

– Je vois que ça ne va pas très fort, ma grande. Tu veux me raconter ce qui s'est passé là-bas pour que tu retontisses aussi vite à la maison ?

Pauline lui rapporta les faits et, à la fin, elle ajouta :

– Elle, je l'aime, mais lui, je l'haïs.

– Tut, tut ! lui dit sa mère avec une sécheresse dans la voix. Écoute-moé, Pauline, je suis ta mère et j'ai assez d'expérience pour te conseiller. T'as fait ce que tu devais, asteure que t'as vomi cette histoire, parles-en pus jamais et surtout, essaie pas de la ravaler, elle te resterait de travers

287

sur l'estomac. Descends, viens veiller avec nous autres sur le perron.

* * *

Fabrice engagea une célibataire de la place, une dénommée Solange Corbeil. Son corps avait la forme d'un triangle, avec un visage mince, des épaules étroites, une taille généreuse et de grosses fesses rondes juchées sur deux jambes à la forme de tuyaux de poêle.

Son travail aurait été irréprochable n'eût été de sévérité à l'endroit des enfants. C'était une vieille fille qui commandait les mains sur les hanches. Elle interdisait aux enfants d'entrer dans la maison entre les repas et malheur si l'un d'eux ignorait ses ordres. Dès qu'elle sortait de la pièce, les jumeaux faisaient toutes sortes de singeries dans son dos, comme se pincer le nez parce que la bonne avait mauvaise haleine : elle mangeait des gousses d'ail cru comme on mange des bonbons.

Un après-midi, pendant la sieste d'Évelyne, la vieille chipie surprit Michel en train de prendre des biscuits chauds dans la boîte en fer-blanc. Elle brandit le tisonnier au-dessus de sa tête et, les yeux exorbités, elle cria à tue-tête :

— J'ai dit dehors, toé ! Tu comprends rien quand je te parle ?

— J'ai faim.

— Dehors ! Toé aussi, le jumeau. Vous entrerez quand je vous le dirai ou je frappe.

— Essayez voir, rétorqua Michel d'un ton taquin, vous ne pourrez pas m'attraper. Je cours plus vite que vous.

Les jumeaux étaient des petits êtres sur qui tout glissait. Dès que la bonne avait le dos tourné, Michel lui tirait la langue.

Évelyne apparut dans le cadre de porte.

— Mademoiselle Solange, c'est inutile de crier, Michel n'est pas sourd. Et puis occupez-vous de votre souper, je vais m'occuper de mes enfants.

Solange déposa sur la table une soupe claire où flottaient quelques fèves jaunes.

— La soupe est brûlante, se plaignit Ludovic.

— Si t'es pas content, t'as rien qu'à t'en passer, releva Solange.

— Mets du sel, lui conseilla Michel.

— Non, reprit doucement Évelyne, patiente un peu. Ce sera l'affaire de quelques minutes.

Évelyne passa une main affectueuse dans les cheveux de Ludovic.

Solange, témoin de son geste maternel, fit entendre une longue et bruyante expiration pour montrer son exaspération.

— Vous êtes trop molle avec vos enfants. Y vont vous monter sur le dos, y ont besoin d'être dressés, les jumeaux surtout. Ces petits frondeurs doivent apprendre à plier, pis c'est pas à les dorloter comme vous le faites que vous en ferez des hommes. Si j'avais des enfants, moé, y seraient ben élevés.

Évelyne lui jeta un regard hostile. Cette fille lui mettait les nerfs en boule.

— Mademoiselle Solange, concentrez-vous sur votre travail et laissez-moi le soin d'élever mes enfants.

* * *

Les jumeaux étaient deux pour s'appuyer. Sabrina, qui ne faisait pas partie de leur clan, se repliait sur elle-même. Elle ne souriait plus.

Ce soir-là, au coucher, Évelyne conduisit la fillette à sa chambre et lui fit réciter une courte prière avant d'aller au lit. À la fin, la petite ajouta sa propre intention :

— Mon Jésus, faites que mademoiselle Solange quitte notre maison parce que je la déteste.

— Pourquoi tu la détestes ? demanda sa mère.

— Parce qu'elle est méchante, qu'elle a des yeux de grenouille et qu'elle pue de la bouche.

— Quand tu parles comme ça, Sabrina, tu fais de la peine au petit Jésus. Tu dois aimer ton prochain.

Évelyne déposa un baiser sur son front.

— Maintenant, dors.

Sabrina jeta un regard méprisant du côté de sa mère et une larme jaillit au coin de son œil.

— Va-t'en, je ne veux plus te parler.

La fillette, ne pouvant plus retenir ses larmes, tourna le dos à sa mère et rentra la tête sous sa couverture.

Évelyne demeura songeuse. Ses enfants souffraient du mauvais caractère de la bonne. Depuis l'arrivée de cette femme dans leur maison, l'atmosphère n'était plus la même. Elle s'en voulait d'imposer cette marâtre à ses enfants.

Au bout d'une semaine, après quelques avertissements, Évelyne décida de remercier mademoiselle Solange.

Au retour de Fabrice, elle échappa un long soupir de soulagement :

— Aujourd'hui, j'ai congédié la bonne. Fini de l'entendre crier à cœur de jour après les petits ! Une personne supposément adulte, s'en prendre à des enfants... Je préfère m'arranger avec ma besogne.

— Dommage ! Elle tenait bien la maison et ses petits gâteaux glacés faisaient saliver.

— Les enfants sont malheureux avec cette marâtre dans la maison.

Évelyne se sentait plus forte, mais comme Fabrice craignait une rechute, sur le conseil de Sarah, il engagea Lucie Forest. La jeune fille demeura au service des Thuret pendant près d'un an.

XXIII

Chez les Coderre, les mois coulaient tous plus lucratifs et tranquilles les uns que les autres.

Le sourd-muet, l'employé fidèle et dévoué, était toujours à leur service. Colin s'en accommodait et, le temps aidant, il s'habitua à lui. Sylvio faisait maintenant partie de sa vie quotidienne, presque de sa famille. Il obéissait au doigt et à l'œil sans jamais rechigner, ni tempêter, et surtout, il allégeait les tâches quotidiennes de Colin. Il fréquentait la belle Lucie avec assiduité, même si ses fréquentations ne menaient nulle part. Les parents de la jeune fille avaient beau prévenir leur fille, celle-ci ne voulait rien entendre.

– Sylvio est un ami. Je fais pas de tort à personne, disait-elle.

– Oui, à toé, rétorquait sa mère. Tu gâches tes plus belles années pour un garçon qu'a aucun avenir devant lui en plus de souffrir d'une tare qui pourrait être héréditaire. Les visites assidues de ce garçon éloignent de toé les bons partis.

Chaque fois que la question revenait sur le tapis, Lucie se repliait sur elle-même. Des bons partis, elle n'en désirait pas. Elle savait déjà tout ça et elle s'en accommodait. Elle aimait Sylvio.

Finalement, les parents, inquiets des fréquentations prolongées du garçon, s'en remirent au curé. Ce dernier avait la main haute sur ses ouailles, il pourrait sans doute intervenir et encourager leur fille à mettre fin à ses fréquentations.

Le curé téléphona chez les Coderre et sollicita un entretien avec Sylvio. Sarah l'en avisa.

Sylvio se demandait bien la raison de cette rencontre, lui qui n'avait jamais eu de démêlés avec personne. Il avait l'air soucieux. Colin lui enleva le petit tableau des mains et écrivit :

Si ça t'énerve, laisse ton ardoise ici. Comme ça, le curé ne comprendra rien à tes gestes et il te laissera la paix.

Le sourd-muet le gratifia d'un sourire.

* * *

Le dimanche suivant, après la messe, le curé vit s'approcher un beau grand jeune homme dans la force de l'âge, un garçon à l'air sympathique et très bien de sa personne. Si on ne lui avait pas dit qu'il avait un handicap, il ne l'aurait pas deviné. Il se questionna à savoir pourquoi les Forest refusaient que ce garçon courtise leur fille. Il invita Sylvio à passer au bureau, lui assigna un siège et sortit une tablette et deux crayons d'un tiroir. Il alla droit au but :

— *Quels sont vos sentiments pour mademoiselle Forest ?*

— *Elle a toute mon affection.*

— *Et quels sont vos projets d'avenir ? Vous devez en avoir ?*

— *Épouser Lucie, mais je ne peux pas à cause de mon handicap.*

— *Les parents de la jeune fille s'inquiètent. Vous les comprenez? Les fréquentations à n'en plus finir sont des occasions de péchés.*

— *Non. Je fréquente Lucie sous leur surveillance et je la respecte.*

— *Et comment comptez-vous faire vivre une famille?*

— *Je mets un peu d'argent de côté pour acheter une ferme.*

— *Quand?*

— *Je sais pas. J'ai ben peur de jamais y arriver.*

— *Vous feriez bien de parler de vos projets aux parents de votre amie. Ça calmerait leurs inquiétudes.*

— *Non, y voudraient rien entendre. Y veulent que je casse avec Lucie.*

— *Vous savez qu'il existe un prêt agricole pour aider les jeunes à s'établir?*

— *Je savais pas.*

— *Repassez me voir dimanche prochain, je vous reparlerai de tout ça. D'ici là, surveillez les terres à vendre.*

Sylvio se leva et donna une chaude poignée de main au curé.

XXIV

Sarah faisait le bilan des huit dernières années, des années de douce béatitude, de chance, d'amour et le fait d'être si choyée par la vie lui faisait craindre l'avenir, comme si le bonheur n'était pas fait pour durer. Le paradis n'était pas sur Terre, Sarah le savait pour avoir vécu l'enfer avec la maladie de Colin. Mais pourquoi remuer les mauvais souvenirs une fois ses malheurs loin derrière? Maintenant, elle n'avait plus qu'à profiter du temps présent et à remercier le ciel de ses bienfaits. N'avait-elle pas un bon mari et deux belles adolescentes qui égayaient sa vie, des filles douces, obéissantes, studieuses. Elle ne pouvait espérer mieux. Amanda venait de terminer son cours primaire avec des notes élevées et Colin s'en trouvait très satisfait.

— Asteure qu'Amanda a fini ses études, on va pouvoir profiter de sa présence icitte jusqu'à son mariage.

Colin ne se lassait pas de voir ses filles rôder dans la maison à cœur de jour.

Sarah pensait autrement.

— Amanda, avec son grand talent, serait une bonne candidate pour le pensionnat.

— Nos filles ont pas besoin d'instruction pour laver des couches. J'veux qu'elles passent avec nous les quelques années qu'il leur reste avant de se marier.

* * *

L'année suivante, Charlotte terminait son primaire pendant qu'Amanda assistait sa mère à la maison et au couvoir.

Le dimanche était jour de sortie. Après la messe, toute la famille se rencontra chez les Beaudry. Quel bonheur Sarah ressentait en ce beau dimanche après-midi à se promener à pied avec Colin et les filles sur le trottoir de bois où tout le monde se rencontrait, s'interpellait et échangeait!

Amanda et Charlotte précédaient leurs parents de quelques pas seulement quand un groupe de garçons et de filles de leur âge leur adressa la parole. Les adolescentes s'arrêtèrent un moment. La première réaction de Sarah fut de les retenir, mais elle se rappelait sa propre jeunesse alors que sa mère interdisait à ses enfants toute relation amicale, disant qu'aucune fille n'était de leur rang social.

À treize et quatorze ans, Charlotte et Amanda, deux belles blondes, gentilles et charmantes, se liaient facilement d'amitié avec les jeunes de leur âge. Ils formaient un cercle où chacun essayait de placer son mot.

Sarah passa près du groupe.

— Vous viendrez nous retrouver chez les grands-parents Beaudry. Ne traînez pas trop.

Tout en marchant, elle serrait la main de Colin.

— Nos filles sont à peine rendues à l'adolescence et déjà elles s'intéressent aux garçons. Je n'ai pas eu le temps de les voir grandir, elles viennent à peine de laisser leurs poupées.

– Tu pourras pas les garder toute ta vie dans tes jupons.

– J'aurais bien aimé avoir d'autres enfants, une pleine maisonnée, comme celle de madame Rochon où les portes battaient gaiement à cœur de jour, ou encore comme Évelyne, mais, malheureusement, la vie en a décidé autrement.

– Tu parles comme si t'étais stérile. En tout cas, moé, j'démissionne pas. À trente-trois ans, c'est encore possible. Maman a eu son dernier à quarante-trois ans et, à part ça, très ben réussi. T'as la preuve vivante devant toé. T'as encore le temps de m'donner cinq ou six beaux garçons.

Sarah sourit.

– J'aimerais bien, mais après treize ans sans maternité, la machine doit être un peu rouillée.

* * *

Ce même jour, à la maison, après le repas du soir, la petite famille s'éternisa à la table. Sarah s'informa auprès des filles à propos des amis rencontrés au cours de leur promenade. Charlotte, contrairement à Amanda, bavardait comme une pie.

– Vous avez vu la grande qui portait une robe marine? C'est la fille du cordonnier Thériault et l'autre, celle à la tunique rouge, est sa cousine de Saint-Alexis. Cette fille se tortille comme une anguille juste pour se faire remarquer des garçons. Elle pense les avoir tous à ses genoux, seulement parce qu'elle vient d'une autre paroisse.

Colin riait de l'entendre, mais Sarah intervint:

– Moi, je trouve qu'elle a l'air gentille, même si elle bouge beaucoup.

– Peut-être gentille, mais quand même un peu écervelée. Le garçon qui se tenait en face d'elle est Germain Allard, le frère des deux prêtres, et l'autre, Léon Venne, vous savez, les Venne qui occupent le banc derrière le nôtre dans le jubé. Les garçons nous ont demandé de les accompagner, dimanche prochain, à une partie de balle dans le bas du village. Vous nous le permettez ?

Sarah, embarrassée, s'en remit à Colin qui penchait toujours du côté de ses filles. Ce dernier se contenta de sourire, ce qui était un peu acquiescer en leur faveur.

– Vous êtes un peu jeunes pour sortir avec les garçons, répondit Sarah, mais si votre père accepte de vous accompagner, vous avez ma permission. Aidez-moi d'abord à débarrasser la table, ensuite, j'aurai quelque chose d'intéressant à vous proposer.

Sarah se rappelait l'annonce de son départ pour Paris, mais cette fois, c'était très différent. Les filles accepteraient-elles sa décision ?

La vaisselle rangée, Amanda, bouillant d'impatience, demanda :

– Maman, de quoi vouliez-vous nous parler ?

– Je tiens à ce que tu retournes aux études avec ta sœur. Comme tu as perdu une année pour me seconder et que tes notes étaient hautes, ta tante Malvina va te faire sauter ta huitième année, quitte à te donner quelques travaux entre les cours, mais tu dois garder le silence là-dessus pour que cette faveur ne devienne pas une épidémie qui se répandrait dans tout le couvent. Malvina en a parlé à la mère supérieure et celle-ci accepte de vous réserver deux places au pensionnat du village.

– C'est une idée de votre mère, intervint Colin. Vous êtes pas obligées d'accepter, on vous force pas, vous savez.

Pour Colin, l'instruction n'était qu'un gaspillage d'argent. Sarah avait beau lui expliquer que les filles instruites étaient les plus recherchées des garçons, Colin s'entêtait dans son idée et Sarah dans la sienne.

– Nous avons les moyens de les faire instruire, nous ne devons pas négliger cette chance. Plus tard, elles pourraient enseigner ou devenir infirmières. Qui sait?

– Mes filles iront pas travailler. On doit être capable de les nourrir.

– Certes, mais si elles peuvent jouir d'une meilleure éducation…

– Laisse-les décider elles-mêmes.

Sarah attendait la réaction d'Amanda. Si celle-ci acceptait, ce serait chose faite; Charlotte suivait toujours son aînée comme son ombre.

– Nous, pensionnaires avec tante Malvina? Pour combien de temps?

– Un an suffira, s'empressa de répondre Colin. C'est jeter l'argent par les fenêtres.

– Plutôt quatre, rectifia Sarah. Quatre ans, c'est vite passé. Si vous acceptez, lundi, nous irons acheter du tissu pour vos robes de costume. Madame Mercure s'occupera de la confection.

Colin tentait de les décourager:

– Quatre ans, c'est long et ça coûte très cher, le pensionnat, surtout quand on paie en double. On va se saigner à blanc pour vous tenir aux études.

– Colin, s'il te plaît, fais-nous grâce de tes réflexions.

Les filles connaissaient leur père, il avait toujours eu un raisonnement en signe de piastre.

— Allons-y tout de suite, maman. Je veux voir ma chambre, ajouta Amanda.

— Ce ne sera pas une chambre, mais une cellule.

— Une cellule?

— Disons une petite chambre dont les murs sont en tissu. Votre père nous y conduira samedi après l'éclosion des poussins. En fin de semaine, votre tante Malvina trouvera davantage de temps à nous consacrer. Nous pourrons visiter le dortoir, le réfectoire et la chapelle.

Colin boudait. Sarah semblait l'ignorer. Elle savait prendre son homme. Le soir, au lit, elle n'aurait qu'à se coller amoureusement contre lui pour qu'il retrouve sa bonne humeur.

* * *

Sarah chantait en préparant les filles pour le pensionnat. Elle en était à la finition. Elle brodait au point de feston une dernière boutonnière.

— Allez essayer vos robes pour les montrer à votre père.

Les filles coururent à leur chambre. Chacune enfila sa robe noire à petits plis pressés, à col blanc, aux poignets raides et aux boutons de manchettes qui fermaient avec un petit clic. Quand elles se présentèrent devant leur père, celui-ci leva tranquillement les yeux sur elles.

— Étriquées comme vous l'êtes, vous avez l'air de deux veuves, y vous manque juste le voile noir devant le visage.

Les filles pouffèrent de rire.

— Maman, papa dit que nous avons l'air de deux veuves.

— Moi, je trouve que vous avez l'air de deux étudiantes sérieuses. C'est un privilège de pouvoir fréquenter un couvent. Cette chance n'est pas donnée à tout le monde.

Sarah révisa la liste: draps, couvertures, serviettes, savons, cirage à chaussures, brosse à cheveux, souliers, pantoufles, bas, béret, etc. Une fois les deux grosses valises aux coins de fer remplies, Charlotte s'assit sur la sienne.

— Maman, est-ce que vous me donnez la belle bague qui traîne au fond de votre tiroir?

— Non, elle est à ton père.

— Je peux la prendre, papa? Au village, les filles portent toutes des bijoux. Il y en a même qui portent une montre au poignet. Je ne veux pas avoir l'air d'une pauvresse à leurs yeux.

— Non, c'est un souvenir.

— Un souvenir de qui?

Sarah se pressa de répondre par un mensonge:

— De sa mère.

— Je la veux. Après tout, je suis sa petite-fille.

— Non, Charlotte. Et puis je vous interdis de fouiller dans mes tiroirs.

Sarah se rendit à sa chambre chercher la fameuse bague et la glissa dans la poche de son tablier. La présence de ce bijou l'excédait. Elle patienta jusqu'à ce que les filles disparaissent de la cuisine, puis elle s'adressa à Colin:

— Conduis-moi à Joliette, je vais faire évaluer la bague à diamant par un orfèvre et, si elle vaut un bon prix, nous pourrons la vendre.

— La vendre! J'te l'défends ben!

Au fond, Sarah n'aspirait qu'à la faire disparaître.

— D'abord, qu'est-ce que tu veux en faire?

— J'la garde. C'est un souvenir.

Sarah dévisageait Colin, le regard dur. Qu'est-ce que ce joyau représentait pour son mari pour qu'il y tienne tant?

— Tu vois, les filles questionnent. Charlotte veut la porter.

— Non! marmonna Colin.

Sarah, très calme, la tira de sa poche.

— Bon, bon! Je l'ai ici. Est-ce que tu me donnes la permission d'y toucher ou si c'est un objet sacré?

— Que personne y touche!

— Si cette Réjeanne a plus d'importance que ta femme, ça va, on n'en parle plus, murmura Sarah.

— Tu vas pas être jalouse?

— Non, je suis déçue que tu n'aies pas le courage de t'en débarrasser.

— Réjeanne est morte depuis belle lurette.

— Elle, morte? Je ne savais pas.

— Elle était déjà en terre quand chus allé chercher sa bague.

— Tu ne me l'avais pas dit!

— Tu me l'avais pas demandé.

Sarah n'en parla plus.

* * *

Les préparatifs terminés, Sarah respirait d'aise. Amanda et Charlotte étaient toute sa vie. Sarah les possédait tout entières. Elle sentait son propre sang battre dans leurs veines et elle se faisait à l'avance une gloire de voir ses filles jouir d'une solide instruction.

Le jour de la rentrée, Charlotte, un peu perdue, suivait Amanda comme un petit chien.

La cloche sonna. Les élèves se turent.

Avant de les faire entrer dans leur classe respective, la sœur de discipline fit placer les élèves en rang et, devant leur enseignant, elle lut le règlement qui était presque le même pour les internes et les externes.

– Maintenant, entrez à tour de rôle dans votre classe, en commençant par les élèves de onzième.

Charlotte sentait une certaine tristesse à s'éloigner de sa sœur pour entrer dans la classe de huitième, mais sa déception ne dura pas. On lui désigna une place près de Julienne Bruneau qui lui adressa un sourire. Charlotte se sentit aussitôt en confiance.

Sa titulaire, sœur Paul-du-Sacré-Cœur, était une personne bienveillante, de haute stature. Charlotte l'aima tout de suite.

Avant de commencer les cours, sœur Paul-du-Sacré-Cœur invita les filles à revêtir leur couvre-tout. Elle s'assura ensuite que toutes les élèves possédaient les manuels scolaires exigés plus trois cahiers à la mine, un à l'encre, une brocheuse, des crayons et des effaces.

– Maintenant, nous allons couvrir les livres. Je tiens à ce que ce travail s'exécute en silence. Sortez vos ciseaux. Je vais vous enseigner la manière.

La religieuse se promenait de l'une à l'autre de ses élèves et aidait au besoin les plus malhabiles.

L'heure de la récréation sonna et la titulaire n'avait pas eu le temps de donner un seul cours.

— Fermez vos pupitres et prenez votre rang.

La sœur de cour forma des équipes de baseball et on invita les filles à y participer. Charlotte détestait ce sport qui, pour elle, convenait plutôt aux garçons. Elle préférait jaser avec Julienne, sa compagne de pupitre, qu'elle désirait connaître davantage. Les deux amies se retrouvèrent dans la balançoire des élèves.

Les jours passèrent, la surveillante de cour invitait Charlotte à se joindre à l'équipe de balle et, chaque fois, Charlotte refusait.

— Je n'aime pas ce sport.

Une semaine passa, à la suite de laquelle la supérieure somma Charlotte de passer à son bureau.

— On dit que vous refusez de faire partie des équipes de balle.

— Je n'aime pas ça et je ne sais pas courir, je ferais perdre mes coéquipières.

— On vous voit toujours en compagnie de la même fille, mademoiselle Bruneau, ce qui est plutôt suspect. Aussi, je vous conseille d'éviter cette élève.

Charlotte baissa la tête. Elle ne comprenait pas très bien pourquoi on l'éloignait d'une amie avec qui elle jasait de tout et de rien et toujours en présence des religieuses. Julienne n'était pourtant pas méchante.

— Vous devez parler à toutes vos compagnes, continua la supérieure, et évitez la compagnie exclusive de mademoiselle Bruneau. Dans notre couvent, pas d'amitié particulière. Allez !

Charlotte s'inclina légèrement, remercia et se retira.

«Pas d'amitié particulière!» se répétait Charlotte. Elle ne comprenait rien à cette expression. Elle questionnerait Amanda.

* * *

Aux Continuations, Sarah et Colin se retrouvaient en amoureux, comme au début de leur mariage. La saison de dormance leur permit davantage de repos et de plaisir, des nuits sans sommeil où le sang chaud courait dans leurs membres. Souvent, ils riaient si fort que le lit en tremblait. Et le matin, alors que Sylvio s'occupait du train, le beau corps de Sarah pouvait rester blotti des heures contre celui de Colin, à demi endormi.

* * *

Chaque mois, Colin signait les bulletins. Les notes élevées de ses filles lui attiraient les éloges des religieuses, mais chaque fois, une remarque accompagnait le compte-rendu de Charlotte: l'élève bavardait trop. Colin rentrait sa colère.

– Allez comprendre, à la maison, on leur montre à parler et au couvent, les sœurs leur apprennent à se taire.

Malvina, leur tante religieuse, tenait ses nièces en affection. Elle habituait leur âme à la prière et, aux vacances d'été, Amanda et Charlotte Coderre rentrèrent chez elles imbues de croyances religieuses.

Elles passèrent leurs vacances à aider leurs parents à l'entretien de la maison, aux travaux des champs ou au couvoir. Chaque avant-midi, Sylvio rapportait du poulailler de grands paniers remplis d'œufs à laver et à mirer qu'il déposait près d'une petite table et, côte à côte, les filles s'attelaient à la tâche en chantant. Ces adolescentes, qu'on eût dit parfaites, grandissaient en sagesse et en grâce.

* * *

C'était un dimanche. Un adolescent du village jeta sa bicyclette sur le petit escalier qui menait au perron et courut frapper chez les Coderre. Charlotte lui ouvrit. Le garçon, un peu boutonneux, demandait à voir Amanda.

— Amanda est en haut. Je vais la chercher. Si vous voulez vous asseoir.

Charlotte monta l'escalier en courant et, toute joyeuse, elle avisa sa sœur :

— Un garçon te demande en bas. Il veut te parler.

— Dis-lui que je ne suis pas là.

— Mais c'est un mensonge, Amanda !

Comme sa sœur ne disait rien, Charlotte descendit en sautillant dans l'escalier et se rendit auprès du garçon.

— Amanda fait dire qu'elle n'est pas là.

Le jeune visiteur, insulté, sortit en claquant la porte.

Charlotte monta retrouver sa sœur qui lisait.

— C'est qui ce garçon que je vois pour la première fois ?

Amanda répondit sans lever les yeux de son livre :

— Ne t'occupe pas de ça.

— Il semblait fâché.

— Il s'en trouvera une autre. À mon âge, je dois m'occuper de mes études et aider nos parents.

– Le dimanche?

– Oui, le dimanche.

– Dis, Amanda, tu veux te marier, toi, et élever des enfants?

– Oui, mais il n'y a rien qui presse. Il sera toujours temps d'y penser. Et toi?

– Moi, je pense comme toi.

XXV

Les unes après les autres, les années meurent et se font oublier.

Après quatre ans d'internat, Amanda et Charlotte étaient devenues deux jeunes filles minces et charmantes, prêtes à mordre dans la vie.

Sarah montait une pile de linge au deuxième et, comme elle entra dans la chambre des filles, Amanda et Charlotte sursautèrent et se turent net. Sarah éprouva un malaise. Elle eut l'impression de troubler leur conversation. Elle sourit.

– Je dérange vos confidences?

Les filles échangèrent un regard complice et rirent sous cape.

– Je suppose que vous parliez de moi?

Charlotte s'avança et se jeta dans les bras de sa mère.

– Quand nous parlons de vous, maman, c'est toujours en bien.

Sarah descendit. Elle se souvenait, il y avait une vingtaine d'années de ça, qu'Évelyne et elle partageaient leurs petits secrets de jeunes filles et elles aussi tenaient leur mère à l'écart.

* * *

Le dimanche, les filles se prélassaient dans la balançoire. Elles parlaient comme des pies. Sarah se demandait bien ce qu'elles avaient de si intéressant à se raconter. Elle sortit sur le perron étendre son linge à vaisselle sur une corde qui courait d'un poteau à l'autre de la galerie et, mine de rien, elle prêta l'oreille. Amanda disait : « Il faut apprendre à s'oublier. » Sarah fit mine de ne pas l'entendre. « Que de grandes réflexions pour de si jeunes filles ! » pensa-t-elle.

Sylvio approchait. Sarah rentra.

Sylvio était toujours au service des Coderre. En attendant de trouver une bonne ferme au sol meuble, l'engagé cultivait ses trois arpents de tabac comme rétribution pour son rendement. Ses récoltes lui permettaient de grossir son pécule, même s'il se réservait quelques sous pour payer ses petites vues du samedi soir et quelques rares sorties avec ses frères.

* * *

Au souper, toute la famille était réunie autour de la table quand Amanda se mit à tortiller nerveusement sa serviette de table.

– Nous avons une grande nouvelle à vous annoncer, Charlotte et moi, dit-elle.

Colin posa le grand couteau à pain sur la table.

– Et cette fois, ça coûte combien ?

Les filles éclatèrent de rire.

Colin s'amusa à deviner :

– Je gage que vous êtes en amour.

– Oui !

De nouveaux éclats de rire.

Seule Sarah ne riait pas.

– Qu'est-ce que vous mijotez encore, toutes les deux ?

– Nous entrons en religion, s'exclama Amanda.

Sarah resta muette. Colin rit jaune.

– C'est une farce ?

– Non, papa.

Colin, rouge de colère, se leva, prit sa chaise et la secoua brutalement par deux fois sur le plancher, au point que Sarah crut qu'il allait la démolir.

– Ah ben, verrat !

Sarah passa outre son patois grossier, Colin n'était plus lui-même.

– J'ai-tu ben compris ?

– Oui, papa, vous avez bien compris.

– Qui, nous ?

– Charlotte et moi.

Colin, révolté, asséna un violent coup de poing sur la table, ce qui fit sursauter tout le monde.

– Jamais ! s'écria-t-il. Vous m'entendez ? Je l'ai dit et je le maintiens. Jamais !

Il cria si fort que, près de la porte, la chatte en eut les oreilles dressées. Charlotte, la plus émotive, eut un sursaut de frayeur. Elle n'avait jamais entendu son père lever le ton. Elle posa sur sa mère des yeux suppliants dans l'intention que celle-ci intervienne en leur faveur.

Sarah, bouche bée, ne s'expliquait pas pourquoi ses filles ne lui en avaient pas d'abord parlé, à elle, leur propre mère. Puis les paroles d'Amanda lui revinrent en tête : « Il faut apprendre à s'oublier. » C'était donc ça, leurs cachotteries !

— Non, non et non, hurlait Colin. Mes filles chez les sœurs, jamais! Dis quelque chose, Sarah, tu vas pas accepter ça?

Sylvio ne comprenait rien, mais en voyant Colin s'emporter de la sorte, il se leva et fila au couvoir.

Sur la table, le repas refroidissait et personne ne touchait à son assiette.

Sarah, abasourdie, ne savait que dire ni que penser. Cette nouvelle lui tombait dessus comme une bombe.

— Chez les moniales bénédictines, ajouta Charlotte.

— Notre décision est prise et personne ne nous fera changer d'idée.

Colin asséna un second coup de poing sur la table qui fit sursauter les filles à nouveau. Amanda et Charlotte avaient toujours obéi sans rechigner, elles obéiraient encore et, cette fois, il userait d'une autorité tranchante.

— Chez les moniales! Ça, c'est le boutte! À votre âge, vous êtes trop jeunes pour décider de toute une vie.

— Nous partirons dans un an seulement. D'ici là, vous aurez le temps de vous faire à cette idée.

— Me faire à cette idée? Jamais!

Amanda s'attendait à ce que la nouvelle surprenne ses parents, mais elle n'avait pas prévu que son père réagirait aussi violemment. Il devait pourtant être habitué à leur absence, après quatre ans de pensionnat. Et puis leur père était un bon chrétien, il fréquentait les sacrements, payait sa dîme et respectait les prêtres. Il ne pouvait refuser de donner ses filles au bon Dieu.

— Savez-vous dans quelle galère vous vous embarquez ? Vous savez que les moniales doivent se lever la nuit pour prier ?

— Les mères aussi se lèvent la nuit pour leurs enfants, rétorqua Amanda. De toute façon, nous ne recherchons pas la facilité, mais le sacrifice.

Colin, trop énervé pour rester en place, se leva et se mit à marcher de long en large dans la grande cuisine. Qui aurait cru que ses filles soumises et dociles lui préparaient une pareille abomination ?

Sarah ne prenait pas parti, mais une tristesse se lisait sur son visage. Colin se demandait si elle pencherait en faveur des filles. Il s'attendait à ce que, comme lui, sa femme s'oppose à ce départ.

— Tu dis rien, Sarah ? Tu vas pas les laisser aller au boutte de leur folie ?

Une larme s'échappa des yeux de Sarah.

Amanda et Charlotte étaient déçues de causer tant de peine à leurs parents, de ne pas répondre à leurs attentes.

Tout en marchant de la porte à la fenêtre, où il figea, leur père rouspétait contre le sort. Il n'avait jamais eu de démêlés avec ses filles. Mais au fin fond de lui, Colin savait sa cause perdue d'avance et ça le rendait furieux. Il avait l'impression que sa vie s'écroulait.

Sa première réaction passée, il tenta de raisonner plus calmement. Amanda semblait bien déterminée, quant à Charlotte, il doutait de la sincérité son choix. Elle avait toujours suivi sa sœur comme un petit chien docile et, comme un papier buvard, elle gobait tout ce que celle-ci lui disait. Il la regarda. Elle avait conservé les yeux clairs de son enfance.

— Toi, Charlotte, ça te plaît d'aller t'enfermer dans un couvent, de pus jamais revoir ton père pis ta mère jusqu'à en oublier leur visage?

— Vous viendrez nous visiter. Nous aurons droit aux visites à tous les trois mois. Saint-Hyacinthe, ce n'est pas le bout du monde.

— Non! Si vous partez, c'est que vous voulez couper les ponts avec vos parents. J'irai pas!

— Si c'est le sacrifice que le bon Dieu me demande, je me résignerai et ma récompense au ciel n'en sera que plus grande.

— Je vois que les sœurs vous ont gagnées à leur cause, elles vous ont bien eues. J'suppose que c'est Malvina qui vous a mis cette idée en tête? Elle aurait pu s'contenter de vous enseigner la grammaire pis l'arithmétique; j'aurai deux mots à y dire à celle-là. Dire qu'on s'est saignés aux quatre veines pour vous tenir aux études!

— Voyons donc, Colin, intervint Sarah, n'exagère pas.

— Si c'était à refaire, vous iriez pas au couvent. Je savais ben dans le temps que c'était une bêtise, ce pensionnat!

Colin se mit à parler avec du ressentiment dans la voix:

— Si vous aviez été séparées de votre famille, comme je l'ai été pendant des années au sanatorium, vous auriez appris ce que c'est que la liberté. J'peux pas croire que mes propres filles choisissent d'aller s'enfermer toute leur vie dans un monastère. J'vais vous empêcher d'commettre une pareille gaffe, oui, j'vais vous en empêcher, croyez-moé!

Amanda tenta de raisonner son père, de l'amener à penser comme elle:

— C'est là notre choix, papa : prier, expier, nous sacrifier en consacrant notre vie à Dieu.

— Vous avez pas le droit de me faire ça. Vous êtes mes petites filles et quand on a des enfants, c'est pour la vie.

Charlotte se mit à pleurer.

Sarah se décida enfin à parler. Elle hésitait à prendre parti, pour finalement choisir celui qui demandait la plus grande somme de générosité, d'abnégation d'elle-même.

— C'est leur choix, Colin, et nous ne pouvons pas les forcer à aller à l'encontre de leur vocation. Ce ne serait pas catholique. Quand ta sœur Malvina est entrée en communauté, tes parents, eux, ont accepté son choix.

— Non, le père pis la mère étaient morts depuis belle lurette, morts et enterrés ! Et pis, pour ma sœur, c'était pas pareil. Après avoir pris la charge de douze enfants, Malvina devait pus avoir le goût de recommencer à élever une famille à elle.

Colin tenait sa tête à deux mains.

— Peut-on avoir des enfants, les élever, les protéger, les dorloter, pour qu'y en viennent à nous faire un coup pareil ? Évelyne est chanceuse, elle, sa fille va épouser Jacques Dion, son prince charmant. Pour les miennes, pas de mariage !

— Nous aussi, rétorqua Amanda, nous allons épouser notre prince charmant qui est Jésus.

Colin sortit en criant :

— Assez ! Je veux pus en entendre parler.

La porte claqua.

Amanda fit signe à Charlotte de la suivre dans sa chambre et ferma la porte pour ne pas être entendue.

— Nous aurions dû attendre pour leur annoncer la nouvelle. Maintenant, papa va être furieux jusqu'à ce que nous quittions la maison.

— J'avais tellement hâte de leur apprendre! Je croyais qu'ils se réjouiraient avec nous.

— Vu que papa est contre notre départ, je me vois mal lui demander de payer notre dot. Qu'est-ce que nous allons devenir?

— Pourtant, il le faut, Amanda. Tu connais la convention, si les novices n'apportent pas de dot, elles seront sœurs tourières ou sœurs converses. Moi, je ne veux pas être condamnée aux commissions à l'extérieur ni me consacrer aux travaux manuels, pas plus que je n'ai envie de servir les autres toute ma vie, je ne serais pas heureuse. Non. Je veux être sœur de chœur afin d'être plus près de Dieu et pour ça, il nous faut absolument une dot.

Sœur de chœur était le plus haut degré de la hiérarchie monacale, ces moniales passaient leur temps à prier.

— Et si papa refuse?

— Dans ce cas là, je demanderai à maman.

— C'est papa qui décide. Ce soir, nous lui expliquerons tout ça.

— Papa ne veut plus en entendre parler. Il va encore crier.

En bas, Sarah, plantée devant la fenêtre, surveillait Colin. Il monta dans le camion et démarra brusquement.

«Pourvu qu'il ne fasse pas une folie!»

* * *

Colin, découragé, sonna au presbytère. Il mit le curé au courant du choix de ses filles avec l'intention bien arrêtée que celui-ci intervienne en sa faveur.

— On ne se place pas en travers de Dieu, monsieur Coderre. Vous avez là l'occasion de Lui faire le plus beau cadeau. Ça vous demande un grand sacrifice, mais votre récompense au ciel ne sera que plus belle.

— J'l'ai déjà entendue, celle-là. Je regrette de pas penser comme vous, m'sieur le curé, mais j'ai seulement deux filles pis j'veux les garder dans le monde, pas les mortifier entre les quatre murs d'un monastère jusqu'à leur mort.

— Réfléchissez bien à ce que je vous ai dit.

— J'aurais dû y penser. Un homme qu'a pas eu d'enfants peut pas comprendre l'attachement d'un père à sa famille.

— Allons, allons !

Colin ne voulait rien entendre, il n'avait pas frappé à la bonne porte. Les curés, pensait-il, trouvent toujours les bons mots pour se donner raison.

— Avoir rien que deux filles et les perdre toutes les deux…

— Vous ne les perdrez pas.

— Pour moé, elles seront disparues, mortes !

Colin se leva.

Le curé lui présenta une main qu'il refusa. Colin sortit en bougonnant.

— Je r'mettrai pas un pied à l'église tant que mes filles changeront pas d'idée.

Le prêtre savait que lorsque la foi est engloutie, elle finit toujours par émerger du fond de l'être.

— Je prierai pour vous.

— Gardez vos prières pour vous.

Colin n'était plus maître de lui.

* * *

Charlotte, pressée de régler cette histoire de dot, surveillait le retour de son père. La jeunesse n'attend pas.

— Papa, nous devons, Amanda et moi, apporter une dot au cloître si nous voulons être promues sœurs de chœur, sinon, nous serons assignées aux travaux les plus bas : le ménage, le lavage et les commissions.

— Verrat ! C'est le boutte ! s'écria Colin, enragé. Moé, payer une dot ! Payer la communauté pour me voler mes filles ? Tant qu'à y être, pourquoi pas ma ferme, mon troupeau et le couvoir avec ? Je vais leur en faire moé, une dot, à vos moniales !

Charlotte se mit à pleurer.

— D'accord, papa, ajouta Amanda. Nous partirons comme des pauvresses.

— Vous avez rien qu'à prier icitte, moé, je vous charge rien !

* * *

À chaque repas, la discussion reprenait et toujours les filles s'entêtaient. Leur vie de famille était devenue un enfer.

— Nous avons fait un vœu, papa.

— Qu'est-cé ça, encore ?

— Un vœu c'est une promesse et nous ne pouvons plus reculer.

— Là-dessus, j'ai pas les mêmes idées que vous autres.

* * *

Au lit, Sarah tira son chapelet de sous l'oreiller et comme elle allait s'endormir sur un *Ave*, Colin glissa un bras sous sa tête. Elle frissonna, tout son être n'était que tendresse. Elle subissait la mésentente entre ses filles et Colin et, ce soir, elle ressentait le besoin de l'entendre lui redire son amour. Elle tourna son visage vers lui et ouvrit doucement les yeux. La lune éclairait son sourire paisible. Colin caressa son front et l'embrassa tendrement. Elle s'assit sur son lit, le dos appuyé à deux oreillers, ses bras encerclant ses genoux.

— J'ai un secret à te dire et tu vas être content, dit-elle. Colin sourit.

— Tu vas pas me dire que les filles ont changé d'idée ?

— Mais non. Tu vas être papa une troisième fois. C'est bien ce que nous voulions ?

— Encore de la graine de moniales, je suppose ?

— Un petit bébé, Colin. Un enfant que tu vas voir grandir, qui va nous consoler du départ des filles et, qui sait, peut-être un garçon qui prendra la relève sur la ferme ?

— T'as raison, Sarah. Chus content, ben content ! Si c'était pas de cette histoire de cloître, ce serait le bonheur total.

— Je pensais que tu sauterais de joie. Je ne vois même pas l'ombre d'un sourire sur ton visage.

Colin enfouit son visage dans le cou de Sarah et celle-ci sentit une larme glisser sur son sein. Sarah laissa Colin vider son trop-plein de chagrin. Elle se souvenait qu'à sa sortie du sanatorium, Colin lui avait dit : « Quand le seau est trop plein, il déborde. » Elle attendit qu'il s'apaise, que sa tension baisse.

— Pour ce qui est des filles, essaie de te faire une raison, ne serait-ce que pour ta paix intérieure.

— J'peux pas, Sarah ! Tu m'demandes l'impossible. J'ai deux belles grandes filles qui vont aller s'enterrer vivantes derrière des grands murs de pierre, pis toé, tu m'demandes d'être raisonnable !

— Au moins, cesse de t'emporter, ça rend l'atmosphère de la maison invivable. Quand tu entres dans la cuisine, tout le monde file doux et quand tu sors, tout le monde respire.

— Au fait, c'est pour quand, ce bébé ?

— Pour le milieu de février.

— Le bébé arrivera peut-être à retenir les filles icitte. Elles le savent ?

— Mais non, ce n'est pas une chose à dire à des jeunes filles.

Colin serra Sarah très fort et s'endormit sur l'heureuse nouvelle.

* * *

C'était un jour pluvieux de septembre. Depuis deux semaines, des pluies diluviennes poussées par de gros vents s'abattaient sur la région.

Charles-Édouard descendit de son auto et courut au perron. L'eau de pluie dégoulinait de son feutre noir.

En entrant chez Colin, il secoua son chapeau au-dessus du paillasson.

– Un vrai déluge!

– Grand-père! Grand-père! criaient joyeusement les filles.

Amanda et Charlotte coururent embrasser leur grand-père. À son tour, Sarah lui fit une grosse bise. Charles-Édouard l'observait les yeux en coin.

– Tu n'es pas comme d'habitude, toi, tu as quelque chose de changé dans ton regard.

Sarah posa un doigt sur sa bouche. Elle ne dit rien; cela aurait été contraire aux bonnes mœurs que de révéler son secret devant ses filles. Colin s'avança, serra la main de Charles-Édouard et approcha une chaise.

– Vous allez dîner avec nous?

– Non merci. J'arrêtais juste comme ça, en passant. Colin, j'aurais besoin de vos services.

– Chus votre homme, l'beau-père.

– Je dois me rendre à Joliette, aux ameublements Crépeau, acheter un fauteuil et une petite table roulante pour ranger mes seringues, mes poires à lavement, mes petits instruments de chirurgie. Et comme ces meubles n'entreront pas dans mon auto, ça me prendrait un camion pour les rapporter.

– Amanda et moi, le coupa Charlotte, déçue, nous avions projeté d'aller passer l'après-midi au village chez notre amie Julienne Bruneau.

Charles-Édouard s'en serait voulu de déranger leurs plans.

— Ma Buick est à la porte. Votre mère n'aura qu'à vous y conduire, si votre père accepte de me conduire à Joliette, naturellement.

— Vous avez ben mal choisi votre journée, l'beau-père. Le vent tourbillonne et tord le faîte des arbres, un vrai temps de chien, mais si ça peut me changer les idées, je dis pas non.

— Il faudrait apporter une bâche pour protéger mes meubles.

— Attendez. J'ai une toile qui ferait probablement l'affaire.

Colin frappa deux coups de talon sur le plancher, une façon d'attirer l'attention de Sylvio qui levait les yeux dès qu'il sentait une vibration sous ses pieds. Colin lui fit signe d'approcher. Le sourd-muet présenta son ardoise sur laquelle Colin écrit: *Va chercher la toile jaune qui se trouve sur la petite table à côté des couveuses.*

Charles-Édouard sortit et se hissa sur le siège du passager. Colin déposa la bâche à ses pieds et monta à son tour s'asseoir au volant du camion rouge. La pluie cinglait les vitres rageusement. Chemin faisant, les deux hommes jasèrent de tout et de rien.

— Vous avez connu le jeune Brabant qui s'est suicidé hier?

— Suicidé? Lequel? Les Brabant ont quatre ou cinq garçons.

— Je vous parle du plus jeune. Celui qui a eu un accident aux jambes qui l'a laissé infirme et que le choc a rendu muet. Si ce garçon s'était fait soigner à temps, il n'aurait pas perdu l'usage de ses jambes et il serait encore en vie.

Colin blêmit. Il repensa au jeune voyeur de sa nuit de noces à qui il avait administré une bonne raclée. Il n'en avait jamais entendu parler par la suite. C'était peut-être ce garçon. Se pourrait-il que tout ça fût sa faute ?

— De quelle sorte d'accident vous parlez ?

— Les radiographies montraient des os brisés, mais il y avait plus, des déchirures, des plaies, comme si le garçon avait été battu ou qu'une charrette lui avait passé dessus. Personne n'a pu rien savoir, le garçon en est resté muet. Ses parents sont navrés.

Il y eut un silence pendant lequel Colin ressentit toute la souffrance du jeune homme et celle des Brabant qui venaient de perdre un fils. « Mon Dieu ! pensa-t-il. Et si ce suicide arrivait par ma propre faute ? Maintenant son corps sans vie repose dans une boîte qu'on mènera en terre. »

Colin sentait le besoin de parler avec Sarah, de lui confier ce qu'il venait d'apprendre. Peut-être lui conseille-rait-elle d'aller se dénoncer ?

Il cherchait quelque chose à dire pour alimenter la conversation.

— J'espère que notre sourd-muet fera pas la même bêtise.

— Celui-là, il est une perle pour vous deux.

— Au début, y m'agaçait un peu, mais avec le temps, je me sus habitué à lui. Y a pas à dire, pour travailler, y tra-vaille ben. C'est juste que je me passerais de lui dans ma maison.

Au bout d'un court silence, Colin apprit à son beau-père la grossesse de Sarah et sa joie d'être père une troisième fois, mais le cœur n'y était pas. La mort du jeune Brabant l'obsédait. Il se traitait intérieurement d'assassin. Arriverait-il ensuite à être heureux avec cette mort sur la conscience?

Charles-Édouard se réjouissait à la pensée qu'il serait de nouveau grand-père.

— Félicitations! Cette fois, je vous souhaite un garçon.

— C't'enfant-là sera peut-être notre consolation après le coup bas qu'on vient d'encaisser.

— De quel coup parlez-vous donc?

— Vous savez qu'Amanda et Charlotte se sont mises en tête d'entrer au cloître?

Charles-Édouard savait, et il savait aussi que Colin s'opposait au choix de ses filles et qu'il rendait l'air de sa maison irrespirable. Il ne lui en avait pas soufflé un mot, histoire de ne pas tourner le fer dans la plaie, mais ce jour-là, comme Colin lui en parlait, il se sentit plus à l'aise d'en causer ouvertement.

— Sarah m'a raconté. Félicitations! C'est tout un honneur pour la famille.

— Un honneur! s'exclama Colin, qui écumait de rage et qui en voulait au monde entier. Je suppose que, comme Sarah, vous les encouragez?

— En effet!

Son beau-père achevait de le jeter dans une exaspération folle. Colin lui lança un regard chargé de colère.

– Vous autres, les Beaudry, vous êtes rien que des gens à chichis et à flaflas. Pis vous, vous êtes comme votre Laurentienne qui pétait plus haut que le trou.

Charles-Édouard regarda son gendre comme s'il ne l'avait jamais vu. Colin attaquait sa femme qu'il idéalisait depuis son décès. Une piqûre d'amour-propre le darda au cœur. Face à cette insulte, il bouillait de colère. Il tenait la portière, prêt à descendre.

– Arrêtez tout de suite. J'en ai assez entendu.

Colin pesa plutôt sur l'accélérateur.

Charles-Édouard serra son bras.

– Si vous n'arrêtez pas, je vais sauter.

Charles-Édouard tourna des yeux furieux vers Colin qui n'écoutait rien et qui sentit un besoin irrésistible de lui manifester davantage son mépris. Il cracha près du pied de Charles-Édouard et freina brusquement pour se débarrasser de lui en disant :

– Vous vous trouverez un *truck* ailleurs.

Malheureusement, en arrêtant trop brusquement, son camion fit une embardée et se retrouva hors de la chaussée. Colin tenta de ramener son véhicule sur le chemin, en donnant un bon coup de volant vers la gauche, mais le petit camion rouge fit un tour complet sur lui-même et plongea dans la rivière Ouareau avec un violent fracas de vitres et de ferraille.

* * *

À la maison, Sarah se sentait bien à l'abri des intempéries. Elle écoutait la pluie froide tambouriner sur le toit de tôle et, à la bonne chaleur du poêle à bois, elle savourait son confort. Penchée sur sa planche à laver, elle frottait les pieds de bas quand elle entendit frapper trois coups francs à la porte du salon.

« Qui ça peut bien être ? se dit-elle. Cette porte ne sert qu'à la visite paroissiale. »

Elle s'essuya les mains sur son tablier et s'empressa d'ouvrir. Un policier se tenait devant elle, l'uniforme trempé.

Sarah l'invita à passer à la cuisine. L'homme semblait remué.

— Vous êtes madame Coderre ?

— Oui, dit-elle, étonnée.

— Je suis agent de police. Veuillez vous asseoir, madame, j'ai à vous parler.

« M'asseoir ? pensa Sarah. C'est à moi de décider dans ma propre maison. » Elle resta debout.

— Qu'est-ce que vous me voulez au juste ?

— J'ai une mauvaise nouvelle à vous annoncer. Votre mari a eu un terrible accident au pont des dalles. Son camion a été précipité dans la rivière.

Sarah posa les mains sur son ventre. Une expression de stupeur se peignait sur son visage.

— Pas Colin ! Et papa était avec lui ?

— Malheureusement ! Un témoin prétend avoir reconnu son passager, le docteur Beaudry. Le camion venait tout juste de dépasser son attelage quand il a vu le véhicule faire une embardée et se précipiter dans la rivière.

— Ils s'en sont sortis vivants, j'espère ?

— Avec les dernières pluies, l'eau est très haute. Le corps de votre mari a été trouvé dans la cabine de son camion et l'autre n'a pas été repêché, mais les secouristes sont sur les lieux. Ils ont beau faire tout leur possible…

Sarah blêmit.

— Qu'est-ce que ça signifie, « le corps » ?

Elle s'emporta contre le policier et le secoua par les épaules.

— Dites-moi qu'ils ne sont pas morts ! Je veux savoir.

L'agent, touché de compassion, avait du mal à répondre.

— Le témoin dit avoir vu un homme qui tentait de nager dans les rapides, mais en vain, le courant plus fort que lui le charriait comme une épave. Il l'a vu disparaître, reparaître plus loin, puis être emporté pour de bon. Je suis désolé, madame.

Sarah, doublement éprouvée, tenait sa tête à deux mains. Ses dents claquaient et tout son corps tremblait.

— Pas Colin ! Pas papa ! Dites-moi que ce n'est pas vrai.

— Courage, madame, courage, répéta le policier comme s'il ne savait rien dire d'autre.

Sarah ne l'écoutait pas.

— Conduisez-moi sur les lieux de l'accident que je voie moi-même ce qui en est.

Le policier ne bougea pas.

— Laissez ! Je peux me débrouiller seule, l'auto de mon père est devant la porte.

— Ce serait préférable que vous ne bougiez pas, que vous attendiez des nouvelles ici. Avez-vous de la famille dans le coin ?

Sarah fit non de la tête. Elle venait de conduire ses filles chez Julienne Bruneau, leur copine du couvent. Elle pensa

à Hervé Rochon. Elle pouvait compter sur lui. Il n'hésiterait pas à la conduire sur les lieux de l'accident.

— Il y a Hervé Rochon.

— Il a le téléphone ?

— Oui.

— Je vais l'appeler pour vous.

— Vous n'avez qu'à sonner un grand coup et deux petits,
la manivelle est sur le côté de la boîte téléphonique.

Sarah, les mains sur le ventre, marchait pliée en deux.

Le policier resta sur place en attendant l'arrivée du
voisin. Il invita Sarah à s'asseoir, mais elle refusa.

Hervé entra suivi de sa jeune femme, Laurette.

Sarah s'élança au-devant de lui, comme on s'accroche à
une bouée.

— Hervé, c'est épouvantable !

Puis Sarah, de nouveau pliée en deux, se tut net. Une
autre douleur lancinante traversait son ventre. Elle s'éva-
nouit. Laurette courut à l'évier mouiller une serviette
qu'elle passa sur le visage de Sarah pour la réanimer. Celle-
ci retrouva aussitôt ses esprits. Laurette l'aida à se relever
et la conduisit à la berçante.

— Venez vous asseoir, madame Coderre.

Sarah émit une plainte prolongée.

— Je veux que vous me conduisiez sur les lieux de l'accident, mais attendez un peu, j'ai des crampes dans le
ventre. Ayoye !

Sarah grimaçait et se tordait de douleur sous l'emprise
de crampes insupportables, et chaque contraction lui
amenait les larmes aux yeux.

– Je vais conduire madame à l'hôpital, dit l'agent de police. Montez avec moi, c'est sur mon chemin.

– Pas avant d'avoir vu l'accident. Hervé, mène-moi là-bas.

– Non, madame Sarah, c'est à l'hôpital qu'on va vous conduire.

Hervé et Laurette accompagnèrent Sarah jusqu'à l'hôpital. Tout était gris dans la brume. Tout le long du trajet, la pluie fouettait l'auto, bavait dans les vitres et Sarah grimaçait de douleur en poussant des plaintes mêlées de sanglots.

En approchant du pont des dalles, Sarah s'avança sur le bout de son siège. Elle ne voyait sur les lieux de l'accident que des policiers, des enquêteurs et des curieux qui formaient un ruban le long de la route. Elle ne put voir le camion rouge qui se trouvait en bas dans la rivière.

– Arrêtez! cria-t-elle.

Le policier ignora sa demande.

– Arrêtez, je vous dis!

Mais la voiture fila et Sarah geignit.

Arrivé au centre hospitalier, Hervé aida Sarah à descendre de l'auto et la conduisit à l'intérieur. À l'hôpital Saint-Eusèbe, une infirmière approcha un fauteuil roulant et dirigea Sarah en gynécologie. Deux heures plus tard, l'obstétricien diagnostiqua une fausse-couche de trois mois et demi, un garçon.

Sarah, abasourdie, encaissait un nouveau coup. Trois pertes chères le même jour. C'en était trop. La réaction ne se fit pas attendre. Sarah se débattait, secouée de tremblements.

Le personnel de l'hôpital, médecins, infirmiers et stagiaires, avisés du décès du docteur Beaudry, entouraient sa fille de leur mieux. Le docteur Chagnon, son médecin traitant, s'approcha et serra chaleureusement son poignet.

– Vous avez perdu votre bébé, mais demain vous serez sur pied.

Sarah n'écoutait pas. Son regard fixe ne voyait que l'image de Colin et de son père qui venaient de quitter sa maison et qui, quelques minutes plus tard, n'étaient plus de ce monde.

Le médecin prévint Sarah :

– Vous aurez des pertes pendant trois ou quatre jours, un peu comme vos menstruations, mais si elles deviennent abondantes, n'hésitez pas à consulter de nouveau.

Sarah murmura d'une voix à peine audible :

– Laissez-moi. Je veux mourir.

Le médecin se tourna vers l'infirmière.

– Administrez-lui du valium. Nous allons la garder encore un jour ou deux.

Sitôt l'injection donnée, Sarah s'apaisa. Le lendemain, ses filles la ramenèrent chez elle avec une prescription de narcotiques.

À la maison, Sarah prit son médicament, mais ne lui laissa pas le temps d'agir. Une demi-heure plus tard, elle répéta la posologie, puis elle recommença. Deux heures plus tard, la dose se trouva triplée, et Sarah, assommée.

* * *

Le décès du docteur Beaudry affecta toute la paroisse et celles environnantes. La communauté au complet défilerait devant la dépouille pour rendre un dernier hommage à celui qui avait donné le meilleur de lui-même à ses clients toutes ces années. Comme la petite maison des Beaudry se trouverait trop encombrée, monsieur le maire offrit à la famille d'exposer les deux corps, côte à côte, à la salle municipale.

* * *

Honoré, Évelyne et Clarisse, postés près de la tombe de leur père, recevaient les condoléances. Sarah était absente.

En retrait, les «vertueuses» causaient tout bas derrière leurs mains gantées. Colin décédé, Sarah ne faisait plus partie de leur famille.

— C'est plutôt étrange que la veuve de Colin soit pas là pour recevoir les condoléances. C'est inacceptable! Quand le père et le mari meurent, on se doit d'être là.

— Les filles du docteur ont toujours été bizarres, hein?

* * *

Sarah, intoxiquée, se trouvait clouée au lit. Amanda attendait à son côté avec une robe de deuil à la main tandis que Charlotte tirait le poignet de sa mère pour la faire asseoir, mais elle n'y parvenait pas. Finalement, elle lâcha prise.

— Il n'y a rien à faire. Nous allons la laisser ici. Viens, monsieur Sylvio nous attend dans la voiture.

— Non, insista Amanda. À deux, nous allons y arriver. Plus tard, maman nous reprocherait de ne pas l'avoir emmenée dire adieu à papa.

Les filles glissèrent par-dessus la tête de leur mère une robe noire achetée en vitesse au magasin général. Amanda tentait de chausser Sarah, mais son pied tournait mollement sur sa cheville.

— De grâce, aidez-vous un peu, maman.

Sarah entrouvrit un moment ses yeux vitreux puis les referma. Charlotte coiffa les cheveux de sa mère tant bien que mal ; sa tête amorphe bougeait comme un balancier.

Amanda demanda l'aide de Sylvio. Ils ne seraient pas trop de trois pour hisser sa mère dans la voiture.

Tout le trajet se fit en silence. L'attelage s'arrêta devant la salle paroissiale et, une fois Sarah descendue, les filles la traînèrent péniblement jusqu'à la porte. À l'intérieur, la foule, venue rendre un dernier hommage, s'écarta pour permettre à Sarah et à ses filles l'accès aux tombes.

Après avoir forcé la dose de drogue, un filet de bave coulait de la bouche de Sarah à sa robe. Amanda, mal à l'aise, l'essuya discrètement de son mouchoir, bien consciente qu'elle exposait sa mère à la curiosité publique et aux médisances.

Amanda et Charlotte, les traits tirés, les yeux baissés, se recueillèrent un court moment devant chaque tombe. Sarah, elle, n'eut aucune réaction.

De nouveau, les filles soulevèrent leur mère, chacune sous un bras, la transportèrent jusqu'à la sortie et la juchèrent péniblement dans la voiture.

Une fois à la maison, elles la traînèrent jusqu'à son lit, après quoi, Charlotte se laissa choir sur une chaise et se mit à pleurer. Amanda enchaîna. Il y avait bien sûr la fatigue, mais surtout la peine d'avoir perdu leur père et leur grand-père.

Après avoir pleuré un bon coup, Amanda essuya ses larmes.

— Nous avons fait notre devoir.

— Oui! C'est une épreuve insupportable, ces départs. Et papa est parti en colère contre nous.

— Là où il est, il va mieux comprendre notre choix.

Et les filles se remirent à pleurer à chaudes larmes.

* * *

Le lendemain, après la sortie de la veille, Amanda hésitait à traîner encore une fois sa mère à la messe des funérailles, mais Charlotte insista.

— Ça ne se fait pas. C'est le service de son mari et de son père.

Sarah, soutenue par ses filles, se rendit à l'église sans lever les pieds du sol. La veuve passa tout le temps du service assise dans le deuxième banc d'en avant, les yeux hagards. Près d'elle, ses filles sanglotaient sans bruit.

L'office terminé, le curé s'approcha. En offrant ses condoléances à Sarah, il vit bien que la femme était absente d'esprit. Il s'adressa à Amanda:

— Votre mère est en trop mauvaise condition pour se rendre au cimetière. Monsieur Rochon et sa dame offrent de la reconduire et de demeurer avec elle jusqu'à votre retour à la maison.

Amanda, soulagée, le remercia.

* * *

Au retour des funérailles, Amanda cacha le contenant de barbituriques sur la plus haute tablette du garde-manger. Dès qu'elle eut recouvré ses facultés, Sarah redemanda ses médicaments. Amanda dut mentir en lui laissant croire que le contenant était vide, qu'elle les avait tous ingérés.

— Demande au docteur Chagnon une nouvelle prescription. Téléphone-lui tout de suite.

Le médecin refusa.

— Jetez tout ce qui reste de barbituriques, sinon votre mère va devenir dépendante.

— Elle insiste. Vous ne savez pas ce que c'est, elle crie et pleure.

— C'est non ! Tenez votre bout. Ce sera difficile, mais il le faut. Votre mère doit maintenant faire face à la triste réalité.

— Et si elle se fâche ?

— Tenez bon. Je passerai demain et je lui expliquerai clairement les méfaits de ces médicaments.

Sarah ne pouvait assimiler trois pertes d'un coup. Son père et son mari en terre, elle ne pouvait plus compter sur personne pour partager son malheur. Amanda et Charlotte ne comprendraient pas et puis elles étaient trop jeunes pour qu'elle les afflige avec sa douleur. Sarah n'en pouvait plus de cette souffrance insupportable qui lui brisait le crâne. Elle redemanda des médicaments pour engourdir son malheur, mais ses filles restaient sourdes à ses demandes.

Amanda lui présenta un bouillon de poulet.

— Buvez un peu pour vous soutenir, maman.

Sarah détourna la tête.

— Dis au médecin de m'envoyer des médicaments, les mêmes que la semaine dernière.

— Je lui ai déjà demandé et il a refusé net. Il dit que c'est pour votre bien.

— Mon bien! murmura Sarah, indignée.

— Il va passer vous rendre visite demain.

Sarah se leva et se rendit à la cuisine fouiller dans l'armoire à la recherche de stupéfiants ou de mixtures dont elle sentirait ensuite les effets bienfaisants.

* * *

Sarah passait son temps de la berçante à son lit en fixant le vide. Ses journées n'étaient pas assez longues pour penser et repenser aux trois êtres chers disparus.

À une heure de l'après-midi, on frappa à la porte de côté. Charlotte courut ouvrir.

— Maman, c'est madame Rochon.

— Je ne veux pas la voir. Dis-lui que je ne suis pas en forme. Je veux mes pilules, je sais qu'il en reste.

Madame Rochon s'approcha de Sarah. Elle portait une robe à carreaux rouge sous son manteau vert et, sur la tête, une tuque de laine grise d'où dépassaient des cheveux en broussaille. Elle déposa une bouteille dans la main de Charlotte.

— Tenez, je vous ai apporté du sirop d'érable.

— C'est gentil, madame Rochon.

— Allez, les filles, laissez-nous seules.

Amanda et Charlotte en profitèrent pour filer à leur chambre.

La Rochon colla sa chaise contre celle de Sarah. La douleur avait creusé deux plis amers au coin des lèvres de la veuve. Françoise posa sa grosse main sur le genou de sa voisine.

— Chus venue jeter un coup d'œil pour voir comment vous allez. Racontez-moé, je vous écoute.

Sarah n'avait pas le cœur aux confidences.

— Vous savez tout.

— Oui, mais pas le fond de votre pensée. Dites-moé ce qui vous trotte par la tête en ce moment.

Sarah hésita un moment, puis elle se mit à parler :

— Toute ma vie, je n'ai vécu que pour mon mari et mes enfants et ils me quittent tous, même le bébé que j'attendais comme un cadeau, comme un miracle. Puis plus rien ! Et bientôt, je vais perdre mes filles. C'est à devenir folle !

— Les enfants sont appelés à partir un jour ou l'autre pour se marier ou pour entrer en religion. C'est la vie.

— Ça fait mal, là-dedans, comme si on m'arrachait le cœur et les tripes, terriblement mal.

Sarah posa la main sur son cœur. Elle aurait voulu crier, pleurer, frapper, mais elle en était incapable, ce qui soulevait en elle une révolte d'impuissance.

— Je veux mourir.

— Comme moé au départ de ma petite Marjorie.

— J'en veux au bon Dieu de m'avoir pris mon père, mon mari et mon fils.

— Moi aussi, j'y en ai voulu.

— Vous, il vous restait d'autres enfants, d'autres raisons de vivre.

— Vous avez pas tort, mais c'était Marjorie qui me manquait. Les autres sont tous partis pis je me retrouve seule et inutile, moé itou. Finalement, tout le monde finit seul, pis y faut continuer en traînant notre bagage d'épreuves jusqu'à ce que le bon Dieu décide de nous rappeler à Lui. Mais vous, madame Sarah, vous êtes encore une belle femme. Laissez passer un peu de temps, pis le pire passé, la vie va vous ouvrir les bras de nouveau. Quand on touche le fond du baril, on n'a de choix que de le remonter. Vous avez des choses à terminer sur la terre. Prenez vos filles, par exemple, elles ont encore besoin de leur mère.

— Je ne pense pas comme vous. Elles auront une nouvelle famille là-bas.

— Leur avez-vous seulement demandé si vous êtes d'une quelconque utilité pour elles?

Sarah ne répondit pas.

— Et votre frère, avec son infirmité, est encore plus seul que vous. Qui s'en occupera?

— Clarisse l'a emmené chez elle.

La Rochon questionnait et Sarah répondait par phrases brèves.

Finalement, la femme se leva.

— Je vous laisse, mais je vais revenir et, cette fois, j'veux vous voir en forme.

Sarah reconduisit la Rochon à la porte et la remercia de sa visite.

XVI

Sarah ne riait plus, ne chantait plus. Elle préparait le trousseau des filles : de grands jupons, deux longues robes noires, des bas noirs également, des souliers, des serviettes hygiéniques en tissu lavable, et pendant tout ce temps, elle comptait les jours qu'il lui restait à partager avec ses filles.

Ce beau matin du 16 août, Amanda et Charlotte se levèrent, tout excitées.

— Maman, c'est aujourd'hui le grand jour. Appelez un taxi.

— Fais-le toi-même, Amanda.

Sarah se sentait coupable de laisser partir ses filles, de ne tenter aucun effort pour les retenir, mais elle s'en serait voulu d'aller à l'encontre de leur vocation !

Dix minutes plus tard, Léon Thériault attendait devant la porte au volant de son long taxi noir. Sarah sortit de la maison derrière Amanda et Charlotte qui portaient chacune une valise légère. Durant tout le trajet, un silence de mort régnait, mais peu avant d'arriver à destination, Charlotte chuchota à l'oreille de sa sœur :

— C'est loin du monde, hein ?

Amanda lui donna un léger coup de coude dans le côté pour la faire taire.

Déjà, leur mère ne savait que leur dire, si ce n'était pour les dissuader, ce qu'elle s'interdisait. Elle avait le cœur gros et les filles s'en rendaient compte. Elles n'osaient exprimer devant leur mère la joie et la hâte que ce chemin vers le Cœur de Jésus leur mettait dans l'âme.

Arrivées au monastère de Saint-Hyacinthe, Sarah embrassa ses filles sur le pas de la porte, mais Amanda tira sa main et l'invita à entrer.

– Venez, maman. Toutes les familles sont déjà là.

La porte s'ouvrit et une religieuse les accueillit. Dans le vestibule sombre, Amanda et Charlotte s'agenouillèrent devant une deuxième porte sur laquelle était dessiné un grand cœur rouge et où était écrit : *Vive le sang de Jésus.*

Sarah regardait ses filles agenouillées devant ce cœur. Elles répétaient une courte prière que la sœur récitait. Puis cette porte s'ouvrit, laissant échapper une odeur d'encens, et les filles disparurent comme deux petites orphelines placées pour l'adoption. Et si elle allait oublier leur visage? Et Amanda et Charlotte, celui de leur mère?

On conduisit les parents au parloir en attendant le retour de leurs filles. Dans cette grande pièce flottait une odeur de plancher frais ciré. On entendait des causeries, des rires et des pleurs. Sarah, assise à l'écart, garda les yeux baissés sur ses mains croisées. Elle ne voulait parler à personne. Au bout d'un moment, une religieuse réclama l'attention des visiteurs.

Les petites moniales apparurent, vêtues de blanc, les yeux brillants sous leur voile léger et, à leur cou, un scapulaire décoré d'un cœur de sang. Cette procession était très émouvante. On eût dit des anges descendus du ciel. L'abbesse nommait chacune par un nouveau nom qu'on leur avait désigné. Amanda et Charlotte devenaient sœur

Thérèse et sœur Marguerite. Sarah bouillait de colère. On débaptisait ses filles, tout pour couper les liens familiaux. Dès lors, les parents n'avaient plus le droit de les toucher ni de les embrasser. À l'avenir, ils ne verraient leurs filles que derrière des barreaux. On n'entendait plus que des sanglots. Les parents se retirèrent les uns après les autres, rapportant les petites valises vides. Sarah sentait tout le poids de la séparation. Amanda, sa petite débrouillarde, sérieuse et travaillante, et Charlotte, une fillette pleine d'entrain et de rires, ne lui appartenaient plus.

— Maintenant, vous n'avez plus besoin de moi, dit-elle. Vous m'écrirez.

Les filles en déduisirent qu'elles ne reverraient jamais leur mère. La grosse porte du cloître se referma derrière elle avec un bruit sourd. Sarah n'en pouvait plus de ces déchirements et pourtant, une fois à l'extérieur, elle avait du mal à quitter les lieux.

On enfermait ses petites filles comme on enfermait les fous.

Sarah retourna chez elle le cœur vide. Le sacrifice de ses filles était un déchirement inhumain. Elle se reprochait de ne pas avoir été plus attentive. Avait-elle pris le temps d'écouter ses enfants, de leur donner un peu d'affection avec toutes les charges et les responsabilités qui lui incombaient ? Pourtant, elle les adorait. Ses filles s'étaient élevées seules pendant qu'elle s'occupait de ses poulets. Au couvent, Malvina, sa belle-sœur religieuse, avait su s'en occuper mieux qu'elle et, en fin de compte, elle les avait gagnées à l'Amour divin, au renoncement des plaisirs de la vie.

* * *

Sarah entra dans sa grande maison, plus seule que jamais. Elle se rendit à la chambre des filles et, de sa main, caressa les lits d'Amanda et de Charlotte, des lits encore tout chauds de leur présence. La poupée n'était plus sur l'oreiller. Charlotte devait s'en être débarrassée, comme du reste, comme sa corde à danser et son ballon dont elle avait fait cadeau à ses cousines. Il ne restait qu'une ceinture qui traînait sur le dossier de la chaise basse. Sarah ouvrit la penderie et toucha les petites robes en prenant tout son temps, puis elle se demanda ce qu'elle faisait là, à chercher la présence de ses filles, ça n'avait pas de sens. C'était comme s'attendre à ce que les pierres crient. Après tout, si la vie religieuse était leur vocation, elle devait se résigner à ne plus les voir rôder dans la maison. Mais c'était si difficile.

Elle descendit à la cuisine où plus personne des siens ne viendrait. C'était comme si son cerveau, trop plein de tant de malheurs, allait éclater. En l'espace de quelques mois, les départs s'additionnaient : son père et son mari en terre, ses filles au cloître et son petit garçon à peine formé, déposé dans une boîte sur la tombe de Colin. C'en était trop. Si seulement son fils était né à terme, il aurait pu être sa raison de vivre, et combler ce vide immense. Elle se rappelait cette femme que son mari avait avortée à l'aide d'une fourchette. Dire que des parents se débarrassaient de leurs enfants quand elle ne vivait que pour serrer les siens dans ses bras! La vie la malmenait, lui arrachait tous ses êtres chers et il ne lui restait personne à qui s'accrocher. Aujourd'hui, les siens partis, elle n'attendait plus rien de la vie. Elle ne savait plus quoi faire. Elle s'assit dans la berçante et ne bougea plus.

Les semaines qui suivirent, elle erra comme une âme en peine et, dans son désert de solitude, elle se parlait à elle-même. Elle passait des journées complètes dans la berçante, en robe de nuit, menant une existence insipide, sans sentiments, sans pleurs, sans rires. Elle négligeait même de répondre aux lettres de ses petites moniales. Qu'aurait-elle eu à leur écrire? Les mondanités ne les intéressaient pas, tout un monde les séparait. Elle n'avait plus qu'à réchauffer son corps glacé par les départs répétés.

* * *

Dans le trois arpents, Sylvio se pressait d'empaler cinq pieds de tabac dans chacune des longues lattes de bois. Ce travail éreintant exigeait de se pencher et de se redresser continuellement. Ensuite, il chargeait les lourdes lattes dans la charrette pour aller les pendre aux écoperches dans le séchoir. C'était beaucoup de travail pour un homme seul. Hervé Rochon lui avait conseillé d'échanger du temps avec les voisins, comme plusieurs le faisaient, mais Sylvio refusait. Comment aurait-il pu avec le couvoir qui exigeait de lui une présence presque constante? Heureusement, année après année, le tabac lui rapportait un joli montant qu'il déposait à la banque.

Sarah continuait d'accumuler les revenus de ses incubations, mais encore fallait-il que les cultivateurs insistent pour lui faire produire de nouvelles couvées. Si Sylvio n'avait pas été là pour la seconder, elle aurait cessé les couvaisons. Plus rien ne l'intéressait. Maintenant, c'était lui seul qui dirigeait le commerce et la ferme.

Le soir, son train terminé, Sylvio entrait dans une maison morte.

Sarah semblait dans un autre monde, le regard absent, elle vivait comme dans une bulle.

Après le souper, elle s'installait à la table de cuisine devant de grandes pages blanches. Après avoir écrit à ses filles qu'elle les aimait et qu'elle s'ennuyait, elle ne trouvait plus rien à leur écrire, comme si le fil conducteur s'était brisé avec leur départ. Elle restait là de longs moments devant la plume et l'encrier, à ruminer son chagrin. Elle n'osait pas les supplier de revenir à la maison, ç'aurait été pour rien. Elles avaient choisi le monastère. Elle cacheta l'enveloppe plate. Elle se leva de sa chaise et, après quelques pas, elle se rassit sur une autre, ne sachant plus où aller.

* * *

Un jour, sur le conseil de madame Rochon, Sarah somma Sylvio de fabriquer une pancarte et d'y peindre en rouge : « Terre à vendre ». Sylvio figea. Il était comme chez lui sur cette ferme et voilà que Sarah bouleversait sa vie. Cet endroit lui était cher et entre-temps sa mère était décédée. Où irait-il aboutir ? Chez les Coderre, il n'avait jamais manqué le train du matin ou du soir. Il était consciencieux et fiable. Pourquoi madame voulait-elle vendre quand tout allait comme sur des roulettes ? Enfin presque. Les commandes étaient négligées et madame Sarah passait beaucoup de temps à se bercer, le visage fermé, les yeux dans le vide. La vie n'était pas rose pour elle. Mais lui s'en contentait. Où trouverait-il un autre travail? Ici, il était bien, personne ne le commandait. Il déboutonna sa veste et l'accrocha au clou.

Si jamais la terre se vendait, il perdrait ses privilèges et il se retrouverait devant rien. Il lui faudrait vivre de ses placements et ceux-ci n'étaient pas suffisants. Sylvio hésitait, remettait à plus tard. Avec le temps, madame oublierait peut-être. Elle oubliait tout, comme la cheminée qui avait besoin d'être ramonée de ses dépôts de suie. Le poêle enfumait la cuisine et madame Sarah ne réagissait pas.

* * *

Trois mois plus tard, Sarah reprit la petite ardoise et reformula sa demande.

On était en décembre. Qui donc achèterait une ferme en hiver alors que la terre, ensevelie sous trois pieds de neige, ne produisait pas? On achète une ferme au printemps, au temps des semences, des plantations.

À son tour, Sylvio écrivit: *La saison ne se prête pas à la vente, c'est un temps mort.*

Sarah restait fermée comme une huître. Sylvio dut se soumettre à sa volonté. Il planta l'écriteau sur le bord du chemin en se disant que le futur propriétaire le garderait assurément à son service, puisque lui seul connaissait la bonne marche du couvoir.

La vie continuait et personne ne semblait faire de cas de la petite pancarte plantée sur le bord du fossé, toutefois, Sylvio ne dormait pas tranquille. Le curé lui avait parlé du prêt agricole, un crédit subventionné par le gouvernement pour encourager les jeunes à s'établir sur des fermes et que l'emprunteur devait se charger de rembourser selon des modalités déterminées. Cependant, il hésitait. Il n'était pas fils de cultivateur. C'était sa première expérience sur une ferme et même s'il abattait tout le travail seul, c'était madame Sarah qui tenait les livres.

Sylvio se mit à penser que quoi qu'il advienne, les acheteurs potentiels ne pourraient se passer de lui.

* * *

Sarah et Sylvio achevaient de dîner quand une auto passa très lentement sur le chemin. Elle fit demi-tour chez Hervé Rochon pour au retour s'engager dans la cour des Coderre. Un homme et une femme encore jeunes en descendirent.

Sylvio leur fit signe de le suivre et conduisit le couple jusqu'à Sarah.

— Nous avons vu la pancarte et nous sommes venus prendre quelques renseignements.

Sarah sortit la petite ardoise d'école et une craie blanche qu'elle poussa vers Sylvio et se retira dans sa chambre. Elle s'en remettait entièrement à lui.

Toutes les informations se donnèrent par écrit. L'ardoise passait de main en main. Le sourd-muet invita ensuite le couple à visiter la grange et les dépendances. Il écrivit :

— *Il y a trop de neige pour marcher la terre sur toute sa longueur, jusqu'au bois. Vous reviendrez au printemps.*

L'homme écrivit à son tour :

— *Ce ne sera pas nécessaire, je connais déjà le fond de terre des fermes voisines.*

Au retour, Sylvio conduisit le couple au couvoir. Avant d'expliquer la bonne marche des couveuses, il s'informa à savoir si les futurs propriétaires auraient besoin de ses services. L'homme répondit qu'il n'était pas intéressé par le couvoir ni par le commerce des œufs. Sylvio, déçu, ne força pas la note. Après leur départ, il apprit à Sarah que le couple n'était pas intéressé au couvoir. Sarah ne dit rien.

Deux semaines plus tard, le même couple revint avec une offre d'achat. Sylvio rentrait du poulailler. Il se mit à secouer le bras de Sarah avec sa petite ardoise où il avait inscrit : « *Quel est le montant de l'offre ?* » Sylvio, voyant le prix de six mille huit cents dollars que madame Sarah allait accepter, écrivit : *Moi, je vous offre sept mille dollars.*

Sarah ajouta une condition à la vente : l'acheteur devrait livrer chaque mois vingt douzaines d'œufs à l'abbaye de Saint-Hyacinthe.

Les visiteurs, déçus, remontèrent dans leur auto en maudissant le sourd-muet.

Après leur départ, Sylvio réalisa qu'il s'était lancé sans trop réfléchir dans cette transaction, lui qui ne connaissait rien au financement d'une entreprise.

Il ne ferma pas l'œil de la nuit.

* * *

La ferme vendue, Sarah décida de se retirer au village, dans la maison de son père. Elle laissait ses gros meubles à

Sylvio, sauf son lit et le guéridon en merisier, un cadeau de noce de madame notaire. Le jour du déménagement, elle déposait ses objets personnels dans des boîtes de carton quand elle aperçut la fameuse bague de Réjeanne oubliée au fond d'un tiroir. Sarah se demandait ce qu'elle pourrait faire de ce bijou. Elle commencerait par le faire évaluer.

Après le repas du midi, elle appela un taxi pour la conduire à Joliette.

Arrivée sur les lieux, Sarah prit tout son temps. Plus personne ne l'attendait à la maison. Elle s'engagea sur un court trottoir qui menait à la bijouterie et s'attarda un bon moment devant la vitrine où étaient exposés horloges, boucles d'oreille, joncs, bracelets, breloques, broches, bagues, pendeloques, médaillons, tous plus étincelants les uns que les autres.

Sarah ne connaissait rien aux bijoux, mais elle remarqua parmi la variété de diamants qu'aucun n'était aussi imposant que celui de Réjeanne.

Elle poussa la porte et la cloche tinta deux coups. Le joaillier s'approcha.

— Madame ! Je peux vous être utile ?

Sarah sortit la bague de son écrin.

— C'est pour une évaluation.

Le bijoutier porta un œil connaisseur au bijou dont la forme octogonale faisait penser à une fleur. Qui était cette dame pour posséder une pareille pierre ?

Il lui jeta un regard incrédule puis il ajusta un lorgnon qu'il tenait à la main. Il déposa la bague sur une petite balance de précision.

– C'est un cadeau?

– Oui, monsieur.

– Un cadeau d'une grande valeur, certes un bijou de famille transmis d'une génération à l'autre?

– Non.

– Alors, la personne qui vous l'a donné doit avoir une grande estime pour vous.

– En effet! C'est mon mari. Il est décédé et maintenant, ce bijou ne représente plus rien pour moi. Vous l'évaluez à combien environ?

– C'est un diamant d'une grande valeur, madame. Plus que vous ne pensez.

– Combien?

– Entre deux mille et deux mille deux cents dollars.

– Vous ne vous trompez pas?

Sarah pensa à la somme d'argent qui traînait au fond d'un tiroir depuis des années.

– Il est à vendre, dit-elle.

– Comme je ne garde aucun bijou de cette valeur dans mon commerce, je vous conseillerais de vous adresser à une bijouterie de Montréal.

– Vous pouvez le faire pour moi?

– Si vous n'y voyez pas d'inconvénient, laissez-le-moi et j'en parlerai à mon fournisseur. Je me dois cependant de vous charger une assurance en cas de vol ou de feu.

– Ça va.

– Repassez me voir dans un mois.

Sarah remercia et quitta le commerce. Sur le chemin du retour, elle se demandait ce qu'elle ferait de cet argent du diable.

* * *

Le ciel d'un bleu uni invitait aux sorties.

Sarah se rendit chez Françoise Rochon avec qui elle restait liée d'amitié. Celle-ci l'avait toujours bien conseillée.

Ses enfants partis, la Rochon était seule dans sa maison. En entendant frapper, elle laissa son occupation et courut ouvrir.

— Ah ben, de la grande visite !

Lorsque la porte fut refermée, Sarah jeta un regard rapide autour d'elle.

La maison n'était pas plus à l'ordre qu'autrefois. De grandes boîtes, remplies de jeunes plants d'un beau vert tendre, encombraient la table. Des choux, des tomates et des laitues pommées levaient précocement et, autour, un peu de terre noire salissait la table.

— Vous faites encore des semis ?

— Hé oui ! Je sais pus m'arrêter. À chaque printemps, c'est toujours pareil, le mal me reprend. Et pis, y faut ben que je m'occupe. Regardez-moé ces belles pousses.

— Vous en avez, de l'énergie.

Tout en parlant, Sarah s'assit de travers sur une chaise de paille, les pieds sur le tapis crocheté.

Devant elle, Françoise Rochon essuyait ses doigts terreux sur son tablier de toile avant de prendre le manteau de Sarah, mais celle-ci refusa.

— Non, je ne serai pas longtemps.

— Si vous voulez jaser, prenez la berçante, vous y serez plus à l'aise.

Françoise Rochon déposa une tasse de café dans la main de Sarah et y ajouta une cuillerée de sucre. Puis elle secoua son menton.

— Qu'est-ce qui pèse si lourd dans votre caboche pour qu'elle penche sur le côté, vous qui aviez un maintien si fier ?

— Vous le savez, ma vie est comme un long calvaire dont je ne vois pas la fin.

— Bon sang ! Secouez-vous, sinon ça finira par vous tuer.

— Comme si je pouvais !

Françoise Rochon se leva et bourra le poêle de bois sec ; pourtant, on suffoquait dans la pièce. Sarah laissa glisser son manteau sur ses reins.

— Encore une fois, je viens vous demander votre opinion. Par le passé, vous avez toujours été de bon conseil.

— Chus ben mal placée pour vous dire quoi faire.

— Je pense tout le contraire. Dites-moi seulement ce que vous feriez à ma place.

Sarah lui raconta l'histoire de la bague, de son origine et de son prix exorbitant.

Françoise Rochon en restait abasourdie.

— Tant d'argent ! Si au moins on pouvait acheter le bonheur avec ça !

— Moi, je pense comme la mère de cette Réjeanne que c'est l'argent du péché et je n'en veux pas.

— Faites-en don à vos filles et demandez-leur de prier pour le repos de l'âme de cette Réjeanne.

— Elles n'ont pas à savoir que cette prostituée et Colin vivaient dans la promiscuité. Ce serait risquer de salir l'image qu'elles conservent de leur père.

Sarah se souvint du jour où ses filles avaient demandé à leur père de payer une dot pour être promues sœurs de chœur et que ce dernier avait refusé catégoriquement. Elle partagea cette idée avec madame Rochon.

– Comment le faire sans leur dire la provenance de cette somme? Cette démarche ne me plaît pas du tout.

– Vous avez qu'à passer par monsieur le curé ou le notaire qui s'en chargera à votre place. Y peut leur demander de prier pour le donateur, sans le nommer. Pis dites-y surtout pas d'où vient cette bague.

– Puisqu'il le faut! Je vais penser à tout ça à tête reposée. D'abord, je n'ai rien d'autre à faire.

Sarah se leva et les femmes se séparèrent sur un simple bonjour.

Françoise Rochon, déconcertée, la regarda s'en aller. Elle passa une main sur son front et ne put retenir un long soupir. Pas une fois, pendant leur entretien, Sarah n'avait souri.

* * *

Sylvio, assis dans la charrette, attendait madame Sarah pour la conduire dans sa nouvelle demeure.

Sarah fermait la porte sur les belles et les mauvaises années. Elle n'éprouvait aucun plaisir à revenir sur les lieux de sa jeunesse. Le seul avantage était de se rapprocher de l'église.

Elle entra dans la bicoque vide, plus seule que jamais. Les pièces fermées gardaient une odeur de moisi et le piano, une odeur de camphre. Sarah n'aéra pas, comme si son bonheur, sa santé, sa vie n'en valaient plus la peine. Avec le temps, les murs blancs étaient devenus jaunâtres, mais c'était comme si Sarah ne voyait ni ne sentait rien.

Elle déposa ses effets dans la cuisine et s'assit au bout de la table, la tête dans les mains. Plus rien ne l'intéressait depuis le départ des siens. Sa vie était comme un long chemin sans issue.

Une bouteille de cognac à moitié pleine reposait sur le guéridon. Sarah la regardait de travers. Cette boisson lui rappelait ses années de jeunesse avec une mère à moitié ivre, absente d'esprit. Peut-être sa pauvre mère avait-elle eu un malaise à endormir et que l'alcool l'aidait à supporter son mal de vivre? Et si elle-même retrouvait les bons effets des médicaments prescrits à la mort de Colin? Elle se versa à boire une grande rasade et avala une bonne gorgée. Une chaleur intense brûla son gosier. Elle échappa tout haut un «pouah!» et, de sa main libre, elle ventila sa bouche grande ouverte. Elle aurait dû y aller plus mollo. Elle recommença, plus doucement, puis encore et encore et, comme sa mère, l'esprit engourdi, Sarah s'allongea sur le divan et s'endormit. Le lendemain, elle se réveilla avec un violent mal de tête. Elle fouilla dans les produits pharmaceutiques de son père à la recherche d'un analgésique.

* * *

Les mois avançaient à pas de poule. Sarah sortait peu. Après la messe, elle errait sur le trottoir de bois, mais sa promenade ne durait jamais longtemps.

Elle vivait un présent insipide en espérant disparaître au plus tôt. Quand la solitude lui pesait trop, elle se versait un verre, puis un autre, et ce, jusqu'à s'enivrer. Comme elle était toujours seule, elle buvait en pleine liberté.

Le mois suivant, à la grand-messe, Sarah écoutait le curé publier les bans :

— Il y a promesse de mariage entre Sylvio Desrochers, cultivateur de cette paroisse, et Lucie Forest, de cette paroisse également. Si quelqu'un connaît un empêchement à ce mariage, il est prié de nous en aviser au plus tôt.

Sylvio et Lucie allaient enfin unir leur destinée.

Sarah imaginait Sylvio et Lucie dans sa cuisine. Le bon Sylvio qu'elle considérait un peu comme un membre de sa famille. Aujourd'hui, c'était à son tour d'être heureux ; le bonheur est si éphémère. Si elle n'avait pas perdu son fils, c'est lui qui aurait pris la relève sur la ferme, mais les disparus ne reviennent pas.

À la sortie de la messe, les grandes langues allaient bon train sur le perron de l'église. La Riopel confiait à la Durocher :

— Depuis toutes ces années que le sourd-muet allait la voir au salon, y était ben temps qu'y convolent ceux-là. Monsieur le curé a beau condamner les fréquentations trop longues, c'est ben pour rien, les jeunes écoutent pas.

— En tout cas, moé, si c'était ma fille, j'la laisserais pas marier un sourd-muet. Allez savoir quelle sorte d'enfants y peuvent avoir.

La Rochon, qui entendit leurs commérages, leur lança un regard furieux.

– Depuis quand on se mêle des affaires des autres ? Hein ! Depuis quand ?

La Durocher mit la main devant sa bouche et chuchota à l'oreille de la Riopel :

– De quoi elle se mêle, celle-là ? J'y parlais pas, à elle.

XXVII

À l'abbaye, Amanda exécutait humblement les tâches ingrates qui lui incombaient et elle offrait son travail au Cœur de Jésus. Pour Charlotte, c'était différent, elle n'était pas heureuse. Elle cherchait par tous les moyens à se confier à Amanda, mais parler à sa sœur en privé n'était pas facile ; les moniales n'avaient le droit d'échanger entre elles qu'aux récréations et toujours sous l'œil vigilant de la coadjutrice.

Six longs mois s'étaient écoulés depuis leur entrée au cloître et pour la première fois, les moniales avaient droit de visite. On appelait les petites postulantes les unes après les autres. À chaque appel, Amanda et Charlotte se regardaient. Elles ne parlaient pas, mais elles n'en pensaient pas moins la même chose : leur mère ne viendrait pas, elle ne répondait même pas à leurs lettres.

Assises dans la salle de communauté, à la clarté du jour, elles brodaient une longue chasuble blanche quand une moniale vint les inviter au parloir. Quelle ne fut pas leur surprise de voir leur mère avec tante Évelyne et leurs cousins, Michel et Ludovic, deux grands adolescents rieurs qu'elles aimaient bien. Amanda et Charlotte se placèrent côte à côte devant une même ouverture qui ressemblait au guichet d'une porte de prison. Devant elles, ils étaient quatre rassemblés devant la petite grille à barreaux verticaux. Pour les visiteurs placés en biais, il était impossible de voir les moniales, les lattes cachaient les visages. Sarah, placée vis-à-vis, ne se lassait pas de regarder ses filles, comme si elle craignait d'oublier leur visage. Elle se demandait ce qu'elle pourrait leur dire qui captiverait leur intérêt. Leur apprendre qu'elle avait vendu la terre? Elle se demandait si cette nouvelle les intéresserait, ses filles vivaient en dehors des choses matérielles. Sarah ne pensait qu'au bonheur de les serrer dans ses bras, mais c'était impossible, un mur les séparait. Évelyne causait avec Amanda de la nouvelle vie de Sabrina dont le jeune mari cherchait un travail. Elle lui demanda de prier pour eux. Sarah se rangea vers la gauche, mais le fait d'être postée en biais l'empêchait de bien voir. Toutefois, ses filles étaient tout près et elle entendait leur voix. À son tour, Michel prit place devant les barreaux et, tout en causant, il tenta d'écarter de toutes ses forces les barres de métal nuisibles, comme s'il leur en voulait de servir de barrière entre lui et ses cousines. Charlotte les voyait plier.

— Tu es partie parce que tu ne nous aimes plus, Charlotte?

— Je suis sœur Marguerite.

— Tu nous punis pour les fois où nous t'avons tiré les cheveux?

Charlotte se laissait attendrir.

— Mais non! Toutes ces diableries de gamins sont oubliées.

— Tu m'as pardonné?

— Je me souviens seulement des bons moments, comme quand nous allions cueillir des fraises sur la levée de fossé et quand nous montions au village dans la boîte du camion rouge et que nous chantions à tue-tête: «Le chauffeur, pesez donc sur le gaz, ça marche pas!»

— Et notre petit orchestre avec piano, guitare et violons? Ça me manque depuis que vous n'êtes plus là, Amanda et toi.

Charlotte sourit à ce souvenir. Était-elle heureuse dans ce cloître?

Le garçon ne savait plus trop quoi lui dire.

— Tu vois, j'ai laissé pousser ma barbe pour cacher mon petit trou au menton, comme le tien ici.

Il allait toucher le visage de Charlotte mais le grillage bloqua son geste.

— Ces fossettes sont la marque de commerce des Beaudry.

Michel sourit.

— Toujours aussi amusante, la Charlotte!

— Mon nom est sœur Marguerite.

Ludovic, placé en biais, cherchait à mieux voir ses cousines, mais les barreaux l'en empêchaient. Il poussa Michel jusqu'à prendre sa place bien en face de Charlotte. Il voulait savoir ce qui attirait ses cousines à vivre cloîtrées.

— Vous aimez ça ici?

— Oui! s'exclama Amanda joyeuse.

— Et toi, Charlotte? T'étais pourtant une fille intelligente et vive!

Ludovic s'entêtait, c'était visible.

— Je le suis encore.

— Je respecte ton choix si c'est toi seule qui l'as décidé.

La petite moniale était mal à l'aise. La surveillante pouvait l'entendre et Ludovic, tout comme son frère, écartait les barres de métal que les cousines voyaient plier légèrement sous la robustesse de ses mains. Charlotte détourna la vue et murmura à l'oreille d'Amanda :

— Je vais être punie pour ça.

Sarah, qui tendait l'oreille, était sidérée. Elle se glissa devant Ludovic et demanda à Charlotte sur le ton du secret :

— Quelle sorte de punition va-t-on t'infliger ?

Charlotte ne répondit pas.

La coadjutrice se tenait derrière les moniales et surveillait étroitement les conversations.

Sarah s'inquiétait de savoir si ses filles mangeaient à leur faim.

— Vous recevez toujours les vingt douzaines d'œufs que j'envoie chaque mois à la communauté ?

— Je ne sais pas de quoi vous parlez.

Ses filles ne savaient pas, mais tout ça n'était pas grave, tant que ses filles ne manquaient pas de nourriture. Sarah s'inquiétait surtout pour Charlotte qui risquait d'être punie. Elle ne pouvait recevoir ses confidences ni au parloir ni par courrier. Toutes les lettres qui entraient et sortaient du cloître étaient lues par l'abbesse avant d'être remises aux moniales.

La surveillante vint mettre fin à leur rencontre.

— Sœur Marguerite, cédez le carreau à vos compagnes.

— Merci, ma mère.

Sarah bouillait. « Merci, ma mère ? se répétait-elle dans son âme blessée. C'est moi, Sarah Beaudry, qui est leur seule et unique mère, celle qui leur a donné la vie. » C'était comme un rapt d'enfants. On écartait de ses filles tout lien familial, toute attache. On changeait même leur prénom.

Sa petite Charlotte allait être punie et elle n'avait rien à se reprocher. C'était le comble. Sarah s'envenimait et, comme une lionne prête à défendre ses lionceaux, elle sentait le besoin de crier, de rugir. Elle alla s'asseoir un moment au fond du parloir, le temps de laisser retomber la vapeur. Elle devait maîtriser ses émotions, sinon ses filles paieraient pour et on pourrait ensuite leur interdire toute visite.

La coadjutrice lui demanda de s'approcher d'un carreau tournant. Sarah approcha.

La moniale déposa un sac et fit faire demi-tour au carreau.

– Tenez! Sœur Marguerite n'a pas la permission de garder cet objet ici.

Sarah fouilla à l'intérieur. C'était la chère poupée défraîchie de Charlotte, passée de mère en fille et si précieuse. C'était le seul lien qui, dans ce cloître, rattachait Charlotte à son enfance.

Sarah se souvenait avoir observé Charlotte quelques années plus tôt (il lui semblait que c'était hier) : la fillette était toute tendresse pour sa poupée qu'elle déposait délicatement dans le landau qui les avait promenées, sa sœur et elle, enfants. Dans le temps, Sarah, en la voyant faire, l'avait imaginée avec des enfants et elle avait pensé : «Celle-là aura la fibre maternelle.» Toutes ces réflexions défilaient dans sa tête à la vitesse de l'éclair.

Maintenant, en reprenant la poupée, Sarah avait l'impression d'emporter une partie de son enfance et elle sentait une révolte dans son âme.

Elle porta instinctivement la main devant la bouche pour retenir une réflexion qu'elle pourrait ensuite regretter.

Déjà, la coadjutrice n'était plus là. L'âme arrachée, Sarah ne se pressait plus, elle vacillait sur ses jambes avec un petit grelottement de frileuse. Elle monta dans la voiture, tenant le précieux sac sur son cœur lourd. Une fois bien assise sur la banquette, elle sortit la poupée répudiée de sa cachette et la serra dans ses bras. Il lui semblait étreindre sa petite Charlotte.

Elle aurait voulu ramener ses filles à la maison, les consoler, les bercer et leur dire comme elle les aimait, qu'elle ne pouvait se passer d'elles, enfin, toutes ces choses qu'elle ne leur avait jamais dites et qu'elle refoulait au tréfonds de son âme. Pourquoi ne s'était-elle pas opposée à leur départ dès le début? Et puis non, cela aurait été pour rien, les filles lui en auraient voulu.

* * *

Aux récréations, les filles se parlaient mais sans échanger de confidences. Amanda écrivit un billet à sa sœur.

Tu m'as dit que tu voulais quitter le monastère. Écris-moi la raison et cache la lettre derrière le calorifère du réfectoire. Et surtout, ne signe pas ton nom; je saurai qu'elle vient de toi. Je te répondrai de la même façon.

Le soir venu, Charlotte répondit à Amanda:

Je n'en peux plus de cette vie à servir les sœurs de chœur qui lèvent le nez sur les sœurs converses et à supporter des reproches non mérités. Je veux retourner à la maison.

Amanda, assignée au ménage du réfectoire, glissa sa lettre dans la manche de sa robe, mais la petite feuille glissa sur le sol au moment même où la coadjutrice entrait.

– Sœur Thérèse, donnez-moi ce papier.

Amanda le lui tendit et la religieuse disparut avec le billet avant qu'Amanda ne puisse en prendre connaissance. Quelques minutes plus tard la responsable des moniales revenait.

– De qui est ce message?

– De ma sœur.

– Vous êtes toutes des sœurs ici! De qui vient ce message?

– De Charlotte.

– Il n'y a pas de sœur Charlotte dans cette abbaye.

– Pardon, ma mère! De sœur Marguerite.

– Tâchez de vous en rappeler.

La coadjutrice disparut. Amanda entendait ses petits pas résonner dans le corridor.

Le même soir, Amanda écrivit à Charlotte:

L'adjointe de mère abbesse a découvert le petit mot que tu m'as envoyé avant que j'aie le temps de le lire. Fort heureusement, elle ne connaît pas notre cachette. Confie-toi à ton directeur de conscience. Et s'il te plaît, détruis ce papier immédiatement.

Le lendemain, Amanda déposa le message derrière le calorifère.

* * *

Agenouillée au confessionnal, Charlotte confia à l'aumônier de l'abbaye son intention de quitter le monastère.

– Quelle raison vous pousse à abandonner cet endroit que vous avez choisi de votre propre gré?

– C'est très différent de ce à quoi je m'attendais. Je suis venue dans l'intention de prier jour et nuit, mais comme je n'ai pas apporté de dot, je ne peux être promue sœur de chœur. Je suis sœur tourière, donc reléguée aux commissions à l'extérieur. Comme il reste beaucoup de temps libre, on m'impose les tâches les plus ingrates comme lessiver les planchers, laver les toilettes.

– Donnez-vous encore du temps pour y penser très sérieusement et si, après mûre réflexion, vous en êtes toujours au même point, revenez m'en parler. D'ici là, priez et demandez l'aide du Cœur de Jésus. Allez en paix.

* * *

Quinze jours après la confession de Charlotte, l'abbesse la fit demander à son bureau. La petite moniale, agenouillée devant son seau à plancher, prit un air étonné. Il devait s'agir d'une chose très importante pour que la supérieure l'invite à passer à son office, elle, une sœur tourière. La grosse sœur converse qui lui avait fait le message lui jeta un regard plein d'indulgence et se hâta dans le corridor en faisant sonner son trousseau de clés.

Charlotte déposa son torchon sur le rebord de sa chaudière, essuya ses mains sur son long tablier qu'elle enleva pour se présenter convenablement devant sa supérieure. Elle descendit l'escalier avec une appréhension d'être prise en défaut, comme cette fois où on lui avait reproché sa relation privilégiée avec Amanda, sa sœur de sang. Maintenant, la mère abbesse allait sans doute la réprimander au sujet des barreaux forcés ou encore du message passé clandestinement à Amanda. Cette entorse au règlement n'avait jamais eu de suite et c'était impensable que l'abbesse puisse passer l'éponge sur un fait d'une aussi grande importance. À moins que son directeur de conscience lui ait rapporté son intention de quitter l'abbaye? Mais non, pensa Charlotte, le confesseur était sous le secret de la confession.

Charlotte frappa trois coups hésitants sur la vitre givrée. La voix de l'abbesse l'invita à entrer. L'air grave, la petite moniale s'inclina bien bas devant sa supérieure.

— À votre demande, me voici, mère!

— Prenez un siège, sœur Marguerite.

— Merci, ma mère.

L'abbesse souriait. Charlotte en déduisit qu'elle ne lui ferait pas une remontrance trop rigoureuse.

— J'ai une excellente nouvelle à vous annoncer. Un bienfaiteur vous a prises sous son aile.

— Un bienfaiteur? demanda Charlotte, impatiente de connaître la suite. Mais qui est-ce, ma mère?

— J'ai reçu une lettre ce matin. L'auteur tient à garder l'anonymat. Il a déposé la somme nécessaire qui vous permettra de monter de degré. À partir d'aujourd'hui, vous et sœur Thérèse serez promues sœurs de chœur. La promulgation solennelle aura lieu à la messe de dimanche. Vous deviendrez un exemple pour les sœurs converses.

La petite moniale sentit un courant de joie traverser tout son être et son visage s'éclaira d'un large sourire.

— La Vierge Marie a entendu ma prière. Dommage que je n'aie pas la chance de remercier ce bienfaiteur, quoique aucun merci ne puisse être à la hauteur de ce geste généreux. Ma mère, est-ce que je peux en parler à sœur Thérèse ?

— Retournez à vos occupations et, pour le moment, ne parlez de rien aux autres moniales.

— Ma mère, me permettez-vous de me retirer ?

— Vous pouvez disposer.

Charlotte s'inclina devant l'abbesse et sortit.

Elle ne se pressa pas, sa sale tâche pouvait attendre. Qui donc avait bien pu payer sa dot ? Ce pouvait être sa mère, ou son directeur de conscience, ou encore la sœur abbesse qui, après avoir pris connaissance du petit mot d'Amanda, craignait sans doute qu'elle quitte les ordres et, en la perdant, de perdre aussi sa sœur vu qu'elles étaient deux inséparables. Et puis non, à bien y penser, les religieuses ne possédaient pas un sou en propre.

Charlotte reprit son torchon pour la dernière fois. Elle comprenait maintenant la raison pour laquelle on avait fermé les yeux sur les barreaux forcés et sur la lettre d'Amanda.

XXVIII

À quarante-huit ans, Fabrice se préparait à partir pour la France, un rêve qu'il avait toujours caressé et plus particulièrement aux naissances de chacun de ses enfants.

— Je vais aller voir comment mon pays se relève de la guerre.

Évelyne ressentait une vive douleur de cette séparation. Elle tentait inutilement de retenir son mari.

— Tu pars pour combien de temps?

Fabrice ne répondit pas, parce qu'il ne trouvait rien à lui répondre. Lui-même ne savait pas. Il secoua les épaules.

Évelyne avait la mauvaise impression que son mari partait pour de bon, qu'il n'avait plus envie de faire partie de sa vie. Il fallait voir son agitation : lui, habituellement si pondéré, se déplaçait comme un ouragan. Évelyne ne le reconnaissait plus.

— C'est une décision grave, Fabrice, abandonner ta femme, tes enfants et tes petits-enfants pour peut-être aller mourir seul là-bas. Les sentiments ne sont donc rien pour toi?

— Pourquoi ne pas m'accompagner? Les enfants, une fois mariés, n'ont plus besoin de nous.

— Emma va bientôt accoucher et je préfère rester à sa disposition. Tu te rappelles, aux naissances des nôtres? C'était chaque fois des nuits blanches. Je me souviens d'avoir pleuré avec eux parce que je n'arrivais pas à les calmer. Le lendemain, j'étais épuisée. J'aurais eu bien besoin de maman à ces moments-là.

— Après avoir élevé notre famille, tu mériterais bien un repos. Laisse Emma se débrouiller sans toi.

— Je ne pourrais pas. Être mère est un contrat à vie.

Fabrice espérait qu'elle change d'idée, qu'elle se décide à le suivre.

— Là-bas, tu vas retrouver ta famille, depuis le temps que tu veux revoir tes frères, tu seras comblé, mais ensuite ?

— Je vais tenter ma chance comme professeur au Conservatoire de musique.

— Quoi ? Tu veux travailler là-bas ?

— J'en ai assez des arsenaux. Quand je m'y suis engagé, c'était pour un travail temporaire. Je n'ai pas étudié pour travailler comme manœuvre. J'ai un diplôme en musique et je veux m'en servir.

— Ça veut dire que tu comptes rester là-bas longtemps ? Moi, j'ai besoin de savoir combien de temps tu penses t'absenter. As-tu seulement l'intention de revenir ou si tu pars pour de bon ?

Il ne dit rien. Un bout de cigare se consumait entre ses doigts et parfumait la pièce.

Évelyne ravalait sa peine.

— Je ne veux pas quitter mes enfants. Je ne serais pas heureuse sans eux là-bas.

— Et ici, tu seras heureuse sans moi ?

— Tu sais bien que non. Je t'attendrai.

Évelyne profita du temps que Fabrice faisait ses ablutions dans la cuve pour déposer dans sa valise quelques photos des enfants. Fabrice l'aimait-il encore ? Comment pouvait-il tourner le dos aux siens et mettre un océan entre eux ?

* * *

Le jour fatidique venu, Évelyne reçut ses enfants à dîner. Son intention n'était pas de fêter le départ de leur père, loin de là ; son seul but était qu'ils arrivent à lui faire entendre raison, à le retenir au pays.

Ce fut pour rien.

— Tu ne peux pas nous faire ça, papa, à nous tes enfants ! le supplia Sabrina. Tu te fiches de nous, ma foi ! Et maman, là-dedans ? Tu la laisserais seule, comme une veuve ?

Fabrice ne dit rien. Combien de fois avait-il ruminé tout ça ?

Emma, plus indépendante, restait en dehors de la discussion, mais elle n'était pas à l'aise. Elle, qui mangeait comme un ogre depuis le début de sa grossesse, ne touchait pas à son assiette. Les jumeaux, ligués contre leur père, le menacèrent de couper les ponts. Emma, que son état rendait émotive, se mit à pleurer.

— Je n'en peux plus de ces chicanes de famille !

Fabrice déposa sa serviette de table.

— Vous voyez, vous faites de la peine à votre petite sœur. Changeons de sujet.

— Tu ne connaîtras pas mon bébé.

— Tu m'enverras des photos.

— Des photos ! C'est rien que du papier.

Emma affichait une mine renfrognée.

Assis au bout de la table, Fabrice, silencieux, gardait les yeux secs. C'était comme si quelque chose de plus fort que lui l'attirait là-bas, sans doute sa famille. Au dessert, tous les siens faisaient une tête d'enterrement.

Fabrice s'excusa de quitter la table avant la fin du repas. Il prit sa valise, salua et sortit. Évelyne ne bougea pas de sa chaise. Elle refusait de l'accompagner au port. Ce serait lui donner sa bénédiction. Fabrice partit brouillé avec toute sa famille.

* * *

Le départ de Fabrice marqua le début d'un long calvaire pour Évelyne. Elle passait ses journées à tourner en rond dans sa maison morte où plus rien n'avait d'intérêt. Il y avait ses enfants, bien sûr, mais tous avaient leurs occupations, leur vie à organiser. Évelyne restait à leur disposition pour les besoins importants de chacun, mais elle se gardait bien de leur imposer sa présence. Elle s'assit dans la berçante garnie d'un coussin aplati. Si Fabrice avait été là, elle aurait pu s'asseoir sur ses genoux, comme au début, avant la venue des enfants dans la petite maison des Rochon, il y avait bien vingt-huit ans de cela. Et pourtant, c'était comme si les événements s'étaient passés la veille. Cent fois par jour, elle se rappelait son séjour à Paris, leur rencontre, leurs escapades, son douloureux départ de la France pour le Canada alors que Fabrice s'était accroché désespérément à elle. Cette séparation avait été difficile pour les jouvenceaux qu'ils étaient, mais ce n'était rien en comparaison du récent départ de Fabrice.

Dans le temps, son cœur battait à tout rompre, aujourd'hui il menaçait d'éclater.

Puis, après des mois, l'absence de Fabrice devint de plus en plus douloureuse, voire insupportable.

Fabrice lui écrivait régulièrement et lui envoyait un peu d'argent. Aux fêtes, il postait une carte de souhaits à chacun de ses enfants. Évelyne lui écrivait de longues lettres pour le supplier de revenir et chaque fois, après avoir déposé sa plume, elle déchirait les pages.

Fabrice avait toujours été un homme tendre, plein de délicatesse, un mélancolique, comme le sont les artistes. Il cherchait toujours à lui faire plaisir. Que de doux moments ils avaient partagés, même leur pauvreté du début faisait partie des bons souvenirs. Puis les enfants étaient venus tôt souder leur amour, empiétant sur le temps consacré l'un à l'autre. Et aujourd'hui, comme ils avaient la liberté de penser à eux, Fabrice disparaissait brusquement.

Dans la solitude, les journées s'éternisaient. Évelyne relut pour la centième fois les lettres de Fabrice auxquelles elle ne se décidait pas à répondre. Laisser son mari sans nouvelles l'inciterait peut-être à revenir? Que lui restait-il de l'amour de Fabrice? Elle ferma les yeux, ainsi elle pouvait mieux l'imaginer à ses côtés. Elle l'aimait encore plus fort qu'au premier jour, malheureusement, il n'était plus là pour partager ses sentiments. En attendant, Évelyne vivait comme une veuve, elle mangeait seule, dormait seule, vieillissait seule. Pour combien de temps encore?

Elle conservait comme une relique la nuisette qu'elle avait portée à Paris le matin où Fabrice l'avait surprise chez Pillet, comme si la chemise légère avait gardé les empreintes des mains de son aimé. Elle l'avait portée une seule fois par la suite, la nuit de son mariage. Au retour de Fabrice, elle la porterait de nouveau. Mais quand? Elle sortit le vêtement vaporeux du tiroir et le serra contre son cœur en l'arrosant de ses larmes.

L'horloge sonna quatre coups, quatre coups de poignard au cœur. Quand Fabrice était là, Évelyne ne les entendait pas. Sa vie heureuse l'emportait sur les bruits de la maison. Elle se leva et sortit de la penderie un parapluie et un imperméable qu'elle jeta négligemment sur un dossier de chaise. Aujourd'hui, comme chaque jour, elle se rendrait à la gare attendre l'arrivée du train de quatre heures trente qui lui ramènerait peut-être Fabrice.

Elle arrivait toujours un peu en avance et entrait dans la petite gare enfumée. Le chef de gare, derrière son petit grillage, soulevait son couvre-chef en signe de bonjour. Il la connaissait pour la voir chaque jour. La petite femme s'assoyait sur un banc et attendait, les yeux sur l'horloge. Lorsque le train entrait en gare, d'un coup la salle se vidait. Évelyne s'arrêtait sur le quai de bois, cherchant parmi les voyageurs le visage bien-aimé de Fabrice. Puis elle revenait encore une fois désillusionnée. C'était plus fort qu'elle, le lendemain et les jours suivants, elle y retournait.

Après des années d'attente, elle pensa à trouver un refuge où elle traverserait les mauvais jours sans trop en sentir le poids. Si un de ses enfants la prenait chez lui, elle pourrait encore être utile, comme en préparant les repas, en surveillant les enfants? Évelyne les passa en revue et imaginait sa vie chez chacun d'eux; mais qui voudrait s'embarrasser d'une mère?

Sabrina était la seule à ne pas avoir d'enfant et chez elle, l'espace ne manquait pas. Sabrina accepterait-elle de la garder? On peut garder un enfant, un frère, une sœur, mais une mère, c'est un encombrement. Quel intérêt peut-on en retirer? Sabrina demeurait à L'Assomption, à deux pas de l'église, sur une jolie rue où les commerces et les habitations s'appuyaient les uns sur les autres. Ce serait agréable de s'y promener. Évelyne s'accrochait à cet espoir. À la prochaine visite de Sabrina, elle tâterait le terrain.

L'horloge sonna cinq coups.

Évelyne s'arracha à sa berçante. Après une autre déception à la gare, préparer le repas devenait une corvée. Allumer le poêle pour elle seule n'en valait pas la peine. Elle mangea du bout des dents une tartine garnie de sucre du pays. Si la journée pouvait finir, elle irait se coucher et s'endormirait pour oublier son existence terne.

Une fois au lit, elle se mit à rêver de déménager chez Sabrina, mais à bien y penser, si Fabrice revenait, il trouverait une maison vide. Non, elle ne pouvait pas quitter son logis. Fabrice allait sûrement revenir. Après avoir vécu quelque temps avec ses frères et sa mère, il deviendrait une charge pour eux. Chacun avait sa famille.

Évelyne ouvrit le petit tiroir de la table et sortit sa dernière missive qui datait de quinze jours. Fabrice parlait de son enseignement, des cours privés de violon qu'il donnait à des enfants trois soirs par semaine, du décès de Pasquier, leur professeur du Conservatoire qui avait puni Évelyne, mais à qui elle pardonnait maintenant. Elle relut la lettre. Rien dans ses mots ne laissait transparaître un retour possible. Évelyne, plongée dans l'inquiétude et la tristesse, ne savait plus s'accrocher à la vie. Les années s'éternisaient et elle dépérissait.

Le courrier arrivait tôt le matin. Évelyne se rendait régulièrement au bureau de poste où elle attendait la fin du tri aux coups répétés du petit marteau qui servait à oblitérer les timbres. Les gens faisaient la queue à sa suite. Le maître de poste lui remit une enveloppe timbrée de Paris. Elle reconnut l'écriture de Fabrice. Elle se pressa de rentrer, en s'inventant le plus beau scénario. Elle lut et relut vingt fois les deux pages, espérant s'être trompée, mais elle avait beau éplucher chaque phrase, il lui fallait se rendre à l'évidence, son mari ne parlait pas de retour. Quelque chose en elle se brisa. Sans Fabrice, sa vie ne serait plus jamais la même.

Elle cessa ses allers et retours inutiles à la petite gare et au bureau de poste. Rien ne l'intéressait plus. Elle s'ennuyait, mangeait peu, dormait mal.

Comme sa sœur Sarah, Évelyne se retrouvait de plus en plus seule. Mais qu'est-ce qu'elle avait tant fait pour que tout son monde la délaisse ainsi ? Elle se trouvait sans intérêt, comme une vieille pantoufle usée qu'on met au rancart. Elle prit la résolution d'aller vivre avec Sarah dans la maison de leur père.

* * *

En entrant, Évelyne trouva sa sœur étendue, ivre morte, sur le divan. « Pauvre Sarah, elle en est rendue au même point que notre mère ! » pensa Évelyne. Elle aussi devait souffrir de l'ennui. Évelyne ressentait une grande compassion pour sa sœur. Sarah, autrefois si vivante, se tuait à petit feu. De la voir ainsi, l'esprit égaré, lui serrait le cœur. Évelyne s'arrêta un moment à penser à leur jeunesse alors que toutes deux se confiaient leurs secrets, leurs craintes, leurs préoccupations, leurs amours impossibles; à leur chambre qui vibrait sous les cascades de rires; à leur séjour à Paris. Maintenant, alors qu'elles traversaient les plus dures épreuves et qu'elles avaient un grand besoin l'une de l'autre, la boisson les éloignait. Et si son arrivée dans cette maison était bénéfique à Sarah? Pour encourager et soutenir sa sœur, Évelyne devait d'abord être forte et elle ne l'était pas. Elle aussi traînait son mal de vivre.

Évelyne fit le tour des pièces. Rien n'avait bougé dans la maison depuis le décès de son pauvre père. Elle poussa la porte de la chambre où ce dernier avait dormi et elle demeura sur le seuil, n'osant pas avancer dans ce sanctuaire. Après quelques minutes de recueillement, elle continua sa visite pour finalement monter au grenier où elle ouvrit un grand coffre en bois de cèdre. Il contenait des manteaux et des robes démodés que Clarisse, Sarah et elle portaient jeunes filles, des robes anciennes en satin beige, noir et violet, que leur extrême maigreur leur permettait encore de porter, des chapeaux chargés de fruits ou de fleurs, une mode désuète qui ne leur ressemblait guère. Elle déposa quelques vêtements sur son bras et descendit à la cuisine.

Évelyne ne pouvait se résoudre à jeter ces vieilles choses. Une fois rafraîchies, elles pourraient encore servir. Après tout, elle n'avait plus personne à qui plaire. Pour qui se ferait-elle belle? Elle jeta les vêtements sur un dossier de chaise. Demain, elle les prendrait un à un, les lessiverait et les repasserait au fer chaud.

* * *

Avec leur arrivée dans cette maison, les filles reprenaient la vie bizarre que, jeunes filles, elles avaient tant détestée, comme si ces lieux étaient envoûtés par un sortilège irrésistible, une influence hors de leur contrôle ou encore quelque esprit ensorcelant. Était-ce Charles-Édouard que ses filles retenaient vivant en ces lieux ? Elles ne s'étaient jamais remises du décès de leur père. Depuis leur retour dans cette maison, tout ce qui lui avait servi était sacré. Rien n'avait bougé, comme si Charles-Édouard était parti la veille. La vieille demeure, avec ses fenêtres bouchées, ressemblait à un musée : la trousse de médecin était restée entrouverte près de la porte, comme prête à partir pour les visites, les médicaments toujours au même endroit et la redingote de Charles-Édouard suspendue à la patère dorée.

Les deux sœurs vivaient de nouveau entre la maison et l'église et, comme si elles recherchaient le nid douillet de leur enfance, elles s'accoutraient de robes anciennes et poudraient de nouveau exagérément leur visage, réveillant ainsi dans la place leurs surnoms de Farine et de Poudrette.

* * *

Le dimanche, les enfants d'Évelyne venaient mettre un peu de vie dans la maison.

Sarah, de plus en plus agressive, s'approcha de sa sœur.

— Qu'est-ce que tu brasses encore dans la cuisine?

— Un gâteau. J'attends mes enfants pour l'anniversaire des jumeaux.

Chaque fois qu'Évelyne parlait de ses enfants, Sarah souffrait davantage de ne pas voir ses filles. Elle pinçait le bec.

— Tu ne parles que des tiens.

— Si je ne parle pas de mes enfants, je n'aurai plus grand-chose à dire.

Évelyne continuait de vaquer à ses affaires comme si de rien n'était, mais en dedans, c'était tout autre chose. Elle voyait le cœur de sa sœur se consumer de chagrin.

La messe terminée, Sarah entendit un piétinement, des paroles et des rires sur le perron. Les enfants d'Évelyne avec conjoints et enfants entraient en trombe et prenaient la cuisine d'assaut.

Sabrina, dans le but de libérer un peu d'espace près de la porte, poussa du pied la trousse de médecin qui se referma à son contact. Aussitôt, Sarah se pressa de remettre la petite valise noire à sa place assignée et elle l'entrouvrit à demi comme l'avait laissée son père le jour de son départ.

Sabrina et Emma échangèrent un regard étonné qui se termina en un sourire retenu. Comme toujours, les volets étaient obstinément fermés. Sabrina ouvrit la fenêtre de la cuisine et tira les lourdes tentures. Les rideaux jaunis se mirent à valser. Pendant quelques heures, la vie reprenait ses droits, les rires fusaient, mais dès le départ des enfants, les fenêtres se refermaient, les draperies se tiraient et le silence se réinstallait. Le visage d'Évelyne se refermait et sa chaise berçante se remettait en mouvement. Sarah et Évelyne vivaient de nouveau emmurées dans la maison de leur père. Elles vivaient l'une en face de l'autre à se bouder, à s'aigrir. Qui aurait cru ça d'elles, deux sœurs autrefois si complices ? Elles ne sortaient plus que pour se rendre à l'église.

* * *

Le soir tombé, Évelyne entendit des bruits dans la cour arrière. Elle s'approcha, souleva le lourd rideau et aperçut deux gamins qui grimpaient à la clôture, ce qui n'était pas surprenant ; les pommes disparaissaient avant même d'être mûres. La femme ouvrit promptement, saisit le râteau près de la porte et courut, l'outil de jardinier dans les airs, tentant d'effaroucher les gamins.

– Hou, hou ! cria-t-elle. Voyous, sales voyous !

Les chapardeurs déguerpirent en vitesse en traitant la femme de sorcière. Ce surnom, comme ceux de Farine et Poudrette ainsi que tous ces bruits qui couraient à leur sujet, la laissait indifférente. Évelyne savait qu'au village, les jeunes les regardaient de travers, sa sœur et elle, et qu'ils traversaient la rue à leur rencontre. Ils se moquaient d'elles. Évelyne entendait les ricanements dans son dos, mais elle s'en fichait. Elle haussait les épaules pour manifester son indifférence.

* * *

Ce jour-là, il pleuvait à verse. Sabrina entra sans frapper. Sa mère mettait toujours un temps fou à répondre.

— Maman, avez-vous des nouvelles de papa?

— Non, toi?

— Non. Il doit avoir une nouvelle conquête là-bas pour ne pas revenir avec les siens.

Évelyne vit rouge.

— Tais-toi! Tu m'entends! C'est de la méchanceté, de la calomnie, Sabrina. Apprends à respecter ton père. Toi, tu l'as connu ici, comme s'il y avait toujours habité, mais avant ta naissance, il a eu une jeunesse en France et une famille. Tu ne vas pas lui reprocher de vivre un peu avec les siens?

— Je m'excuse, maman. C'est que j'aurais eu besoin de lui… Avez-vous des nouvelles de tante Clarisse?

— Elle vient faire son tour quand son travail le lui permet. À son âge, elle pourrait lâcher un peu. Elle se tue à la tâche.

— C'est peut-être mieux que de s'ennuyer comme tante Sarah.

Sabrina se pencha à l'oreille de sa mère:

— Elle est encore comme ça?

— Je crois qu'elle s'abîme la santé avec sa fameuse eau-de-vie quand ce n'est pas avec des médicaments.

— Vous croyez qu'elle nous entend?

— Je ne sais pas.

— Est-ce que je peux vous parler en privé?

— Viens, monte à ma chambre. En haut, elle ne nous entendra pas.

Sabrina s'assit sur le lit, et sa mère, sur le coffre en cèdre.

— Raconte.

— C'est que… c'est difficile.

— Je suis ta mère. À qui te confieras-tu si tu n'as pas confiance en moi?

— Jacques veut ouvrir un magasin de chaussures à L'Assomption, à deux pas de chez nous. Il a trouvé le site idéal, entre une ganterie et une mercerie. Mais vous savez ce que c'est, l'argent est rare.

— Ce n'est peut-être pas le moment idéal pour vous lancer dans le commerce, Sabrina. Vous êtes encore bien jeunes pour vous embarquer dans une affaire qui comporte des risques. C'est bien d'avoir des ambitions, mais il n'y a qu'un moyen pour les réaliser, c'est de mettre vos sous de côté et quand vous aurez accumulé un montant satisfaisant, vous passerez à la banque pour un emprunt.

— Ça prendra des années, aussi bien dire jamais! D'ici là, le local sera vendu.

— Un de perdu, dix de retrouvés. Paris ne s'est pas fait en un jour.

— J'ai pensé que vous pourriez peut-être nous prêter le comptant. Cinq cents dollars, c'est peu!

— Au contraire, c'est une somme énorme, Sabrina. Tu ne connais donc pas la valeur de l'argent? De toute façon, je n'en ai pas à prêter.

— Et l'héritage que grand-père vous a laissé, ça nous revient aussi à nous, ses petits-enfants. Vous pourriez nous le donner de votre vivant.

— Cet argent est à moi, j'en ai besoin pour vivre. Je ne suis pas encore morte.

Sabrina s'envenimait.

— Vous n'avez pas le droit de gaspiller notre héritage. Cet argent nous revient de droit.

– Ce n'est pas ton héritage, Sabrina, c'est le mien. Et puis, je ne gaspille pas, je ne dépense que pour le strict nécessaire. S'il en reste après ma mort, vous vous le partagerez en parts égales.

Sabrina, le regard dur, se leva brusquement.

« Ça y est, se dit Évelyne, maintenant, Sabrina va m'en vouloir à mort. »

Évelyne ne pouvait supporter les longues bouderies. Si Sabrina partait mécontente, elle ne reviendrait peut-être plus, ce que sa mère voulait éviter à tout prix, déjà que les visites des siens s'espaçaient.

– Attends un peu, Sabrina.

Évelyne fouilla dans un tiroir, en retira une plume et un chéquier. Elle inscrivit le montant de deux cents dollars et le remit à sa fille en main propre.

– Je ne peux pas t'en prêter davantage.

– Avec ce montant, la banque ne pourra pas nous refuser la différence.

– Écoute-moi bien, Sabrina. Cet argent, je te le prête, mais je tiens à ce que tu me le remettes, tu m'entends?

– Promis, maman!

Sabrina retrouva son sourire. Elle embrassa sa mère et sortit transportée. C'était tout juste si elle ne levait pas de terre.

Restée seule, Évelyne réfléchit au geste précipité qu'elle venait de poser. Elle regrettait déjà, mais c'était trop tard pour revenir en arrière. Elle craignait que, à la suite de sa générosité, ses autres enfants, une fois au courant de l'affaire, suivent l'exemple de Sabrina.

XXIX

Le dimanche de Pâques, la femme du notaire vit passer Sarah devant sa porte. Celle-ci marchait les yeux fixés au sol et arriva face à face avec un promeneur. L'homme lui céda prestement le passage, s'excusa et continua son chemin. Quelques pas plus loin, Sarah heurta un enfant, sans s'en rendre compte le moins du monde, et tomba étendue de tout son long. Était-elle faible, malade, ou abusait-elle de médicaments? Elle en avait tellement à sa portée. Elle faisait pitié à voir. La femme du notaire courut lui offrir son aide, mais Sarah, insultée, refusa net. Une femme de vingt ans son aînée lui offrait son support, c'était sous-estimer Sarah Beaudry. Elle se leva et secoua sa jupe.

— Non merci! dit-elle sèchement. Vous n'êtes pas plus solide que moi.

— Si jamais vous avez besoin, je serai toujours là pour vous.

La femme du notaire rentra chez elle et, derrière son rideau de mousseline, elle surveilla discrètement Sarah. Quelques pas plus loin, celle-ci tomba de nouveau. Après s'être fait ridiculiser, madame notaire n'osait plus courir à son secours. Elle téléphona à Clarisse. Qui d'autre que sa sœur pourrait mieux s'en occuper?

— Votre sœur Sarah vient de tomber par deux fois dans la rue. Je me suis précipitée à son secours et elle a refusé mon aide. Il faudrait que quelqu'un s'en occupe. Tenez, elle se relève, elle secoue ses vêtements, elle traverse la rue.

— Sarah n'est pas facile depuis tous ses malheurs, mais je vais m'en occuper. Merci de m'avoir appelée.

Clarisse raccrocha l'appareil. Pourquoi sa sœur était-elle si faible? Est-ce qu'elle se nourrissait convenablement? Elle prépara une boîte de denrées, y mit des œufs, de la mélasse, de la farine, des légumes, des fruits et elle fit livrer le tout par le jeune commis.

— Va et si on ne t'ouvre pas, laisse la boîte près de la porte.

Une semaine plus tard, Clarisse prépara un nouveau panier de provisions qu'elle fit porter à ses sœurs. À son retour, le commis lui apprit que la dernière livraison était restée près de la porte. Clarisse décida d'aller vérifier par elle-même ce qui se passait. Ses sœurs étaient peut-être souffrantes. Elle s'y rendit à pied avec une pinte de lait et un pot de café. Elle entra sans frapper.

Sur la table recouverte d'une toile cirée traînaient un pain entamé et un grand couteau dentelé.

Évelyne, seule dans la cuisine, était maigre à faire peur.

— Je n'ai pas à t'offrir de chaise, tu es chez toi.

— Sarah n'est pas là?

Évelyne donna un coup de tête du côté du salon. Clarisse traversa à la pièce d'à côté où sa sœur dormait, allongée dans le fauteuil cramoisi.

— Sarah, dit-elle, je suis passée par le bureau de poste. Je t'apporte une lettre de tes filles. Tu m'entends, Sarah? Amanda et Charlotte t'ont écrit.

Clarisse s'approcha de sa sœur, la secoua, rien. Elle souleva sa paupière, ses yeux étaient vitreux. Elle devait encore avoir avalé des barbituriques. Clarisse revint à la cuisine retrouver Évelyne.

— Tu maigris, ma petite sœur, tu maigris beaucoup! Je me demande si vous vous nourrissez convenablement, toi et Sarah. La semaine dernière, je vous ai envoyé une commande et elle est restée près de la porte.

— Je ne veux pas vivre de la charité de personne, encore moins de ton mari. Il n'est pas responsable de nous.

— Et si ça lui fait plaisir, à lui, de s'occuper de vous deux?

Évelyne fixait le plafond, comme si la conversation ne l'intéressait pas.

— Sarah n'a plus aucune raison de vivre. Je peux la comprendre. Mais toi, tu as des enfants, un mari. Au fait, as-tu reçu des nouvelles de lui?

— Non, avec mon déménagement, ses lettres doivent se perdre.

— Crois-tu qu'il peut revenir?

— Il reviendra, j'en suis sûre, mais d'ici là, les années passent et je ne rajeunis pas.

Clarisse passa une main dans les cheveux d'Évelyne et la sentit tressaillir. Était-ce le froid ou l'humidité de la pièce?

— Écoute, Évelyne, on gèle dans la maison. Je vais allumer le poêle et préparer un café que nous boirons ensemble.

Clarisse trouva le coin à bois vide, si ce n'était d'un tas de vieux journaux qui en tapissaient le fond. Elle se dirigea au hangar, vide aussi. Ses sœurs se laissaient mourir de froid et de faim. Ces deux-là avaient toujours fait la paire, elles n'avaient pas une attitude plus responsable l'une que l'autre. Leur vie était une bizarre existence. Clarisse prenait ses sœurs en pitié. Que pouvait-elle faire pour elles ? Appuyée dos à la fenêtre, les bras croisés, elle réfléchit pendant un long moment.

— Écoute, Évelyne, si ça vous intéresse de venir demeurer chez moi, en haut, j'ai des chambres qui ne servent plus. Vous seriez au chaud et les repas seraient servis à des heures régulières.

Évelyne, l'air impassible, ne répondait pas.

— Tu parleras de mon offre à Sarah.

Clarisse retourna chez elle angoissée. Elle ne reconnaissait plus le comportement de ses sœurs. Comment, elles, autrefois si vivantes, avaient-elles pu en arriver là ? Sans mari, la vie ne devait pas être facile pour elles. Si, au moins, elles parlaient ou pleuraient, leur mal de vivre sortirait peut-être.

Elle fit porter à leur porte quelques quartiers d'érable et du bois d'allumage. Au moins, ses sœurs ne mourraient pas de froid.

La semaine suivante, inquiète de leur silence, Clarisse se rendit de nouveau chez ses sœurs.

Comme la nourriture, le bois de chauffage était resté près de l'entrée. Clarisse eut beau frapper et frapper, personne n'ouvrit. Elle tourna inutilement la poignée. Pour la première fois, la porte était verrouillée de l'intérieur. Ses sœurs en étaient rendues au point de se barricader.

Clarisse retourna chez elle, désolée. Elle s'en remit à Simon.

– Je vis dans une inquiétude continuelle. Mes sœurs se laissent mourir et elles n'acceptent pas d'être aidées. Aujourd'hui, elles étaient enfermées à clé. J'ai eu beau frapper, frapper, il n'y eut pas de réponse. Je suis revenue bredouille.

– Si t'en parlais au curé? Il pourrait les raisonner ou encore trouver quelqu'un pour s'en occuper.

– Ce serait pour rien. Elles n'ouvriront pas.

* * *

Le dimanche suivant, une fois la messe terminée, le sacristain attendait que l'église au complet soit vidée avant de verrouiller les portes lorsqu'il entendit le choc sourd d'un corps sur le sol. Il s'approcha du bruit et aperçut près de l'entrée principale un corps inanimé, étendu sur le plancher. Il accourut et reconnut l'organiste qui gisait inerte.

– Madame Beaudry!

Sarah était tombée du jubé. Le sacristain courut au presbytère chercher le curé et appeler un médecin.

À leur retour, Sarah avait rendu l'âme.

Peu de gens assistèrent aux obsèques. Ses filles Amanda et Charlotte n'avaient pas eu l'autorisation de sortir du cloître.

* * *

Chaque premier vendredi du mois, Évelyne s'agenouillait au confessionnal. Le petit isoloir lui rappelait ses amours de jeunesse alors qu'elle s'était étourdiment éprise de l'abbé Fortier. En attendant son tour de se confesser, elle ressassa une à une ses présences répétées dans ce petit lieu secret où autrefois elle suppliait inutilement le vicaire de l'aimer. Fort heureusement, Fabrice était venu et les choses avaient bien tourné.

La grille s'ouvrit. Évelyne fit un grand signe de croix.

— Bénissez-moi, mon Père, parce que j'ai péché. Mon Père, je m'accuse d'avoir désobéi à ma mère, de m'être éprise d'un vicaire, de m'être vengée de mon professeur de violon, d'avoir manqué à mon devoir de chaperonner ma sœur Sarah, d'avoir détesté les paroissiens, d'en vouloir à mon mari qui m'a quittée…

« Quelle drôle de pénitente », pensa le confesseur qui n'arrivait pas à suivre le cafouillis de toutes ses accusations. Il lui coupa la parole :

— Madame ! Écoutez-moi un peu. Si je comprends bien, vous faites une confession générale ?

— Depuis que ma sœur est décédée, j'ai le temps de penser à mes vieux péchés et j'y pense toute la journée. Qu'est-ce que vous voulez que je fasse d'autre ? Depuis des années, mon mari m'a abandonnée et mes enfants ne viennent que très rarement me visiter. Comme je ne trouve plus rien à leur dire, ils s'éloignent davantage. Je ne suis plus intéressante pour eux. Pourtant, je passe toutes mes journées à penser à eux, à les attendre, mais c'est pour rien. Mes petits-enfants grandissent et je ne les vois presque plus. Si vous saviez comme je m'ennuie d'eux, je m'ennuie à mourir. Je me berce du matin au soir. Je ne vois pas ce que je ferais d'autre.

Le prêtre cherchait à mettre fin à ces jérémiades. La dame retardait les confessions des autres pénitents.

– Je vais vous donner l'absolution de toutes vos fautes et, comme pénitence, vous réciterez une dizaine de chapelets.

– Je ne fais que ça, réciter des chapelets pour que mon Fabrice revienne.

Avant de fermer le guichet, le prêtre ajouta :

– J'aimerais que vous passiez au presbytère un de ces après-midi. Nous prendrons le temps de parler de tout ça tranquillement. Maintenant, allez en paix.

Évelyne n'était pas idiote, le confesseur cherchait à se débarrasser d'elle, comme le faisaient ses enfants, et il avait raison. Elle n'était plus intéressante pour personne. Elle quitta le confessionnal encore plus seule qu'à son arrivée.

XXX

Le temps engloutissait les ans. Après sept années d'absence, Fabrice n'en pouvait plus de vivre loin des siens. Les fêtes de famille lui manquaient terriblement et aussi, même si cela semblait incroyable, les tempêtes de neige des hivers canadiens. Cependant, une chose le tracassait davantage : sa femme et ses enfants le boudaient. Depuis son départ, il n'avait reçu aucune nouvelle d'eux et il en souffrait terriblement. Étaient-ils encore tous vivants ? Malgré leur silence, Fabrice avait écrit régulièrement à chacun des siens. Aujourd'hui, il arrivait à l'improviste avec un portefeuille bien garni, mais il savait bien que l'affection ne s'achète pas. Comment les siens le recevraient-ils ? Allait-il finir ses jours seul une fois rentré au pays ? Si Évelyne l'attendait toujours et si elle lui pardonnait sa longue absence, ils auraient une retraite confortable. Il pourrait enfin la gâter comme il n'avait jamais pu le faire au temps où ils élevaient les enfants.

Le train de quatre heures s'arrêta à la petite gare de L'Épiphanie. Fabrice en descendit et se rendit directement chez lui. Lorsqu'il arriva au logis, une étrangère l'avisa que sa femme était retournée dans la maison de son père. Il s'y rendit et frappa. Rien. Il contourna la maison. La cheminée ne fumait pas. Sa femme pouvait être à l'église ou encore en visite chez Clarisse qui demeurait à deux coins de rue. Fabrice s'y rendit à grands pas.

— Fabrice! Quelle surprise! s'exclama Clarisse. Évelyne doit être au ciel, depuis le temps qu'elle attend ton retour.

— C'est assez curieux, je ne la trouve nulle part. On m'a dit qu'elle demeurait dans la maison de son père. J'en arrive et elle n'y est pas. L'entrée n'est pas déneigée et la cheminée ne fume pas.

— Il y a longtemps qu'elle ne répond plus à personne. Depuis ton départ, elle vit enfermée, barricadée dans la maison. Simon et Claude vont aller voir s'il ne lui est rien arrivé de grave et puis, tiens, comme il fait beau, j'enfile mon manteau et je t'accompagne. Si ton arrivée peut lui être bénéfique... La pauvre se laisse aller, ton départ l'a démolie et le décès de Sarah n'a pas aidé. Sa vie n'est pas rose, tu sais!

— Sarah est décédée?

— Oui, cela fait quelques années déjà.

* * *

La porte de la vieille maison était verrouillée. Simon et son fils Claude défoncèrent à coups de hache. Ils ne trouvèrent personne à l'intérieur.

— Elle doit être en promenade chez ses enfants.

— Non, je ne crois pas. Ses enfants la sortent à Noël, au jour de l'An et le jour de sa fête; à part ces rares sorties, elle ne va pas plus loin que l'église.

Simon monta au deuxième et fit le tour des chambres. En entrant dans celle d'en avant, il vit une forme qui ressemblait à un corps recouvert d'un tas de vieux journaux. Il se rua vers l'escalier et appela:

— Venez, vite! Elle est ici.

Fabrice monta au deuxième avec une sorte d'épouvante et, dans la chambre au toit pentu, il trouva Évelyne mourante de froid et de faim, le teint cireux, son corps frêle recouvert d'une bonne épaisseur de papier journal. Elle semblait inconsciente.

— Elle est morte? s'informa Clarisse.

— Son cœur bat faiblement.

Clarisse fondit en larmes et dévala l'escalier. Elle alluma le poêle et demanda à Claude d'aller chercher une soupe en boîte à l'épicerie.

— Vite, cours.

Claude disparut aussitôt.

Resté seul avec Évelyne, Fabrice enleva sa redingote et s'assit sur le côté du lit. Il tenait la main glacée d'Évelyne dans la sienne et la couvrait de baisers et de larmes. Celle-ci, les yeux fermés, livide comme une morte, ne bougeait pas.

Fabrice la tira délicatement sur ses genoux et la couvrit de son manteau pour la réchauffer et, là, avec un œil qui regardait au-delà du visible, il la berça à grands balancements d'épaules.

— Je suis là, Évelyne. Je suis revenu pour de bon.

Il reprit sa main froide à la blancheur de la colombe et l'embrassa doucement, comme autrefois, la nuit, après l'amour. Fabrice crut entendre quelque chose. Évelyne avait-elle entrouvert les yeux ou était-il victime d'une illusion? Il tentait d'imaginer les sept dernières années que sa femme avait passées seule. Comme elle avait dû souffrir pour en arriver à se laisser mourir, et tout ça par sa propre faute. Il l'avait assassinée. Il appela Simon:

— Faites livrer du bois et de la nourriture. Il faudra aussi réparer la porte d'entrée et faire réinstaller le téléphone. Je me charge des frais.

Clarisse monta un bouillon de poulet et une couverture réchauffée au préalable sur un dossier de chaise qu'elle avait collée au poêle.

Fabrice soutint la tête d'Évelyne et lui fit boire quelques cuillerées de bouillon chaud. Soudain, celle-ci fut prise d'un grand frisson et se mit à tousser.

On demanda d'urgence le médecin.

* * *

— Il faut transporter votre dame à l'hôpital. Elle souffre d'engelures et d'une pneumonie double, je crois. Je ne peux pas me prononcer avant de lui faire passer une radiographie des poumons. Faites venir une ambulance.

Fabrice, inquiet, s'informa :

— C'est grave ? Elle va s'en remettre ?

Le docteur hésitait à répondre.

— Nous allons la garder là-bas pendant quelques jours et on lui administrera la médication requise. Même avec beaucoup de soins, elle sera sujette à rechuter.

— Est-ce que je peux passer la nuit à ses côtés ?

— Ce serait pour rien. Laissez-la se reposer. Nous avons une bonne équipe médicale qui lui procurera les soins appropriés.

Fabrice colla sa bouche à l'oreille d'Évelyne :

— Je te laisse, mais je vais revenir bientôt. Quand tu seras plus forte, j'aurai une surprise pour toi, une belle surprise.

Évelyne l'avait-elle entendu ?

Elle leva les paupières. Ses yeux semblaient regarder au-delà du visible. Fabrice était là, grand, mince, les cheveux un peu longs, comme un maestro. Il était resté beau, noble, droit.

Fabrice, qui surveillait les moindres signes vitaux de sa femme, vit enfin la prunelle de ses yeux et son espoir ressurgit. Il retrouvait sur sa physionomie les mêmes traits qu'au début. En dépit de son état, Évelyne avait conservé un même regard étonné et une bouche un peu paresseuse où se peignait un effarement comique. Fabrice retrouvait le besoin de la saisir aux hanches, aux épaules, de la couvrir de tendresse, de s'emparer d'elle comme d'une proie. Comment avait-il pu se passer de ces joies si longtemps ? Mais il craignait de briser son corps fragile. Il lui faudrait attendre un certain temps avant de la posséder ; sa femme avait besoin de soins et d'un peu de chair sur ses os.

* * *

À l'hôpital, Fabrice tint la main d'Évelyne dans la sienne pendant de longues heures. Tout au long, il ne cessait de la regarder se reposer. Dans ces moments propices à la réflexion, il la revoyait, au Conservatoire, faire chanter son violon, courir dans Paris et rire à gorge déployée, juchée sur sa bicyclette.

* * *

Évelyne se remit lentement de ses engelures et de sa double pneumonie.

Un mois plus tard, Fabrice la ramenait à la maison. Il la déposa dans la berçante près du poêle qui chauffait à plein. Il était aux petits soins pour elle.

— Te souviens-tu le jour de mon arrivée, je t'ai parlé d'un secret?

— Vaguement. Je croyais avoir rêvé comme toujours. Et quel est ce secret?

— Nous allons nous faire construire une grande maison bien éclairée où nous pourrons recevoir tous nos enfants et nos petits-enfants. C'est un rêve que j'ai toujours caressé. À chaque naissance, je voyais la famille s'agrandir et le logement rapetisser. C'est cette raison qui m'a poussé à partir pour Paris. Là-bas, je travaillais presque jour et nuit et comme je demeurais chez maman, ça me permettait de mettre presque tout mon salaire de côté pour notre maison. Au décès de maman, j'ai reçu un petit héritage. Ce fut l'élan pour revenir vers les miens. Tu ne peux pas savoir comme je m'ennuyais de toi et de nos enfants; le soir surtout, c'était terrible.

— Pendant ce temps, je vivais comme une veuve, ici.

— Je ne pourrais pas dire combien de fois j'ai failli tout abandonner pour venir vous retrouver. Aujourd'hui, je me demande si c'était une bonne idée, cet éloignement, je t'ai tant fait souffrir. Comme je regrette!

Évelyne, dans l'exaltation du retour de son mari, était prête à tout pardonner.

— C'est trop tard pour te faire des reproches, maintenant, il faut regarder en avant. Où allons-nous construire notre maison?

— Tu choisiras toi-même le lieu.

– J'aimerais un endroit qui ne serait ni la ville ni le village, mais plutôt entre les deux. L'Assomption, non loin de chez Sabrina.

– Quand tu seras en meilleure forme, nous choisirons un terrain.

* * *

Il faisait beau. C'était le retour de l'été. Évelyne et Fabrice emménageaient à L'Assomption, dans leur nouvelle maison. Sur chaque marche du petit escalier de bois reposait un pot de géraniums en fleurs et, sur le toit, une hirondelle chantait.

Fabrice tirait la main d'Évelyne. À l'intérieur, une sur-prise cloua Évelyne au sol. Sabrina avait tout préparé en catimini : les enfants réunis les attendaient autour d'une table bien garnie.

Les liens de famille se resserraient. Évelyne revivait et l'amour, comme un sentiment puissant, obsédant, renaissait.

* * *

La nuit venue, Fabrice attendait Évelyne dans leur chambre les bras ouverts. Il reconnut la nuisette légère qu'elle portait chez Pillet, ce fameux jour où ils avaient dû résister à leur passion et cette autre fois lors de leur nuit de noces. Ce soir, il la voyait de nouveau toute délicate dans sa nuisette brodée. Évelyne avait toujours su allumer son désir. Elle avait gardé ce mélange de sérieux et d'enfantillages.

La lune, toujours à la recherche de scènes nocturnes, passait ses nuits à écornifler aux fenêtres des maisons.

Ce soir-là, la curieuse approchait à pas de loup de la fenêtre des Thuret et diffusait un carré de lumière sur le lit conjugal au moment même où Fabrice déposait Évelyne sur le grand lit. Mais que pouvaient bien se dire deux vieux amoureux ?

Évelyne s'amusait à répéter une scène cent fois reproduite dans sa mémoire, une scène où on retrouvait quelque chose d'enfantin dans leurs échanges joyeux.

— Excusez ma tenue, dit-elle, moqueuse. Je faisais la grasse matinée.

Fabrice reconnaissait sa petite Évelyne du début et ses espiègleries de gamine. Il embarqua dans son jeu :

— C'est moi qui devrais m'excuser, j'aurais dû m'annoncer, mais je n'ai aucun regret, je vous trouve adorable.

— Vous ne deviez pas aller voir *Les Vierges Folles* à la Comédie des Champs-Élysées ? Pasquier va vous reprocher votre absence.

Fabrice se lança avec elle dans son improvisation et s'écria :

— Que Pasquier et Pillet aillent se faire foutre, mademoiselle Évelyne ! Cette fois vous ne m'échapperez pas !

Évelyne pouffa de rire, mais aussitôt, une douce émotion gagna son cœur et ses sens. Fabrice la désirait autant que ce fameux jour à Paris où il avait dû freiner sa fougue d'adolescent.

Après un débordement de souvenirs doux à faire rêver, Fabrice et Évelyne se donnèrent l'un à l'autre, corps et âme.

La face indiscrète de la lune souriait à leur fenêtre.

FIN

REMERCIEMENTS

Merci à : Ingrid Remazeilles, éditrice, Suzanne Benny, Raymonde et Nelson Tessier, Andrée Breault, Louis-Guy Gauthier, Réjeanne Plouffe, France Dalpé, Kareen Émery, Pierre Gaudet, Mme Rolland Guilbault, Damien Venne, Michèle Courchesne, Jacqueline Bélair Crépeau, Édith et Dr. Philippe Pétrin, Dr. Raymond Amyot, Marie Brien, Jean Brien, Irénée Brien, Roger Plouffe, Gisèle Cadieux, Jeannine Gagnon, Roberte Dupuis, Diane Ménard, Gabriel Brien, Studio Isabelle Forest, Amélie Brien, Lory-En Dumas et la Résidence L'Évangéline.